Le bonheur n'est pas là où tu l'attends
Tome 2

ROMAN

Du même auteur
Paru chez BoD

Le bonheur n'est pas là où tu l'attends : Aleyna
Ce matin, j'ai choisi de vivre : Johanna
Entre dans ma danse : Charlotte

NOÉLIE JAUSEN

Le bonheur n'est pas là où tu l'attends
Tome 2

© 2021 Noélie Jausen
Édition : BoD – Books on Demand,
12/14 rond-point des Champs-Élysées, 75008 Paris
Impression : BoD - Books on Demand, Norderstedt, Allemagne

Couverture : Canva

ISBN : 978-2-3223-7586-8
Dépôt légal : Juin 2021

« De temps à autre, il est bon de faire une pause dans notre quête du bonheur et d'être simplement heureux. »

Guillaume Apollinaire

1

Un pied appuyé contre le mur du restaurant, écouteurs enfoncés dans les oreilles, Ycare berce mes pensées, comme chaque jour.
Ses chansons m'accompagnent depuis si longtemps que je ne sais plus passer une journée sans écouter sa voix.

— Aleyna ! Je dépose ça dans la cuisine ?

J'observe Cédric, le copain de Mina, une de mes amies, lui sourit et acquiesce d'un signe de tête. C'est lui qui fournit le restaurant en poissons frais depuis près d'un an.
De l'autre côté de la rue, ces derniers s'activent à décharger les caisses de poissons, à nettoyer leurs embarcations ou démailler les filets.
Je souris en songeant à papa, qui rêvait de faire le tour du monde à la voile et sors prendre l'air.
Chassant l'image de papa de mes pensées, je me tourne et admire le colosse derrière son comptoir à travers la porte vitrée.
Son regard émeraude se pose sur sa gamine, occupée à dessiner à une table. Il me décroche son plus beau sourire avant de lui préparer un chocolat au lait. Avec une montagne de chantilly et de bonbons vermicelles.
Vêtue d'un short et d'un tee-shirt, elle a coiffé son épaisse tignasse bouclée en un chignon grossier. Comme je le fais chaque jour.
Assis à sa table habituelle, le regard rivé sur l'océan, Jacques Kergoat admire la valse des

marins. Comme chaque matin depuis qu'il est à la retraite.
Soupirant, il verse le sachet de sucre dans son thé, sans jamais quitter les marins des yeux.

Mina arrive, me claque une bise et s'installe à une table, tout en bâillant à s'en décrocher la mâchoire.
J'observe tout ce petit monde s'affairer comme autant d'abeilles dans une ruche, priant secrètement pour ne pas m'évanouir au milieu de la rue tant je suis épuisée.
Moins de cinq minutes plus tard, Alexia se pointe à son tour, lunettes noires sur le nez, suivie par Malo tenant fermement une poussette d'une main et Gabin, son fils de l'autre, hilare devant nos mines de déterrées.

Lorsque je les rejoins, je m'écroule sur une chaise, laisse tomber ma tête violemment sur la table et me relève, une trace rouge sur le front.
— La nuit a été difficile ? se moque Arthur en déposant une plaquette de paracétamol et trois verres d'eau sur la table.
— Chuchote, lui ordonne Mina en attrapant un cachet.
— C'est pas ce que tu crois, répond Alexia en faisant de même. On a presque pas bu.
— Je t'ai trouvée endormie dans la voiture, la bouche grande ouverte, pouffe Malo.
Je ferme les yeux, priant en silence pour qu'Arthur ne balance pas où il m'a trouvée. Peine perdue.

C'est Éden qui s'en charge.
— Nana était sur la chaise longue avec Chocolat.

Tout le monde éclate de rire, y compris mes copines.

En revenant de notre petite fiesta, étant trop « fatiguée » - entendez par là que j'en avais un sacré coup dans le nez - pour réussir à ouvrir la porte, j'ai décidé de dormir dans le jardin. Avec le chien. Jusqu'à ce que mon homme, Arthur donc, ne me trouve à 7h du matin en sortant pour aller travailler. Lequel m'a aimablement informée que la porte n'avait pas été fermée à clé de la nuit.

Depuis, il ne cesse de rire dès qu'il pose les yeux sur moi.

J'avale un comprimé, manque m'étouffer avec et replonge la tête sur la table.
— Et toi ? Tu as trouvé ton lit ? demandé-je à Mina en luttant pour ne pas m'endormir.
— Le canapé, dit-elle en bâillant une nouvelle fois. Heureusement que t'as pas trente ans tous les jours, ajoute-t-elle à l'attention d'Alexia.
— J'espère que Colline a apprécié son anniversaire, marmonne cette dernière.

Arthur cesse de rire, lâche des cuillères dont le bruit infernal du métal brise mes tympans. Son regard émeraude se fait plus sombre, perdu dans le vide.

Hier, après avoir fait un apéritif entre filles dans le

parc de notre enfance, nous avons décidé, sur un coup de tête, d'aller rendre visite à Colline au cimetière du coin.

Vous me direz, ce n'est pas la meilleure idée qu'on ait pu avoir. Mais que voulez-vous, Alexia avait besoin de sa sœur pour ce jour.

L'alcool aidant, nous avons escaladé le haut portail fermé à clé. En robes et chaussures à talons.

Ce qui nous a valu de beaux fous rires. Et des genoux écorchés à Mina et moi quand nous sommes tombées de tout notre poids dans les graviers. Et une bosse sur le crâne d'Alexia qui n'a pas vu la branche d'un arbre en se relevant.

Rapidement, nous avons rejoint la tombe noire, nous sommes assises et avons trinqué face au portrait souriant de Colline.

Puis, Mina a sorti un kouign-amann écrasé du sac à dos, y a posé deux bougies et nous avons chanté à tue-tête en l'honneur des jumelles. Tout en continuant à siphonner les bouteilles de champagne qui avaient miraculeusement survécu à nos chutes.

À la fin, nous avons fondu en larmes avant de discuter du bon vieux temps - qui n'a rien eu de bon dans les faits - avant de nous remémorer les bêtises que nous avons faites toutes les quatre. Quand le monstre Lucifer (Héloïse) n'était pas dans les environs.

Pour que vous compreniez de quoi je vous parle, je vous fais un rapide topo.

Nous avons grandi dans ce patelin et nous sommes amies depuis l'enfance. Un groupe de quatre à

l'origine : les jumelles Portelli, Mina Cherouk et moi. Aleyna Dumoulin.
Mais un jour, Héloïse, mon ancienne voisine, a débarqué et l'enfer s'est déchaîné. Cette dernière nous tenait au chantage.
Tu fais ce que je te dis ou je raconte tes secrets et tu sais que plus personne ne voudra de toi.
Évidemment, nous n'étions que des enfants et, guidées par la peur, nous avons obéi.

Nos secrets ?
À l'âge de six ans, les jumelles avaient accidentellement incendié la grange du vieux Lacroix, ce qui lui avait valu de perdre la moitié de son troupeau de vaches. Elles aimaient se faire passer l'une pour l'autre et étaient de vraies pickpockets.
Mina n'avait pas un secret si terrible que ça à porter mais Héloïse savait jouer sur ses craintes pour la mener par le bout du nez. Bien qu'elle soit née en France, ses parents, issus eux aussi de l'immigration depuis l'enfance, n'ont pas obtenu la nationalité et ont dû retourner en Inde à sa majorité. Durant l'enfance, Héloïse la menaçait d'aller voir la police, qu'ils iraient tous en prison et qu'elle ne les verrait plus jamais. Alors, comprenez que Mina ait eu peur.
Quant à moi, j'avais quatre ans lorsque j'ai ouvert la baie vitrée de notre ancienne maison pour que ma petite sœur puisse aller voir le chat des voisins. Mais ce jour là, elle est morte noyée. La culpabilité m'a rongée pendant très longtemps. La peste qui

nous faisait du chantage s'est servie de sa mort pour diriger ma vie. Et je l'ai laissée faire.
Aussi, comme mes copines, nous avons mené une vie d'enfer aux autres, en particulier à Arthur, pour que rien ne se sache.
Mais Arthur savait. Sa mère était la maîtresse de mon père. Laquelle a fini par s'en aller, laissant derrière elle un époux violent et un petit garçon meurtri physiquement et moralement.

Lorsque j'ai eu l'occasion, j'ai fui aussi loin que je le pouvais, je ne voulais plus jamais voir qui que ce soit. Ni Malo, qui était mon premier vrai petit copain et que j'ai abandonné après qu'il m'ait demandée en mariage.
Ni Alexia, Colline et Mina, qui me rappelaient sans cesse les monstres que nous étions.
Et encore moins Arthur, dont le visage balafré et le regard émeraude me hantaient, tant j'avais fait de sa vie un enfer.
Mais un jour, je suis revenue ! Parce que, quand votre vie part en vrille, il n'y a rien de mieux que retrouver la douceur d'un vrai foyer.
J'ai débarqué un matin chez Tante Louise. C'est elle qui s'est occupée de moi après la mort de papa et maman. Elle encore qui ne s'est jamais privée de me recadrer quand c'est nécessaire. Elle qui vit dans la maison près de la mienne aujourd'hui.
J'ai abandonné mon autre fiancé après une demande en mariage. J'ai cette tendance à fuir dès qu'il faut s'engager un peu trop sérieusement dans une relation.

Je me suis retrouvée à m'occuper d'Éden alors que je haïssais la compagnie des mioches. Et je suis tombée amoureuse du colosse derrière son comptoir.

À cette époque, Héloïse s'est pointée, a mis un sacré bordel dans nos vies et est repartie après que nous ayons réglé nos comptes.

Et depuis deux ans maintenant, tout roule.

Nos secrets ne nous pourrissent plus la vie. Alexia et Malo, déjà mariés, ont accueillis leur premier enfant. Mina est avec Cédric depuis un an. Et moi, j'aime Arthur et Éden plus que tout.

Il dirige son bar, je m'occupe du restaurant. On forme une bonne équipe.

Deux policiers suivis du maire pénètrent dans l'établissement, jettent un œil sur les clients avant de venir droit sur nous.

— Il fallait que ce soit vous trois, grogne M. le Maire.
— Désolée, s'excuse Alexia. On va tout nettoyer.
— George nous attend avec les balais, je suppose ? demandé-je en relevant la tête.

M. le Maire acquiesce d'un signe de tête.

— On peut savoir ce qu'elles ont encore fait ? s'enquiert Arthur.
— Ces demoiselles ont pris le cimetière pour une salle des fêtes ! Quelle honte un tel comportement !
— Savez-vous ce que c'est de fêter son anniversaire seule ? lâche Alexia d'un ton

sec. De n'avoir qu'une plaque devant laquelle pleurer ma jumelle ? Je lui avais promis qu'on fêterait nos trente ans, j'ai tenu ma promesse et je n'en ai pas honte !

Le silence tombe sur le bar, soudainement brisé par Kiss chantant *Rock And Roll All Nite*.

— Nous allons tout nettoyer, assuré-je en me levant à la suite de Mina.

Derrière son comptoir, Arthur ne me quitte pas des yeux, la colère s'est emparée de lui. Je sens que ça va barder ce soir !

Mais qu'aurai-je dû faire ? Dire non à mon amie ? La laisser déprimer le jour de ses trente ans ?

Il savait pourtant que nous avions prévu de faire une visite au cimetière, il doit lui-même en faire une cet après-midi avec Éden.

Certes Colline était sa première femme, la mère d'Éden mais elle était avant tout la sœur jumelle d'Alexia.

Trente ans ce n'est pas rien.

La fin d'une décennie, le départ d'une nouvelle. Nous ne remplacerons jamais sa sœur, mais elle a absolument tenu à ce que nous fêtions son anniversaire ensemble.

D'accord, le champagne, le kouign-amann et les chansons en pleine nuit étaient probablement de trop. Mais Alexia en a eu besoin !

Alors, même si je sens la colère dans ses yeux et la tristesse dans ceux de la gamine, je n'ai pas honte d'avoir soutenue mon amie hier soir.

Je m'en veux simplement que ça se sache dans ces conditions.

2

Moins d'une heure après, nous avons débarqué au cimetière, casquettes sur la tête et sacs en bandoulière.
Georges, crâne luisant à la lumière du soleil et bedaine tirant sur son polo beige, nous lance un regard réprobateur bien que légèrement amusé. Après tout, il n'y a vraiment que nous pour avoir des idées aussi stupides.
Après nous avoir remonté les bretelles en réprimant un sourire, nous avons pris les balais et sacs-poubelle puis nous sommes entrées.
Instinctivement, j'ai compté les pas nous menant à la tombe de Colline. Comme je le fais quand je vais jusqu'à celle de ma famille.
Les filles me devancent en piaillant, prêtes à insulter le monde entier, ne comprenant pas pourquoi fêter un anniversaire au cimetière est si mal.
Je leur dirais bien qu'on a jamais vu ça ici, ni ailleurs je crois, mais mes pensées sont dirigées vers d'autres contrées.
Respirant à plein poumons l'air iodé, je retiens un haut-le-corps discrètement et les suis dans les allées, le gravier craquant sous nos pas.
Pourtant habituée aux chaleurs extrêmes de la Provence, j'éprouve quelques difficultés à supporter la légère hausse des températures printanières des derniers jours.

Tandis qu'elles ramassent les emballages de gâteaux et les bouteilles, je reste en retrait, le menton posé sur le manche à balai, mes lunettes de soleil sur le nez.
— Je t'avoue qu'ils sont de moins en moins attentifs, explique Alexia à Mina.
— Plus qu'un petit mois et ils seront en vacances, répond cette dernière en remontant ses lunettes en écaille sur son nez.

Je comprends alors qu'elles parlent des élèves de l'école du village.
— T'as l'air à l'ouest, Aleyna, se moque Alexia. Il faut dormir, la nuit !
— Je dors, répliqué-je en me décidant à jeter les fleurs mortes dans un sac avant d'épousseter le marbre noir. Mais je me sens fatiguée depuis quelques semaines.
— Passe au cabinet demain, propose Mina. Je te ferai passer entre deux rendez-vous.

J'accepte, j'irai tôt le matin, après avoir déposé la gamine à l'école.
Le lundi, le restaurant ne tourne pas. C'est bien le seul jour où je peux prendre le temps de respirer. Mais ne croyez pas que c'est une corvée, j'aime plus que tout mon job. J'en ai rêvé depuis l'enfance, quand papa et maman m'apprenaient à cuisiner.
— Tu travailles non stop, renchérit Alexia. Tu devrais faire une pause.
— Impossible, surtout en cette période.

La saison touristique commence, il ne faut pas la louper.
— Il en pense quoi, Arthur ? demande Mina.
— Il n'en pense rien parce qu'il ne le sait pas et vous n'allez rien lui dire.
— Sois prudente, me conseille Alexia. Et va voir le médecin. Il ne faudrait pas que tu nous refasse le même coup que l'été dernier.

L'année dernière, je travaillais tous les jours. Le matin, à aider mon homme au bar. Puis le midi et le soir en cuisine. Je n'avais jamais de répit, jamais de pause.
Mes insomnies sont revenues au grand galop, je me suis retrouvée à avaler des somnifères pour gagner un peu de sommeil, et me doper aux vitamines dès le matin pour pouvoir tenir le rythme.
Jusqu'à ce que je ne sois complètement débordée, épuisée, et que je ne m'endorme au volant un soir en revenant de Lorient. Si mon SUV a fini à la casse, je m'en suis sortie par miracle avec quelques hématomes.
Ce jour-là, Arthur a été partagé entre inquiétude et mécontentement. Depuis, il veille au grain. Quitte à m'en étouffer parfois.
Aussi, j'évite de lui dire que je ne me sens pas au meilleur de ma forme ces dernières semaines. Il serait capable de m'attacher à une chaise pour que je n'aille plus au restaurant.
Suite à ça, il a décidé qu'une entrée/plat/dessert unique serait proposé le midi et que nous ne ferions

plus que pizzeria. Puis il avait imposé la présence de Loane en cuisine. Je n'avais pas été enchantée mais finalement le restaurant fonctionne ainsi très bien.

— Tu devrais quand même lui en parler, reprend Mina.
— Oui, quand il aura fini de me hurler dessus ce soir, grogné-je.
— Comme s'il t'avait déjà hurlé dessus, se moque Alexia. C'est un nounours !
— Un nounours blessé, dis-je en replaçant les plaques funéraires. Je ne sais pas si je le préfère en colère ou déçu. C'est pour Éden que je m'inquiète surtout. Je crois qu'elle ne me pardonnera pas notre escapade.
— Elle t'aime trop, elle comprendra, réplique Alexia. Tu sais, on fait les cadeaux de fête des mères en ce moment, continue-t-elle devant ma mine dubitative. Je ne devrais pas te le dire mais... elle a demandé à en faire un pour toi aussi.

Surprise, j'arrête ce que je fais, l'observe, incrédule. Mina pose ses fesses dans les graviers, suivie par Alexia, qui s'allume une cigarette.

— Crois-moi, ma nièce ne t'en voudra pas. À huit ans, les enfants comprennent les choses quand on prend le temps de leur expliquer.
— Je vais lui expliquer quoi ? Que je suis allée faire la fête dans un cimetière, sur la tombe de sa maman ? Oh oui, elle va me

comprendre. Tu veux qu'elle me félicite aussi ?
— J'peux le faire, ricane Alexia. Je te félicite d'avoir aidé ton amie à tenir une promesse. Et, même si ce n'était pas l'idée du siècle, je vous remercie d'avoir été là. Pour moi mais aussi pour elle, conclut-elle en désignant la photo de Colline.

Le silence s'impose quelques minutes.
Alignées dans les graviers, nous restons un moment devant la pierre noire. Mina tire une bouffée sur sa cigarette, nous raconte qu'elle s'est mise en quête d'un nouvel appartement, voire d'une maison. Son studio est minuscule et Cédric vit sur son chalutier. Hors de question qu'elle aille squatter dedans.
Le hic étant qu'il n'y a quasiment que des maisons de famille qui se transmettent de génération en génération. Et les nouveaux immeubles de standing près du stade municipal qui viennent gâcher le paysage.
Puis, nous repartons en sens inverse, rendons à Georges ce qu'il nous reste et je vide les poubelles dans le gros container.

Les filles grimpent dans la Clio de Mina, je reste un instant les fesses posées sur ma 106 blanche et les regarde partir, leur assurant que je vais les rejoindre. Mais je n'en fais rien.
Georges disparaît dans son cabanon, me laissant seule sur le parking, écoutant le chant des oiseaux.

Puis j'entre et compte à voix basse.
Vingt pas tout droit. Quarante à droite. Vingt-deux à gauche. Trente-sept tout droit.
Depuis vingt-six ans, je les connais par cœur. La première fois pour Rozenn. La deuxième fois pour mes parents. Les autres fois, pour les visites que je leur rends de temps en temps.

La pierre tombale blanche est couverte de plaques funéraires et de fleurs, tantôt posées par Tante Louise, tantôt par moi. Les portraits de papa, maman et Rozenn sont figés dans le temps.
Comme sur la tombe de Colline, je nettoie, replace les plaques, jette les fleurs mortes dans la poubelle, époussette la dalle de marbre.
Puis je leur parle de mon quotidien, évitant soigneusement le regard figé de maman quand j'évoque Arthur. Comme si elle allait m'en vouloir de notre relation.

Une figurine de bateau est tombée dans les graviers, je la ramasse, la caresse tendrement avant de la remettre en place, me remémorant les projets de papa.

Nous achèterons un voilier, nous irons visiter tous les pays du monde et nous y apprendrons à cuisiner, nous reviendrons riches de souvenirs et de connaissances, disait-il.

Papa ne l'a jamais acheté, il nous a quitté trop tôt.
Maman en a fait le choix.

Et depuis que j'ai découvert ce qu'elle avait fait, je suis partagée entre l'amour que je lui portais et la rancune que je lui porte aujourd'hui.

Ce qui est fait est fait, Aleyna. Vivre avec ta colère ne les ramènera pas. Ne passe pas de la culpabilité à la rancune, ça ne fera que te gâcher la vie, m'a dit Tante Louise un beau matin.

Probablement a-t-elle raison. Mais il m'est difficile d'accepter que papa soit mort parce que maman a volontairement mis fin à leurs jours dans ce qui semblait être un accident.

Je me suis de nouveau assise dans les graviers, allume une cigarette, l'écrase aussitôt, écœurée par le goût et l'odeur du tabac.
— On a fêté l'anniversaire des jumelles hier, dis-je aux photos. Vous vous souvenez, les filles Portelli ? Elles ont eu trente ans, enfin Alexia uniquement. Depuis le temps, vous savez pour Colline. Alexia était plutôt contente, si tant est qu'elle puisse l'être sans sa sœur.

Nerveusement, je ramasse une poignée de graviers, les fais tomber en les comptant les uns après les autres. Trente-huit. J'en prends une autre, compte encore. Dix-neuf. À la troisième poignée, je la relâche d'un bloc, sans compter. C'est une habitude que j'ai depuis la mort de Rozenn. Compter m'aide à oublier, à me concentrer, à déstresser.

— La pizzeria fonctionne bien. On a du monde tous les jours. Éden a grandi, nous avons été faire du shopping la semaine dernière. Elle a demandé à m'offrir un cadeau surprise dimanche prochain, pour la fête des mères. C'est étrange, n'est-ce pas ?

Silence à nouveau. J'allume une nouvelle cigarette, en tire deux longues bouffées et me jette tête la première dans la poubelle, avant de vomir tout ce que je peux.

Une main me tend une bouteille d'eau, je l'attrape, prends une gorgée que je recrache aussitôt. Avant de me retrouver face à Georges.

— Tu devrais aller voir ton médecin, ma grande. Tu as mauvaise mine.
— Trop d'alcool, plaisanté-je avant de boire à nouveau. Je suis désolée pour ce qu'on a fait. Comment ont-ils su ?
— Les caméras. Mademoiselle Portelli a certainement apprécié. Je ferme à midi, évite de passer par dessus le portail, plaisante-t-il avant de me laisser seule.

De nouveau, je pose mes fesses dans les graviers et continue mon laïus devant la pierre blanche.

— Tante Louise a retrouvé ses cheveux violets et ses chansons des années quatre-vingt, ça fait plaisir à voir. Hubert Ronchon squatte tous les matins avec Jacques Kergoat. Anita Gourmelen fait toujours ses commérages, elle s'est trouvée une alliée avec la petite boulangère près du Spar. Mina et Cédric cherchent un logement pour s'installer ensemble. Je ne sais pas s'ils vont trouver leur bonheur ici, j'espère qu'ils ne vont pas déménager.

Il y a bien LA maison. Celle de mon enfance, celle où ma vie a pris une tournure différente. Tante Louise en a hérité après la mort de papa et maman. Ni elle, ni moi n'avons eu envie d'y retourner. Nous ne l'avons jamais vidée. J'imagine que les vieux meubles doivent être couverts de poussière et que les souris ont dû y élire domicile, en compagnie des araignées.
Mais, quand on sait son histoire, qui aurait envie d'y vivre dans le fond ?

Une demi-heure plus tard, je quitte l'enceinte du cimetière, passe saluer Georges, le remercie une dernière fois pour la bouteille d'eau.

Assise derrière le volant, j'observe la femme qui sort d'une voiture garée plus loin.
Vêtue d'une longue robe à motifs aztèque et d'un gilet beige, ses cheveux auburn flottent derrière elle, comme la voile d'un bateau. Elle se tourne, me lance un coup d'œil.
Mon cœur s'emballe. J'avais six ans la dernière fois que je l'ai croisée. Elle venait de quitter le parc en traînant son petit garçon derrière elle.

3

Après avoir quitté le cimetière, je me suis rendue au bar. Mes pensées tournées vers cette femme, en oubliant presque Colline, Alexia et Mina. Je ne sais pas ce qui me perturbe le plus en cet instant : l'engueulade à laquelle je ne pourrais échapper ce soir ou son retour à elle.
Que vient-elle faire ici aujourd'hui ? Va-t-elle rendre visite à Arthur ? Vient-elle pour papa ? Devrais-je prévenir Arthur ? Même si cela semble être la chose à faire, je me vois mal lui annoncer son retour au milieu d'une engueulade. Non, il faut que j'en sache davantage. Une cachotterie de plus ou de moins ne changera pas grand chose.

Évitant soigneusement le regard d'Arthur, je file à la cuisine sans un mot.
Loane est déjà là, presque au garde-à-vous lorsque j'entre dans la pièce. Elle me sourit et nous préparons les plats et desserts sans un mot.
Je crois qu'elle ne pourra pas comprendre le pourquoi de nos agissements et je n'ai pas envie de m'étaler dessus.

Quand Arthur a posté une annonce pour recruter un second, il y a eu pas mal de candidats. Mais c'est elle qui a retenu son attention. Débrouillarde, elle n'attendait pas que je lui dise quoi faire, prenait rapidement des décisions. Peu à peu, j'ai apprécié sa présence.

Comme chaque jour, j'ai envoyé les menus et les pizzas. Si d'ordinaire, je le fais en musique, aujourd'hui la cuisine est restée silencieuse. Loane a bien essayé de mettre le poste CD en route mais un seul regard l'en a dissuadée.
Mina et Alexia n'ont pas reparues, certainement occupées à décuver convenablement dans leurs lits.
Anita Gourmelen est arrivée vers midi et demi, accompagnée de Tante Louise.
Oh soyez assurés qu'elles sont déjà au courant de ce qu'il se passe ! Le soupir réprobateur de Tante Louise en raconte bien plus que n'importe quel laïus moralisateur.
Anita Gourmelen n'a pas émis le moindre avis. Elle qui n'en manque jamais, j'ai trouvé ça étonnant.

Lorsque tout ce petit monde a quitté l'établissement, la voix de Paul Stanley résonnait dans le bar.
Bientôt, il n'est plus resté que M. Kergoat, Arthur, Éden, Loane et moi.

Je jette un rapide coup d'œil, observe Éden en train de piailler face à un M. Kergoat hilare, soupire bruyamment.
— Tu ne pourras pas l'éviter.
La voix de Loane me tire de mes pensées et je la rejoins près du bac à vaisselle. Son filet lui tombe devant les yeux, je le lui retire et plonge les mains dans l'eau pour rincer ce qu'elle vient de frotter.

— Ce n'est pas son jugement que je crains le plus.
— Celui d'Éden ?
— Comment je lui explique que j'ai fait la fête devant la tombe de sa mère ?

Elle hausse les épaules, esquisse un sourire.

— Dis lui la vérité.

Même avec la vérité, je ne crois pas qu'une enfant de huit ans puisse comprendre et accepter une telle chose.

Depuis deux ans, je l'embrasse chaque soir avant d'aller au lit, chaque matin avant de la déposer à l'école. J'écoute ses piaillements chaque jour, je connais tous les potins de l'école sur le bout des doigts. Elle me parle de son amoureux, de ses copines, et de sa passion pour la cuisine et les licornes.

Cette gamine, j'ai commencé à m'en occuper et m'y attacher bien avant de m'accrocher à son père. Je n'en suis pas sa mère mais, au fond de moi, elle est ma fille.

Une fois la cuisine rangée, Loane est partie, me laissant seule dans le silence le plus total.

Prenant une grande inspiration, je me dirige vers Arthur.

Mon cœur bat si fort qu'il risque de jaillir de ma poitrine dans moins de dix secondes.

Plantée devant le comptoir, j'attends qu'il daigne lever le nez de son portable mais il n'en fait rien.

À la table près de la baie vitrée, M. Kergoat et Éden m'observent en silence. Ma gamine m'envoie un léger sourire, presque désolée pour moi alors que c'est moi qui ait fait n'importe quoi.
— Arthur...
— Pas maintenant, me coupe-t-il sans même me regarder.
— Écoute...
— J'ai dit pas maintenant.
— Je sais que tu ne veux pas me parler...
— Ni te voir, lâche-t-il d'un ton sec.
Éden lâche un « oh » de stupeur. Surprise, je recule d'un pas, ne le quitte pas des yeux durant quelques secondes. L'espoir qu'il finisse par me regarder s'envole quand il me tourne le dos.
Ravalant mes excuses, j'attrape mon sac et quitte l'établissement.

Tout au long du chemin, je n'ai cessé de compter. Mes pas d'abord. Puis le nombre de bacs à fleurs en pierre. Et le nombre de fleurs roses, bleues ou violettes dans les bacs. Et le nombre de passants sur les trottoirs.
J'ai cru que j'arriverai à oublier, à penser à autre chose mais peine perdue.
Soit Colline apparaît, soit l'autre femme. Parfois le visage empli de colère et de déception d'Arthur, parfois le sourire triste de la gamine.

N'ayant guère envie de retourner à la maison, j'ai pris la route sans savoir où aller.

Musique à fond, je crois avoir fait le tour de la Bretagne en une après-midi.

Je ne sais pas trop comment je suis arrivée devant la maison en ruine dans laquelle Arthur allait se cacher étant enfant.

J'ai quitté l'habitacle, fermé les portières à clés, me suis engagée sur un petit chemin au milieu des bois, écouteurs dans les oreilles.

Étrangement, ce n'est pas Ycare qui vient me changer les idées. J'ai besoin de mettre le brouhaha de mon cerveau en sourdine, de faire taire les voix imaginaires de papa, maman, Colline et Arthur.

Alors Johnny Cash chante *God's Gonna Cut You Down* tandis que j'avance d'un pas décidé sans savoir où je vais.

Assise sur un rocher, j'ai pris mon portable, ai cliqué sur le nom de Clara, espérant de tout cœur qu'elle me réponde. Sa voix chantante s'est faite entendre avant de devoir laisser un message lui expliquant que ma vie part en vrille. Plutôt que moi, je pars en vrille et que je ne me comprends pas.

Ce n'est que lorsque le soleil s'est couché à l'horizon que j'ai réalisé que je me suis engagée un peu trop loin et qu'il me faut rebrousser chemin.

M'apercevant que la batterie de mon portable est presque à plat et que la lampe torche ne me servira pas plus de dix minutes, je lâche un juron.

Pressant le pas pour arriver rapidement jusqu'à ma voiture, je ne vois pas le trou au beau milieu du

chemin (je l'ai pourtant évité à l'aller), m'étale de tout mon long face contre terre. Le craquement sourd et la douleur provenant de mon poignet m'arrachent un cri strident et une dizaine de jurons de plus, maudissant le monde entier et mon portable qui a choisi ce moment précis pour aller s'éclater contre un rocher et me laisser dans le noir le plus complet.
Il y a vraiment des jours où l'on devrait rester couché !

Maintenant, il ne me reste plus qu'à choisir entre passer la nuit ici, priant pour qu'Arthur s'inquiète de ma disparition ou prendre le volant alors que mon poignet ne cesse de gonfler.
J'opte pour la deuxième option. Avec la chance que j'ai, je vais finir dévorée par un loup ou un ours.
Ou par des milliers de fourmis. C'est plus probable que de trouver un loup ou un ours ici.
On retrouvera mon corps à moitié bouffé dans une semaine.
Songeant à ma paranoïa habituelle, j'éclate de rire et pleure en même temps. Qu'est-ce que je peux chialer ces derniers temps !
La semaine dernière, je me suis effondrée en découvrant qu'une pomme avait pourri dans ma voiture. Heureusement que personne n'était là, je serais passée pour une folle. J'admets que je suis pas mal à fleur de peau. Tout m'énerve, me bouleverse, me perturbe. La moindre émotion est multipliée par mille. Autant dire que lorsque je me fâche, j'explose littéralement.

Quand je retrouve ma voiture, je me jette à l'intérieur et admire le violet de ma peau à la lueur du plafonnier.
Elle servira à quelque chose la visite chez le médecin demain !

♦

Dans l'allée centrale de notre impasse, les gyrophares bleus attirent mon attention. Tante Louise, Anita Gourmelen, Hubert Ronchon, Mina, Malo et Arthur sont là, chacun tentant de parler.
Je m'engage, me gare sous les regards médusés des uns et des autres et les rejoints.

— Tu vas bien ? s'écrie Mina en se jetant dans mes bras, manquant de peu de me faire tomber sur le capot.
— Heu oui... C'est quoi tout ce raffut ?
— T'étais où ? gronde Arthur.
— Je suis allée faire un tour et je me suis perdue. Excusez-moi pour la gêne, dis-je aux policiers qui attendent quelques explications.

Rapidement, chacun retourne chez soi et l'impasse retrouve son calme. Mina appelle Cédric avant de s'en aller à son tour. Arthur soupire, s'en va et claque la porte derrière lui. Visiblement sa colère n'est toujours pas partie.
Tante Louise dépose un baiser sur mon front, caresse ma joue, esquisse un sourire.

— Ne me fais plus si peur, ma fille. Mon vieux

cœur ne le supporterai pas.

Puis elle me quitte aussi, me laissant avec Malo appuyé contre le capot de ma voiture. Je le rejoins en silence, allume une cigarette, tire une longue bouffée et la recrache.

— Tu crois qu'il va me détester longtemps ?
— Laisse le bougonner dans son coin. Tu as fait ce qu'il fallait pour Alexia.
— Mouais...
— Faire la fête dans un cimetière, fallait le faire quand même, ricane-t-il en se relevant.
— Y a que nous pour avoir des idées de génie, plaisanté-je à mon tour avant de perdre mon sourire.
— Rentre chez toi, Aleyna. Demain est un autre jour.

Il est parti, me laissant bel et bien seule au milieu de l'impasse, sous un ciel étoilé.

Prenant mon courage à deux mains, je suis entrée à mon tour.

Toutes les lumières éteintes, j'aperçois l'ombre d'Arthur au salon, une clope à la main, les yeux rivés sur le jardin.

Demain est un autre jour, je n'ai pas envie de me disputer avec lui ce soir.

Je grimpe les escaliers, évite les marches grinçantes, passe devant la chambre d'Éden, paisiblement endormie. J'hésite un court instant avant d'aller déposer un baiser sur son épaisse tignasse brune, lui souffle un « je t'aime » à l'oreille, file à la douche, puis glisse ma puce dans un vieux portable déniché dans ma table de nuit, avant de me glisser sous les draps et de m'endormir profondément.

4

Lorsque je me suis réveillée, Arthur n'était déjà plus dans le lit. À moins qu'il n'y ait pas dormi de la nuit.
Ma touffe rousse dans les yeux et la bave au coin des lèvres, je me suis assise sur le bord du lit. J'ai vérifié mon portable : pas d'appels ni de messages de qui que ce soit.
Déçue, je me suis dirigée jusqu'à la chambre d'Éden mais elle n'était pas là non plus.
J'ai alors réalisé que la maison n'avait jamais été aussi silencieuse. Et qu'il était déjà dix heures !
J'ai filé sous la douche, me suis vêtue d'une robe, ai attaché mes cheveux en un chignon et ai rapidement rejoint le cabinet médical face à la placette au cœur du village. Mon poignet me fait toujours souffrir mais je m'en moque.
La voiture d'Arthur n'était ni dans l'allée, ni devant le bar.

Assise derrière son bureau, ses lunettes vissées sur le nez, Mina répond au téléphone en souriant, me fait signe d'aller dans la salle d'attente vide.
À dire vrai, le cabinet est un vieil appartement qui doit dater des premiers logements construits ici. Des affiches médicales et de nombreux numéros d'aide ornent les murs en pierre. Ces derniers entourent deux fenêtres dont les montants en bois semblent sur le point de tomber. Les chaises bancales ont été remplacées par des fauteuils en cuir et les magazines qui datent d'une quinzaine

d'années traînent sur une table basse laquée sortie tout droit de chez Ikea.
— Aleyna ?
Mina me tire de mes pensées. D'un signe de tête, elle m'envoie dans le bureau du médecin.

L'entretien ne dure pas bien longtemps. Je ne m'étale pas sur ma fatigue des dernières semaines, le médecin finit par me dire que j'ai une petite entorse, me donne une ordonnance et ciao.

Rapide passage par la pharmacie, j'enfile l'attelle prescrite, attrape le sac de médicaments et file au bar mais le rideau est fermé, comme tous les lundis. Alors, je vais m'installer sur un banc du parc, le regard rivé sur l'océan.
Écouteurs dans les oreilles, Ycare berce de nouveau mon esprit embrouillé.
Le bleu du ciel se fond dans celui de l'eau, reflétant les rayons du soleil en des milliers d'éclats semblables à des lucioles. J'abaisse mes lunettes noires sur mon nez et respire à plein poumons. L'air frais me semble malgré tout étouffant. Se pourrait-il que j'ai de nouveau la sensation de crever lentement dans ce bled ? Vais-je encore tout plaquer, retourner en Provence et tout oublier ? Non c'est autre chose. Je ne sais pas comment l'expliquer, cette sensation de vivre dans l'ombre des autres, de me traîner leurs spectres où que j'aille et quoi que je fasse.

Les enfants sont en classe, les retraités vaquent à

leurs occupations.
Jardinage, pétanque, balade au bord de l'eau. Mon regard suit un vieux couple, main dans la main. Elle tient fermement un bouquet de fleurs, il fume sa pipe et se sourient tendrement.
Plus loin, deux chats se sifflent avant de filer chacun d'un côté. Un chien aboie, saute sur sa propriétaire, lui prend un bâton et le dévore.

Loane rit aux éclats, lui caresse la tête. La femme près d'elle attire mon regard, mon cœur ne fait qu'un bond. C'est Elle, celle du cimetière !
Mais pourquoi est-elle en grande discussion avec notre employée ?
Voulant en avoir le cœur net, je me prépare à les rejoindre mais je suis coupée dans mon élan par la sonnerie de mon téléphone.
— Allô ?
— C'est moi. Il faut qu'on parle. Je suis à la maison.
— J'attends Éden...
— Elle mange à la cantine aujourd'hui.
— Bien, dis-je, dépitée. J'arrive.
Lorsque je lève les yeux, Loane et l'autre femme ont disparu.
Voilà donc un mystère à élucider. Il va falloir que j'en fasse part à Alexia et Mina.

♦

Il est assis dans la cuisine, clope à la main.

Je le rejoins, m'installe en silence sur une chaise. Les volets sont clos, Paul Stanley ne chante pas. Même Chocolat ne bouge pas un poil de son panier. Ça ne présage rien de bon, je peux vous l'assurer.
D'un signe de tête, il désigne mon poignet.
— Qu'est-ce que tu as ?
— Une entorse. Tu le saurais si tu ne m'avais pas fait la gueule hier soir.
— Je ne t'aurais pas fait la gueule si... Peu importe, t'as qu'à pas venir au resto cette semaine. Loane pourra bosser seule.
— Pas de souci. Même sans ça, tu n'aurais pas voulu que je vienne.
Il ne relève pas, tire une longue bouffée sur sa cigarette, son regard émeraude figé sur ma tignasse.
— Pourquoi ? demande-t-il sans préambule.
— J'sais pas, réponds-je en croisant les bras sur ma poitrine. Tu peux essayer de comprendre que tout le monde ne vit pas son absence comme toi. Alexia avait besoin de ça, besoin de s'accrocher à sa sœur pour un jour.
— Et tu la comprends mieux que personne, n'est-ce pas ?
— Oui ! Tu ne sais pas ce que c'est de survivre à ceux que tu aimes, de te demander pourquoi eux et pas toi. Tu peux me détester, Arthur. Mais je ne regrette absolument rien ! Et si c'était à refaire, pour Alexia, je le referai. Quant à Éden, j'aurai une conversation avec

elle.
— Sa mère ! explose-t-il, me faisant sursauter. Tu as été danser devant la tombe de sa mère !
— Je n'étais pas seule, crié-je à mon tour. On a dansé, bu, et chanté les chansons que Colline aimait, et pleuré aussi parce qu'elle manque à Alexia et aussi parce que...

Je ne dis plus un mot. Comment lui expliquer pourquoi moi j'ai pleuré pour Colline ce soir là ? Lui non plus ne pourra pas comprendre.

Retenant des larmes, je déglutis, allume une cigarette, grimace tant le goût me semble dégueulasse.

— Parce que quoi ?
— Je vous ai parce qu'elle n'est plus là ! Chaque fois que je passe au cimetière, je vais lui demander pardon. Pardon de t'aimer, pardon de me dire que sa fille est aussi la mienne, pardon d'être heureuse avec vous, pardon de travailler avec toi, pardon d'aimer ma vie alors que je vis dans son ombre et que ce bonheur, cette vie là, c'est avec elle que tu aurais dû...
— Aleyna...

Il me rejoint, s'accroupit devant moi, prend ma main, y dépose une multitude de baisers. De l'autre, je caresse tendrement son visage, sens la cicatrice sous mes doigts, dépose un baiser sur ses lèvres.

— Tu veux que je demande pardon une fois de plus ? Alors pardon de ne pas être Colline !

Sans lui laisser le temps de répondre, je m'en vais et claque la porte derrière moi.

D'un pas décidé, je suis entrée chez ma tante. Elle est dans le jardin arrière, occupée à chanter et jardiner.
J'ai bien envie d'aller la voir, lui confier ce qui me trouble mais je n'en fais rien.
Pourquoi ce serait à moi seule de me repentir, de m'en vouloir, voire même me punir ? Nous étions trois ce soir là !
J'ai pris le trousseau de clés dans le panier et suis partie sans un bruit.

5

Les herbes hautes ont envahi le jardin depuis si longtemps que les insectes doivent se croire dans une jungle.
Le portail, rouillé par endroit, grince quand je le pousse. L'allée, autrefois pavée, est recouverte de mousse.
Cette maison, je l'ai quittée à dix-sept ans. Je n'y suis jamais revenue. Jusqu'à aujourd'hui.
Ce jour là, Tante Louise a fermé les volets, pris mes affaires et fermé la porte. Laissant ce qui faisait ma vie d'adolescente entre ces murs. Oubliant papa, maman et Rozenn.

Un court instant, je reste figée devant la lourde porte en bois avant de glisser la clé dans la serrure. Cette dernière coince un peu mais, en forçant dessus, elle finit par s'ouvrir sur un couloir plongé dans la pénombre.
J'entre, le cœur battant à tout rompre, referme derrière moi et fais quelques pas.
Le temps semble suspendu, un rayon de soleil passe à travers les volets dans le salon. Une odeur âcre me monte au nez, typique de ces endroits qui sont restés fermés une éternité, j'en ai la nausée.
La poussière s'élève sous chacun de mes pas, me faisant éternuer une demi-douzaine de fois d'affilée.
Bien que j'aille ouvrir les fenêtres, je laisse les volets clos.
L'air devient peu à peu respirable. J'avance

lentement, dans un silence religieux.
Comme si je foulais un sol sacré et interdit.
Comme si j'allais de nouveau entendre la voix de papa chantant *Une autre histoire*.
Comme si maman allait passer près de moi sans vraiment me voir, ne lui souriant qu'à lui.

Tout est identique à mes souvenirs. L'horloge au dessus de la cheminée. Le vieux fauteuil dans lequel je m'asseyais pendant des heures. Les vinyles de papa impeccablement alignés dans la vitrine sous la chaîne HI-FI. Sa collection de voiliers sur les étagères. La table basse sur laquelle traîne un vieux magazine de Femme Actuelle. La table de salle à manger ronde dans un coin. Elle ne servait qu'à Noël, nous mangions dans la cuisine tout le temps.
Le vase en cristal posé sur le bahut hérité de je-ne-sais-plus-qui, son bouquet de roses fanées. Vestiges d'un temps passé, figé dans l'éternité.
L'épaisse couche de poussière témoigne de l'absence cruelle de ceux qui ont vécu ici, au milieu des rires qui sonnent faux et d'une douleur silencieuse bien réelle.

Dans la cuisine, la table est prête, les couverts posés autour des assiettes blanches dont une est ébréchée. Celle de papa. Il était toujours en bout de table, maman et moi étions de chaque côté. Ces rares moments où son regard me faisait face, où sa voix ne trahissait pas ses blessures secrètes, où j'avais l'impression qu'elle m'écoutait et, parfois, elle

me décrochait un sourire. Un vrai sourire, pas un simple étirement des lèvres sans saveur.
Chassant son image de ma mémoire, j'observe le reste de la pièce, passe un doigt sur le plan de travail carrelé.
La moisissure a envahi les casseroles qui débordent de l'évier en inox. Un torchon couvert de sauce tomate a séché dans une forme improbable.
Tante Louise a laissé la maison en l'état, s'est refusée, elle aussi, à y revenir. Ou est-elle venue une fois mais elle n'a pas eu le cœur de toucher à quoi que ce soit en dehors de la chatière qui semble avoir été scellée de l'extérieur ?
Une souris passe entre mes pieds, m'arrache un cri de frayeur, et disparaît derrière le vaisselier en pin massif. Les rideaux ont jauni, j'ouvre la fenêtre, laisse de nouveau le volet clos.

Les manteaux sont accrochés dans le placard de l'entrée, au dessus des paires de chaussures. Le parapluie beige de maman pend contre un mur. Les trousseaux de clés en ligne sur le porte clé mural.
Puis, je monte à l'étage, passe devant la porte de leur chambre.
Il m'est impossible d'y entrer sans songer à ce que maman a fait, sans penser aux nombreuses nuits où je l'ai entendue pleurer l'absence de Rozenn. Et soudain je me demande si l'autre femme, celle que papa a aimé jusqu'à son dernier souffle, est aussi venue ici.
Et pourquoi est-elle revenue aujourd'hui ?

Ma chambre se trouve au bout du couloir, juste après la salle de bain.

Je me souviens avoir fermé la porte ce jour là, après avoir chargé mes sacs de fringues, de livres, de mon poste CD, de ma collection de voiliers, laissant derrière moi mes peluches, mes posters, mes magazines *people*, mes carnets intimes.

Sur les étagères surplombant le bureau, des livres de cuisine et de pâtisseries en tous genres. Une boule à neige ramenée de nos vacances - les seules que nous ayons jamais eues - dans les Alpes.

Le miroir sur l'armoire me renvoie mon reflet.

Ma robe tombe aux genoux. Mes sandales ouvertes laissent entrevoir des orteils vernis en bleu. Pas du tout assortis aux fluo rose et vert qui ornent mes mains.

Il y a deux jours, j'ai laissé ma gamine faire ce qu'elle voulait pendant que je bouquinais et depuis, j'ai oublié de retirer ses œuvres.

L'armoire ne contient qu'un petit carnet cadenassé que je planquais souvent sous mes fringues. Comme n'importe quelle ado, j'y écrivais mon quotidien et mes tourments. Je souris en voyant la clé accroché à ce même journal.

Je secoue l'épaisse couette du lit, fait voler une couche de poussière énorme, éternue une dizaine de fois, ouvre la fenêtre et entrebâille les volets avant de m'installer sur le lit et d'ouvrir le vieux carnet.

La première page est remplie de dessins d'étoiles, de cœurs entrelacés, d'autres brisés, d'une chaîne

entourée de flammes, d'une tête de mort, de deux yeux verts.
Sur la deuxième, je reconnais mon écriture d'ado au stylo turquoise pailleté.

✲ *Aujourd'hui, Héloïse a encore insulté Arthur. J'ai voulu le défendre mais je n'ai rien dit. Elle va tout raconter, tu sais pour Rozenn. Je vais aller en prison, je ne veux pas y aller. Maman ne m'aime plus.*

✲ *Rien ne va dans ce bled de bouseux ! Vivement que je me casse d'ici. Maman est complètement à l'ouest. J'ai l'impression qu'elle se défonce avec ses anxiolytiques. Papa refuse qu'on en parle. Je crois que j'aurai dû me noyer avec Rozenn.*
Mina et moi on a rigolé sur le dos de l'autre conne, ça fait du bien. Un jour, je vais lui arracher la figure !

✲ *Malo m'a embrassée. C'était une horreur. Il m'a bavé sur le menton et tiré mes cheveux en passant la main dedans. Je comprends pas ces gens qui aiment se rouler des pelles, c'est dégueulasse !*

✲ *Arthur vient d'être viré. Alexia, Colline, Mina, Héloïse et moi on sait que c'est de ma faute. J'avais pas le choix. Mais je m'en veux.*
Je la hais cette garce. Mais je me hais aussi. Elle me fait trop peur. Quand j'aurai mon permis, je vais lui rouler dessus ! Elle n'aura que ce qu'elle mérite !

Après avoir lu l'intégralité du carnet, je le repose sur la table de chevet, près de la lampe en bois. Et quitte la maison une fois toutes les fenêtres fermées.

Puis j'envoie un texto à Arthur. Qu'il y réponde ou pas ne changera pas le fait que je me rende à l'école. Il est hors de question que je n'aille pas chercher ma gamine à la sortie.

D'autant plus que j'ai besoin d'avoir une conversation avec elle. Seule à seule.

6

Devant le portail, les parents arrivent lentement. Certains m'observent. Les nouvelles vont vite dans les petits bleds et les ragots ne tardent jamais à se répandre.

Assise sur un muret, écouteurs dans les oreilles, je garde le nez plongé sur mon portable, désespérant de n'avoir aucune réponse de Clara.

Contrairement aux autres mamans qui arrivent en troupeau, je suis toujours seule. Mina est au boulot, Alexia dans l'école avec ses élèves.

Lorsque les CE2 sortent, je me lève, m'avance un peu. Éden arrive, me fait un câlin avant de me coller son gilet dans les mains.

— Bonjour, Nana.
— Salut ma chérie. Tu as passé une bonne journée ?

Elle acquiesce d'un signe de tête suivi d'un grognement, me prend par la main.

D'instinct, nous nous rendons au parc de l'autre côté de la rue et nous installons sur un banc.

Tandis qu'elle se jette sur la brioche au sucre, je tente de planter une paille dans sa briquette de jus de fruits.

— Je peux te poser une question, Nana ?

J'acquiesce, bien que je me doute de sa question. Toutefois, je reste surprise quand elle me dit :

— Qu'est-ce qu'ils deviennent nos corps quand on meurt ?

Un instant, je reste figée, le regard rivé sur son épaisse tignasse brune.
- Et ne me raconte pas les salades que papa me raconte. J'aime pas qu'on me mente.
- Tu penses qu'ils deviennent quoi, toi ?

Elle hausse les épaules, croque une autre bouchée. Les joues gonflées par sa brioche, elle reprend :
- Noëlle, elle dit qu'on sert de nourriture aux vers et Thomas, il dit qu'on s'envole dans les étoiles. Mais si on s'envole, pourquoi on nous mets dans des boites sous la terre ?
- Je vais te raconter ce que mon papa me disait, je ne sais pas si c'est la vérité absolue mais j'ai toujours aimé croire que ça pouvait être vrai.
- Je t'écoute alors.
- Mon papa me disait que les humains font partie de la nature, que nous sommes un tout qui ne peut pas vivre les uns sans les autres. Nous avons besoin des animaux et des plantes pour vivre et quand nous mourrons, nos corps vont dans la terre pour aider les arbres et les plantes à vivre.
- Comme de l'engrais ?!
- En quelque sorte, oui. Ainsi, lorsque nous mourrons, nous faisons partie de la nature, d'une autre manière. Mon papa disait qu'ainsi nous continuons à vivre dans les fleurs, les arbres, les plantes et que les forêts sont une partie de ceux que nous avons aimés.

Elle garde le silence un long moment, avale d'une

traite sa brique de jus, lâche un petit rot en ricanant.
— Et maman aussi elle est devenue une fleur ? Comme ta sœur et tes parents ?
— J'ose croire que oui.
Je m'acharne sur ma brique de jus et finit par y planter la paille si fort que le liquide coule sur mes doigts.
— Pourquoi vous avez fait la fête au cimetière ?
— Je ne sais pas, avoué-je. Alexia ne voulait pas la laisser seule et ça nous a semblé être une bonne idée. Je comprends que tu sois fâchée, dis-je avant de porter la paille à mes lèvres.
— Je ne le suis pas. J'aurai voulu être avec vous !
— Tu n'es pas fâchée ?
— Nooon ! Je suis sûre qu'elle a eu une fête extra. Elle te manque ta sœur ?
— Oui, chaque jour.
— Je sais pas comment l'expliquer mais...est-ce qu'on est obligé de dire que les gens qu'on a pas connu nous manquent ? Tu sais, personne ne me parle de maman, ni de ce qu'elle aimait. Je ne demande pas à papa ou Tante Alexia, je veux pas leur faire de peine. Papa, il veut que je ne l'oublie pas alors on va au cimetière et il met des photos partout mais je ne me souviens pas d'elle. Je voudrais m'en souvenir mais je n'y arrive pas.
— Je peux te parler d'elle, si tu veux. De ce que je me souviens. J'ai été son amie jusqu'à mes

vingt ans.
— Merci, Nana. Tu es vraiment une maman géniale.

Je garde le silence, passe une main dans ses cheveux et la serre contre moi.

Puis nous rentrons à la maison, main dans la main. Comme à son habitude, elle me raconte tous les cancans de l'école, évite soigneusement de parler des cadeaux qu'ils fabriquent en classe, sautille sur les bandes blanches aux passages piétons.

Lorsque nous pénétrons dans la maison, elle envoie valser ses sandales, lance son cartable dans le placard et grimpe dans sa chambre mettre la musique.

Arthur n'est pas là, il n'a pas laissé de mot sur le plan de travail. C'est bien la première fois !

Vraiment, sa colère doit être inimaginable pour qu'il change ses habitudes aussi subitement.

Après avoir préparé les croque-monsieur au camembert, je me suis installée dans le jardin, un bouquin à la main.

Pour la vingtième fois aujourd'hui, je vérifie mes appels et messages mais c'est toujours le silence radio.

Elle compte répondre un jour ?

Par précaution, j'éteins cette maudite machine et la rallume aussitôt. Mais il n'y a rien.

◆

Une énorme main se pose sur mon épaule et me fait sursauter alors que je me suis endormie sur la chaise longue.
Merde, Éden !
— Elle est chez ta tante, me dit Arthur, comme lisant dans mes pensées.
À moins que je n'ai réellement crié ?
Je crois qu'il va falloir que je retourne voir le médecin. La fatigue me tombe dessus sans prévenir, je n'ai guère envie de recommencer à me doper aux vitamines pour tenir debout.
— Pardon, je n'ai pas fait exprès de m'endormir...
Il hausse les épaules, allume une cigarette, se plante devant moi.
— Qu'est-ce qui ne tourne pas rond chez toi en ce moment ?
— J'en sais rien.
— T'es pas heureuse ici ? Tu veux t'en aller ?
— Non ! Je ne sais pas ce qui cloche mais je ne veux pas partir. Tu... tu veux que je m'en aille ?

Ne pose pas cette question, imbécile ! Et s'il te dit oui, hein ?

— J'en sais rien. J'ai l'impression de ne pas te connaître. Je te regarde et je me demande où t'es passée. Tu me caches des choses, t'es sur les nerfs, tu recommences à compter et quand tu fais ça, c'est que quelque chose ne va pas. Mais tu ne me parles pas, tu me fuis. Alors peut-être que t'as besoin d'espace.

Silence. Je ne réponds pas. Que puis-je dire à ça ? Moi-même je ne me comprends plus.

Il écrase sa cigarette, fait claquer ses baskets sur les carreaux de la terrasse.

— Louise va garder Éden jusqu'à mercredi. Je vais dormir sur le canapé. Si t'as envie de me dire quoi que ce soit, tu sais où me trouver.

— Est-ce que tu veux que je m'en aille, Arthur ?

La question m'échappe une seconde fois. Je redoute la réponse mais elle ne se fait pas attendre :

— J'en sais rien... Fais ce que tu veux.

La porte claque derrière lui, je me retrouve seule dans le jardin. Chocolat creuse la terre en remuant la queue. Le soleil se couche lentement. Et mon cœur se fendille. Non, il ne se brise pas. Pas encore.

Il dit parce qu'il ne me comprend pas, il est perdu. Je veux le croire. Je l'espère. Je prie pour que ce ne soit qu'une incompréhension passagère entre nous.

Hésitante, je monte à l'étage tandis que l'eau de la douche résonne dans la salle de bain. J'attrape un sac, y glisse quelques fringues, mes anti-douleurs, une paire de baskets et redescends à la cuisine écrire un petit mot sur un post-it avant de grimper dans ma voiture et de prendre la route pour je-ne-sais-où.

Dans le poste, Ycare hurle ses chansons d'amour. Des larmes s'échappent et je lâche un cri de rage tout en grillant un stop. La voiture que je manque percuter me klaxonne furieusement mais je n'y fais pas attention. Je continue ma route, accélère, donne un coup de volant à droite, insulte le monde entier avant de piler net sur le bas côté.
La tête posée sur le volant, je fonds en larmes et le frappe de toutes mes forces. La douleur dans mon poignet me rappelle à l'ordre, je hurle de plus belle.
Et tape plus fort. Ma tignasse vole dans tous les sens.
Ah j'ai l'air maligne à bouffer mes cheveux en hurlant comme une demeurée ! Je suis bonne pour la chambre capitonnée et la camisole à ce rythme là !
Reprenant mon souffle, je sèche mes larmes, baisse le son du poste, et reprends la route.
Je ne rentre pas chez moi. Chez Arthur et moi. Je me dirige vers mon autre « chez moi ».
Là où l'autre histoire a pris vie, là où malgré tout elle s'est finie brutalement.

7

J'ai passé la porte de la maison en silence, l'ai refermée et ai grimpé à l'étage après avoir ouvert toutes les fenêtres du rez-de-chaussée.
L'électricité fonctionne toujours, j'allume ma lampe de chevet, balance mon sac sur mon lit d'ado et vais faire couler l'eau de la douche.
D'abord marron, elle retrouve sa transparence au bout de quelques minutes. La tuyauterie claque et me fais sursauter.
Finalement, je me glisse dans la cabine, savoure la fraîcheur sur ma peau, ferme les yeux en songeant qu'avant hier ma vie tenait encore debout et qu'Arthur était avec moi pour un moment torride sous la douche.
Puis j'en sors, entoure mon corps d'une serviette et secoue ma tignasse rousse. Les gouttes recouvrent le miroir et les murs. C'est une chose qui amuse Arthur, que je secoue ma chevelure au lieu de la sécher avec une serviette comme n'importe qui le ferait. Son image m'arrache un sourire.
Pourquoi faut-il que tout se casse la gueule sans arrêt ? Pourquoi faut-il que je me plante non stop ?

Tu recommences à compter. Quand tu fais ça, c'est que quelque chose ne va pas...

Il me connaît bien mon géant au regard émeraude. Je sais qu'il veut juste savoir. Mais si je lui dis tout ce qui ne va pas, tout ce qui m'empêche de dormir la nuit, il en sera blessé.

Je ne peux pas lui dire. Non, je ne veux pas.

Oui, voilà, je n'ai aucune envie de lui faire porter le poids de mes angoisses, l'ampleur qu'elles prennent quand il me tient contre lui.

Je ne veux pas lui parler de cette boule nichée au creux de mes entrailles qui me fait mal, qui me rappelle sans cesse que je suis là, vivante et heureuse alors qu'ils ne le sont plus, qu'ils sont sous ces pierres au fond d'une allée.

Je ne veux pas qu'il comprenne la colère et la culpabilité qui me rongent lentement, qui s'insinuent dans chacun de mes pas, de mes sourires et de mes rêves.

Je ne veux pas lui expliquer pourquoi je me sens coupable.

Je ne veux pas qu'il trouve de mots doux et réconfortants pour me dire qu'il est normal d'avancer. Je l'entends de là m'expliquer que c'est la vie, on y peut rien, certains nous quittent et, un jour, nous quitterons aussi ceux qu'on aime. Je sens sa main caresser ma cuisse tout en essayant de me faire comprendre qu'avancer, être heureux et s'aimer n'est pas mal.

Non, je me noie dans cette culpabilité envers Colline. L'impression de lui avoir tout pris, de son homme à sa fille en passant par sa maison. Jusqu'à la vie qu'elle aurait dû avoir à ma place.

Et soudain, je me relève, je sors la tête de l'eau. La colère m'y aide. Celle que je ressens pour maman.

Fermer les yeux sur le passé serait une solution mais je n'y arrive pas. Plus depuis que j'ai lu sa

lettre. Plus depuis qu'elle a pris la vie de papa dans ce foutu accident.
Est-ce qu'un jour je vais vivre autrement ? Est-ce qu'un jour je vais cesser de me haïr pour tout ce que je n'aurai pas pu changer ?
Papa aimait l'autre femme. Maman a pris papa. L'aurait-elle fait si je ne lui avais pas pris Rozenn ?
L'autre femme est partie. Aujourd'hui elle est revenue et son visage me hante maintenant. Elle vient de se joindre à la longue liste de fantômes qui ne me quittent jamais.
Colline est morte. Quatre ans avant que je ne revienne dans mon bled. Je n'étais pas là, nous n'étions plus amies depuis que j'avais fui.
Non pas que nous ayons eu la moindre dispute mais quand je m'en vais, je ne me retourne pas. Je ne perds pas les gens, ils ne m'appartiennent pas. Et pourtant leur absence me pèse.

Il est à peine 22h, je n'ai pas mangé. Mon portable ne cesse de vibrer. Quatre appels d'Arthur et autant de textos. Trois appels d'Alexia. Cinq de Mina. Rien de Clara.
Jamais là quand on a besoin d'elle !
Elle n'a donc pas entendu le désespoir dans ma voix ? Ou fait-elle ce que je fais : abandonner les autres pour ne pas souffrir quand ils s'en vont ?
Merde, merde, merde et re-merde !!

Je descends à la cuisine, ouvre le frigo et éclate de rire. Comme s'il allait y avoir de la nourriture dedans qui m'attends sagement depuis treize ans !! En plus, il n'est pas branché. J'y remédie aussitôt.

J'enfile un long tee-shirt kaki qui recouvre mon short en jean, le renifle. Il a l'odeur d'Arthur. Sur lui, c'est un tee-shirt basique, sur moi c'est une large tunique.

J'attrape mon sac à main, file au camion à pizzas le plus proche, et reviens rapidement avec une quatre fromages, deux canettes de Coca et deux bouteilles d'eau. Ça suffira pour ce soir.

J'engloutis la moitié de la pizza, lâche un rot mémorable après avoir descendu une canette d'une seule traite puis tape sur le matelas pour retirer un maximum de poussière, change les draps et m'allonge sur le lit qui me semble soudainement petit et vide.

Les bras croisés sous la nuque, j'admire les étoiles fluorescentes au plafond.

Papa les avait collées quand nous avons emménagé ici. Ma lumière dans la nuit.

Il disait que les compter m'aiderait m'endormir. Il ne savait pas que je comptais déjà mes pas depuis le cimetière, quand nous avons laissé Rozenn dormir à jamais dans sa minuscule boite blanche.

Ça ne m'a jamais aidée à mieux dormir. Mais pendant que je comptais inlassablement les étoiles au plafond et les voiliers sur les étagères, j'oubliais les pleurs de maman, ses cris de douleur devant la piscine, son regard perdu dans le vague quand je lui parlais. J'oubliais tout.

Petit à petit, j'ai compté les marches des escaliers en les montant, en les descendant. Et le nombre de pas pour aller à l'école. Et le nombre de fois où je

disais « maman » sans qu'elle m'entende. Et le nombre de carreaux dans la cuisine. Et...
Et je n'ai jamais arrêté.

8

Les vibrations de mon portable me tirent de mes rêves. D'un geste rageur, je l'attrape, prends la lumière en pleine figure et décroche en grognant :
— Quoi ?
— T'es où ?
Arthur. J'observe l'heure : 4h45.
— Quoi ?
J'ai très bien compris sa question, j'essaie juste de trouver quoi lui répondre.
— T'es où ? J'essaie de t'appeler depuis hier !
— J'avais besoin de prendre du recul.
— Alors, ça y est, tu fuis encore ? C'est fini, nous deux ?
Je me redresse, repousse une mèche derrière l'oreille, frotte mes yeux.
— Non ! Je... j'ai besoin de réfléchir un peu. Même toi tu ne sais plus où on en est. Tu ne me veux pas au resto, ni à la maison...
— Je n'ai pas dit que je ne te voulais pas à la maison, Aleyna ! J'ai dit...
— Que tu ne savais pas s'il fallait que je reste, le coupé-je en bâillant. Voilà, tu n'as pas besoin de te poser la question, j'ai décidé pour nous.
— Dis-moi ce qui ne va pas, ne fuis pas comme ça.
— J'peux pas.
— Tu ne peux pas ou tu ne veux pas ? grogne-t-il.

J'entends la machine à café se mettre en marche, je ne cracherai pas sur une tasse bouillante. Et sur une cigarette pour l'accompagner.

> — Je ne veux pas, dis-je au bout d'une éternité. Je ne veux pas que tu règles mes problèmes, ou que tu supportes mes angoisses.
>
> — Tes problèmes ? À quoi bon être ensemble si je ne peux pas être là quand tu as des problèmes ?

Mon cœur se serre. Que vais-je bien pouvoir lui dire ? Que ma paranoïa se réveille et que je sens qu'il se trame quelque chose ? Il ne semble plus m'en vouloir pour notre excursion au cimetière mais lui ajouter mes obsessions ne fera que déclencher une nouvelle crise existentielle.

> — Je t'aime, Arthur. Je vous aime tous les deux. Mais je ne veux pas que tu sois dans mes pattes pour le moment.

Je l'entends allumer une clope, poser brusquement son briquet. Il doit être torse nu, dans son short noir, son corps balafré sous la lumière de la hotte. C'est son habitude. Il n'allume que la veilleuse de la hotte pour ne réveiller personne le matin. Comme si on n'entendait pas le vacarme de la cafetière.

> — De toute façon, tu ne me diras pas où tu es.
>
> — Je vais bien, si ça peut te rassurer. Je ne suis pas à l'autre bout du pays.
>
> — Dis-moi que tu vas revenir. S'il te plaît.

Il s'est adouci. J'entends presque une supplication derrière ses mots.

> — Je vais revenir. Je t'aime.

Sans lui laisser le temps de répondre, je raccroche et plonge la tête sous mon oreiller. Avant de sauter jusqu'aux WC et vomir tout ce qu'il est possible de vomir.
Quand je me relève enfin, je passe de l'eau glacée sur mon visage, m'essuie avec une serviette dont l'odeur me donne la nausée et me voilà de nouveau la tête dans le chiotte.
La journée va être longue !

J'ai réussi à dormir deux heures après avoir dégobillé mes tripes. Va falloir que j'aille au camion l'informer que sa bouffe devait être périmée !
Je me suis habillée d'une petite robe courte verte, d'un gilet noir, de sandales noires et j'ai attaché ma touffe en un grossier chignon.
Puis, lunettes de soleil sur le nez, j'ai sauté dans ma voiture. Il faut que je remplisse le frigo pour quelques jours et surtout que je nettoie la maison.
L'odeur de renfermé et la poussière m'écœurent de plus en plus.
Musique à fond dans ma 106, Queen chante *It's A Hard Life*.
Mon horrible voix de crécelle l'accompagne jusqu'à ce que je me fige au feu rouge en la voyant traverser. Je la suis du regard. Elle passe devant le bar, mon bar, jette un œil sur l'enseigne, sourit et s'en va d'un pas léger.
Derrière moi, les voitures klaxonnent quand le feu passe au vert. J'envoie un doigt d'honneur à qui le veut et je démarre.
Lorsque je passe devant elle, elle discute dans une

petite rue avec Loane.
Il va falloir que je m'occupe de leur cas à ces deux là !
Mais avant tout, j'ai des courses à faire et des appels à passer. Clara n'a toujours pas répondu et je commence à m'inquiéter.

Je me gare devant l'immense centre commercial, prends un chariot et entre dans la galerie marchande. Évidemment, j'en ai choisi un dont la roue part en vrille. Plutôt que m'énerver, je vais en changer en insultant mentalement la journée de merde qui n'est pas prête d'être finie.
Avant toute chose, je vais au rayon ménager faire une razzia sur les nettoyants, les éponges, serpillières et surtout sur les sacs poubelles qui seront vite remplis.
Il ne faut pas que j'oublie de passer à la pharmacie pour prendre un anti-vomitif. Je suis certaine que ça vient de la pizza. Ou des pâtes. Ou de la brioche. Ou de la clope. Ou du café. Merde, il y a bien un de ces trucs qui me rend malade ! Tout ce que je consomme ne peut pas être périmé. D'ailleurs, une clope ça se périme ? Mon dieu, les questions stupides que je peux avoir !
Une gastro ! Oui c'est ça, je me tape une gastro !

Une fois que j'ai fait un tour par le rayon fromage - Seigneur, qu'ils sentent fort - je vais de suite prendre de l'essuie-tout, du papier toilette, du gel douche, du shampooing, du savon pour les mains. Puis je me dirige vers les légumes, le nez plongé

dans mes textos.
C'est bien beau de râler parce que Clara ne répond pas mais je ne réponds pas non plus à Alexia et Mina.
J'envoie à chacune un message pour leur signifier que tout va bien et que j'ai pris un peu de vacances, puis je mets mon portable en silencieux.
　— Aleyna ?
Je fais volte-face et me retrouve nez-à-nez avec une petite brune aux cheveux courts, vêtue d'un jean et d'un débardeur blanc.
　— Valérie... Kervella, m'indique-t-elle face à mon regard interrogateur.
　— Oui, Valérie ! Pardon, j'étais un peu à l'ouest. Comment vas-tu ?
Valérie Kervella est une ancienne élève de notre école. Nous ne sommes jamais allées dans la même classe, elle a trois ans de plus que moi. Sa sœur, Charlotte, a été l'employée d'Arthur et une des nombreuses paumées à trouver refuge chez Tante Louise. Comme Arthur et moi en d'autres temps.
　— Bien. Et toi ? Charlie m'a dit que tu es revenue au village.
　— Oui, oui, depuis un peu plus de deux ans. Tu es en vacances ?
　— Non, je suis revenue aussi. Le domaine a été vendu, j'ai ouvert mon cabinet à Lorient.
Tout en marchant, nous nous retrouvons devant l'étalage de poissons. Je déglutis, m'efforce de sourire et de maintenir la conversation mais l'odeur

est trop forte. Elle me monte au nez, me donne envie de vomir au milieu du rayon.
— Quelque chose ne va pas ?
— J'ai un peu de mal avec les odeurs, avoué-je en m'écartant de l'étalage.
Elle fronce les sourcils, me suit plus loin. Je la sens me détailler du regard.
— Tu es de combien ?
Je reste figée, ne comprenant pas de quoi elle parle. Puis elle ajoute :
— Tu es enceinte de combien ? Ça me semble récent, non ?
J'éclate de rire mais elle reste sérieuse. Je me reprends.
— Je ne suis pas enceinte.
— Mouais... Je suis gynéco, Aleyna. Des femmes enceintes, j'en vois défiler. Tu devrais passer me voir dans la semaine, dit-elle en me tendant une carte.
— Je ne suis pas enceinte, répété-je.
Plus pour me convaincre que pour la contredire.
Pour me persuader que le ciel ne me tombe pas sur le coin de la figure et que ma vie, déjà compliquée, ne va pas s'écrouler une fois de plus.
— Passe me voir, Aleyna. Ça ne te coûte rien, ajoute-t-elle avec un clin d'œil.
Elle s'en va.
Je sais que je n'ai pas fini mes courses mais, là, maintenant, je dois sortir.
D'un pas décidé, je me dirige jusqu'à la première caisse libre, y balance littéralement mes achats,

paye, re-balance tout dans le chariot avant de sortir en trombe. Et de prendre une bouffée d'air.
Je ne me souviens pas avoir respiré depuis que Valérie a dit le mot qui m'effraie le plus au monde.

ENCEINTE

Je le vois clignoter en rouge dans ma tête.
Bordel de nouilles ! Comment ça a pu arriver ? Oui, bon ça va, je connais le mode d'emploi. Mais je prends la pilule, merde ! Jamais je ne l'oublie ! Non, c'est impossible, elle se trompe.
Je ris en rangeant mes courses dans le coffre.
Je ne revois Valérie qu'au bout de quoi, dix ans ? Quinze peut-être ? Et elle saurait mieux que moi ce qui se passe dans mon corps ? Pfffff, n'importe quoi.

J'ai rangé le chariot à sa place, me suis rendue à la pharmacie dans la galerie.
La pharmacienne m'observe d'un air surpris quand je dépose devant elle six tests de grossesse. Oui, six ! On ne sait jamais, hein.
— Un seul suffira, vous savez, me dit-elle devant mon air angoissé.
— Je veux les six. J'ai besoin de me rassurer.
— Oh, vous l'attendez avec impatience, ajoute-t-elle en me décrochant son plus beau sourire.
— Sûrement pas !
Ai-je vraiment répondu ça ? Devant sa mine déconfite, je crois que oui.

Un silence gêné s'installe, je paye et m'en vais sans un regard.

Sur le chemin du retour, la radio reste silencieuse. Le mot interdit clignote toujours dans ma tête. J'essaie de me concentrer sur la route, grille malgré tout un stop et un feu rouge. Le flash dans le rétroviseur me dit que l'amende va être salée. Mais je m'en fous. Ce foutu mot interdit et les paroles de Valérie me hantent bien plus que n'importe quoi d'autre en cet instant.
Dans la longue liste de mes angoisses permanentes, devenir mère est en tête. Direct à la première place. Même pas d'ex-æquo possible avec la peur de l'abandon ou quoi que ce soit d'autre.
Je ne veux pas être mère. Je n'en serais pas une bonne.

♦

Mon portable sonne. Un numéro que je ne connais pas. Je ne décroche pas, je conduis. Le numéro insiste. Au quatrième appel, je me gare sur un parking près d'une supérette, et décroche quand celui-ci appelle pour la cinquième fois.
— Ah enfin tu réponds ! s'exclame Clara.
— T'en as mis du temps à me rappeler.
— Ouais, ouais, je sais. Quand j'ai eu ton message, j'ai pris un train et... Enfin, j'suis arrivée chez toi. Ça a été le bordel, j'ai perdu

mon portable et tout. Bref, tu peux venir me récupérer ?
— Mais t'es où ?
— À la gare, à Lorient.
— Je finis de poser les courses et j'arrive.

C'est du Clara tout craché ! Traverser l'Espagne et la France pour venir à mon secours, sans prendre le temps de m'appeler avant.
Et moi qui réagit comme une imbécile !
J'ai déposé les produits frais dans le frigo et laisse les autres sacs en plan avant de reprendre la route.

Sitôt arrivée, elle se jette dans mes bras, dépose un bisou bruyant dans mes cheveux - elle me dépasse toujours autant, ça n'a pas changé. En balançant ses sacs sur la banquette arrière, je me demande comment elle a réussi à voyager aussi chargée.
— Tu comptes emménager ici ?
— Jamais ! Mais vu ton désespoir, je me suis dit que j'en aurais pour un moment à te coller aux basques.
Puis elle s'écroule sur le fauteuil passager et lance un coup d'œil à mon attelle.
— T'arrive à conduire avec ça ?
— J'suis arrivée jusque là, non ?
— Ouais. Je peux prendre le volant si tu veux.
Je refuse, j'ai besoin de me concentrer sur la route. Sinon le mot interdit revient danser la salsa devant mes yeux.
Quand je l'ai quittée, il y a un peu plus de deux ans,

elle avait ses cheveux courts et ne portait que des baskets. Aujourd'hui, elle a une chevelure blonde décolorée aux épaules, est vêtue d'un corsaire en jean et d'une chemisette noire. Sa tenue est agrémentée d'une paire de créoles en argent et d'un long sautoir assorti.

— Tu aurais dû me dire que tu allais débarquer, la maison est dans un état pitoyable.

Elle hausse les épaules, ouvre la vitre et crache son chewing-gum.

— Je ne suis pas venue pour ta maison. J'espère que ma présence ne va pas déranger Fran... Arthur et sa gosse.

Frankenstein. Oh que je le hais ce surnom. Héloïse l'avait surnommé ainsi en raison de la cicatrice qui lui barre le visage. De l'arcade droite jusqu'au menton, en passant par sa joue. Il garde sa barbe souvent parce qu'elle en cache une bonne partie.

— On... n'habite pas ensemble cette semaine, dis-je en mettant mon clignotant avant de prendre à droite.
— Pardon ? Qu'est-ce qu'il s'est passé ?!
— Je t'ai dit que je ne fais que des conneries. Tu te souviens de mon ancienne maison, celle de mes parents ?

Elle acquiesce d'un signe de tête.

— C'est ici qu'on va.

Sa bouche se fige dans un « oh » de stupeur, elle ne dit plus un mot.

Les chemins de campagne s'étendent rapidement

devant nous et je décide de m'intéresser à sa vie. Depuis qu'on a quitté la Provence, on ne se parle plus aussi souvent.

— Oh bah c'est partout pareil. Rudy a perdu une partie du camping dans les inondations cet hiver alors pas de boulot cette année. Juan a enfin signé son CDI. C'est pas le super job dont il rêve mais ça paye les factures.

Juan. Son homme. Elle m'a parlé de leur relation il y a un an et demi environ mais comme elle n'en parle pas souvent, j'imaginais qu'ils n'étaient plus ensemble.

— Ça ne le dérange pas que tu sois là ?
— Tu plaisantes ? Je le saoule tellement à dire que tu me manques qu'il m'a presque balancée dans un train en marche !

On rit de bon cœur. Queen chante *Radio Ga Ga* dans le poste. Elle monte le son, frappe dans ses mains et chante tandis que je suis son mouvement, tapotant mon volant. C'est comme si nous ne nous étions jamais quittées.

Le feu passe au rouge, j'évite de le griller cette fois. Une amende suffira pour aujourd'hui.

Mon regard se promène sur les passants et les clients du bar à l'angle de la rue.

Attablée, une superbe blonde passe une main dans ses cheveux, gronde une gamine d'une dizaine d'années qui vient de renverser son verre.

Elle relève ses lunettes de soleil et...

— Nom de Dieu !

Clara se redresse, suit mon regard et s'exclame :
— Non mais j'hallucine ! C'est Héloïse ?
J'acquiesce d'un grognement.
— Mais qu'est-ce qu'elles ont à toutes se pointer cette semaine ?
Devant l'air interrogateur de Clara, j'ajoute :
— La mère d'Arthur est dans le coin aussi.
— Non ? Sans déconner ? Il le prend comment ?
Je ne sais pas. Je me demande s'il l'a croisée. Et si ce n'est pas le cas, je ne lui ai rien dit.
Peut-être que je devrais ?
Non, je ne dis rien. Je vais déjà devoir gérer mes angoisses perpétuelles, le mot interdit qui clignote en rouge dans ma tête, et ma nouvelle lubie qui consiste à vivre temporairement dans cette foutue baraque.
Si je comptais faire disparaître mes fantômes, c'est loin d'être gagné.
Mais je me demande quand même si je ne devrais pas aller au bar l'en informer. J'imagine son choc s'il la croise dans une rue, ou si elle se pointe au bar. Plus encore s'il découvre que Loane est une de ses connaissances.
Et s'il se rend compte que je savais tout ?
Enfin, « tout » est un grand mot. Je ne sais pas ce qui les lie ces deux-là et je vais faire ce qu'il faut pour le savoir. En attendant, s'il découvre sa présence, je nierai l'avoir croisée. Mentir n'est pas la solution mais c'est la seule qui me vienne pour le moment.

9

— Elle fait flipper ta baraque !

Les premiers mots que lâche Clara en débarquant de la voiture me font sourire.

— T'as encore rien vu, ni entendu, me moqué-je en ouvrant la porte.

— Arrête, je ne vais pas dormir cette nuit !

J'éclate de rire et la guide jusqu'à ma chambre. À dire vrai, je ne sais pas où elle va dormir. J'ai d'autres choses en tête.

Le parquet craque sous nos pieds et la tuyauterie claque soudainement, lui arrachant un cri de frayeur.

Je ris de plus belle tandis qu'elle s'accroche à mon gilet.

— Sans déconner, on doit vraiment rester ici ?

— Tu peux toujours camper dans le jardin.

Son regard horrifié m'arrache un énième fou rire.

— Propose-moi la cave pendant que tu y es !

— Je ne l'ai pas vidée mais je suis certaine que les rats vont t'adorer.

— T'es chiante, Nana !

— Il n'y a pas de cave ! Les rats, j'en suis moins sûre.

Elle m'envoie une claque sur le bras, je ris de plus belle.

— M'en tape, je dors dans ton lit.

— J'irai au canapé.

La tuyauterie claque à nouveau.

— Je dors là où tu dors, avec toi s'il le faut ! Hors de question que je passe la nuit seule dans une baraque aussi flippante.

J'esquisse un sourire. Étrangement, j'y suis bien dans cette baraque. Au milieu des souvenirs et des fantômes du passé. Au milieu des photos sur les murs et du bouquet fané. J'ai presque envie d'allumer la chaîne HI-FI en priant pour que Gérard Blanc chante son autre histoire. Juste pour revoir l'image de papa et maman enlacés dans ce salon.

Nous retournons à la cuisine vider les derniers sacs et sortir la nouvelle cafetière de son emballage.

Clara prépare deux cafés, tandis que, d'un geste rapide, je glisse les tests de grossesse dans mon sac à main. Ce n'est pas le moment qu'elle tombe dessus et hurle sa joie d'être tata.

J'ouvre la porte arrière de la cuisine et admire le jardin. Enfin admirer est un grand mot quand je vois qu'il est dans un état pire que l'avant.

Elle attrape deux chaises et vient se planter sur les carreaux noirs de crasse, posant ses fesses sur la première et les jambes sur l'autre. J'en fais autant. Puis mon regard se promène sur les herbes hautes, sur les trois chats planqués derrière un tas de bois pourris, sur la clôture écroulée et sur le toboggan en métal rouillé.

— Bon tu m'expliques maintenant ?
— J'ai fait la fête au cimetière avec Alexia et Mina. Bourrées sinon c'est pas drôle.

Elle m'observe un court instant avant de prendre un fou rire.

— Devant la tombe de Colline. Du coup, Arthur me déteste.

Elle se tait, se redresse sur sa chaise. Elle ne va pas juger, elle ne juge jamais. Même quand j'ai trompé Antoine avec Arthur, elle m'a accueillie chez elle à bras ouvert. Si on considère que faire des rêves torrides à propos d'un autre quand on est fiancée, c'est tromper. Ou que l'embrasser et se jeter dans ses bras après avoir picolé, c'est tromper. Oui, bon, c'est tromper et c'est ce que j'ai fait à Antoine.

— Ne me demande pas pourquoi je l'ai fait, j'ai plus envie de l'expliquer.
— J'allais pas te le demander. T'as de ces idées quand même.
— C'était une idée d'Alexia. Mais bon, j'ai pas dit non.
— Et donc tu vas te flageller toute ta vie pour une malheureuse connerie ? On a fait bien pire si tu te souviens bien.

Je souris aux souvenirs de nos sorties mémorables, de nos beuveries et de cette soirée où, en voulant faire pipi sur le bord de route, ivres mortes, nous avions fini les fesses dans les orties. Avant de devoir aller faire un tour aux urgences.

— Ce n'est pas pareil. Je ne vis pas dans ton ombre, je ne t'ai pas pris ta vie.
— Tu n'as rien pris à personne. Elle est morte.

Mon sang ne fait qu'un tour et mon cœur bondit dans ma poitrine. Je lui lance un regard noir. Elle se contente de me sourire. Mais c'est qu'elle s'en

tamponne complètement d'être aussi directe !Je lui ferai volontiers ravaler certaines paroles mais elle a le mérite de ne pas mâcher ses mots.
— Ouais et elle...
— Elle est morte, répète-t-elle. C'est triste mais c'est la vie. Des milliers de gens meurent tous les jours et on ne peut rien y faire. Tu crois que les autres vont arrêter de vivre quand on sera six pieds sous terre ? Tu crois qu'ils vont se morfondre jusqu'à leur dernier souffle parce qu'on ne sera plus là ?

Bah oui, je le crois ! Je l'espère. Égoïstement, si je meurs, je ne veux pas qu'Arthur retrouve le bonheur et soit heureux sans moi. Je suis loin d'avoir la bienveillance de Colline, qui avait souhaité le contraire.
— C'est toi qui l'a tuée ? Non ! Alors arrête de toujours t'en vouloir pour ce que tu ne peux pas changer. Putain, Nana, même Alexia l'accepte. Tu ne peux pas apprécier d'être heureuse une fois dans ta vie ?

Je garde le silence, le regard rivé sur les chats toujours planqués dans leur tas de bois. Je tire une longue bouffée de ma clope, recrache la fumée.
— T'es heureuse, hein ?

Je ne réponds pas. Je le suis, oui. Parfois. Quand je ne suis pas en train de penser à papa, maman, Rozenn, Colline ou n'importe quoi d'autre de déprimant.
— Nana ?
— Ouais... J'en sais rien, lâché-je en recrachant

une nouvelle fois la fumée de ma clope. J'ai tout ce que je voulais et même plus mais ici j'ai l'impression de ne pas avoir le droit à l'erreur. Et surtout qu'Arthur n'a pas fait son deuil.

Elle hoche la tête, va chercher deux canettes de soda, m'en tend une et reprend sa place en silence.

— Il n'a pas voulu changer les meubles, ni la décoration. Il y a des photos d'elle, aucune de nous. Je dors là où elle dormait, dans ses draps, dans sa chambre.
— C'est dur, souffle-t-elle en portant le goulot à ses lèvres.
— Ouais...
— Tu lui en as parlé ?

Je secoue la tête.

— T'attends quoi pour le faire ?
— J'sais pas. J'attends peut-être qu'il le fasse de lui-même. Qu'il arrête de laisser la maison ressembler à un mémorial. Tiens, la semaine dernière, je l'ai entendu dire à Malo qu'il trouvait parfois étrange de travailler avec moi parce que ce ne serait jamais arrivé avec elle.

Elle se redresse et, d'un geste rapide, attache ses cheveux en une queue haute.

— Dans quel contexte ?
— Quoi « quel contexte » ? Il lui a dit, c'est tout.
— Si tu n'as pas entendu le début de la conversation, tu ne peux pas juger ses mots.
— Depuis quand tu le défends ?

Elle rit.

— Depuis que ta paranoïa semble être de retour !

Je réprime un sourire. Elle a toujours les bons mots, même s'ils sont relativement crus. Elle n'y va pas par quatre chemins et tant pis si ça bouscule mon petit monde.

Mon portable vibre dans la cuisine. J'y vais et vois le nom de ma tante s'afficher. Je décroche, sachant pertinemment qu'elle ne m'appelle pas sans raison.

— Coucou. Dis-moi, tu peux prendre du pain s'il te plaît.
— Quand ?
— Maintenant, si possible.
— Je ne suis pas seule, dis-je en triturant une mèche. Clara est avec moi, je peux passer avec elle ?
— Évidemment. Il y a si longtemps que je ne l'ai pas vue.

Elle raccroche. Clara remet les chaises en place dans la cuisine, ferme les volets et la porte. Puis nous grimpons dans ma voiture.

Une nouvelle fois, elle insiste pour conduire mais je refuse.

Il ne nous faut pas plus de dix minutes pour nous rendre à l'impasse, après que je me sois arrêtée en double file devant la boulangerie.

À cette heure-ci, Arthur et Loane sont encore en plein travail. Aucun risque de les croiser. Ce qui m'arrange bien et me rassure en même temps.

J'ai trop de questions pour Loane et pas assez de

réponses pour Arthur.

Dans l'impasse, il n'y a pas un chat. Seulement Chocolat qui saute encore par-dessus le portillon, vient me faire la fête en aboyant et bouscule Clara.
Je le renvoie dans le jardin, jette un coup d'œil furtif à la maison.
Je ne sais pas ce qui est le plus lourd entre vivre ici, au milieu des souvenirs de Colline, ou squatter l'autre maison, au milieu des miens.
La porte s'ouvre à toute volée, laissant passer Éden qui se jette dans mes bras avant de saluer Clara.
— Pourquoi t'es pas venue me chercher aujourd'hui ?
— Il fallait que j'aille récupérer Clara à la gare, dis-je en la suivant à l'intérieur.
Dans le couloir, le coucou déréglé sonne 18h alors qu'il est plus de 20h.
Je suis ma gamine et Clara me suit sans un mot.

Tante Louise est en train de poser un plateau de crudités sur la table de jardin métallique. Un large sourire éclaire son visage lorsqu'elle nous aperçoit. Elle serre Clara dans ses bras, lui claque deux bises et nous invite à prendre place.
Ses cheveux violets scintillent dans la lumière de fin de journée. Son short en coton est couvert de terre, autant que ses genoux. Elle a dû passer son temps à jardiner. Son tee-shirt est bouffé par les mites mais elle s'entête à ne porter que celui-ci pour ses activités extérieures.

Éden passe en courant entre nous, attrape une brique de jus et ses poupées et va jouer dans sa cabane en bois.

Tante Louise n'évoque pas le sujet « Arthur » ni « l'autre maison ». Elle se concentre sur Clara, lui parle de tout ce qu'elle a raté depuis que nous avons fui la Bretagne comme des voleuses, se montre curieuse sur sa vie privée et professionnelle. Elle se réjouit quand Clara lui annonce être ici pour une durée indéterminée.

Tante Louise propose un verre de chouchen à Clara, qui le refuse poliment, puis m'en sert un sans me demander mon avis. Mais le mot interdit vient clignoter dans ma tête alors que mes lèvres touchent le bord du verre et je me ravise.

— Tu ne bois pas ?

Tante Louise m'observe d'un drôle d'air. D'ordinaire, je ne crache pas sur le chouchen.

— Je conduis, dis-je en allumant une cigarette.
— Tu habites à côté, se moque-t-elle.
— Pas cette semaine. Arthur et moi... Enfin, je ne suis pas à la maison cette semaine.

Elle se tourne vers Clara.

— Oh... Tu as pris une chambre d'hôtel ?
— Pas vraiment, grommelle Clara avant de détourner son regard vers Éden.
— Nous sommes... dans l'autre maison, avoué-je en évitant le regard de ma tante.

Elle recrache son chouchen, m'éclabousse les cuisses au passage et tousse avant de se redresser sur sa chaise.

— Ça explique pourquoi je ne retrouvais plus les clés.
— Je sais que j'aurai dû te le dire.
— Ce n'est pas grave. C'est chez toi, après tout. Qu'est-ce que tu y fais ?
— J'ai besoin d'air. Et de trouver des réponses à mes questions. Tu ne peux pas me donner celles que j'attends, dis-je alors qu'elle ouvre la bouche. J'ai l'intention d'y faire du tri aussi, si ça ne te dérange pas.
— Ce n'est pas chez moi, tu y fais ce que tu veux.
— Tu en es la propriétaire, lui rappelé-je en écrasant ma clope dans le cendrier.
— Elle n'aurait pas dû me revenir.
— Est-ce que tu comptes la vendre ou l'habiter un jour ?

Ma question semble la surprendre. Clara nous observe en silence, visiblement mal à l'aise.

— Tu vas t'en aller, Nana ?

La voix d'Éden se fait entendre par la fenêtre de sa cabane et sa petite tête en dépasse. Ses yeux émeraude sont fixés sur moi, attendant une réponse.

— Je vais revenir, dis-je en songeant que ce sont les mêmes mots que j'ai dit à Arthur. J'ai quelques petites choses à régler cette semaine.
— OK.

Elle se contente de cette réponse et disparaît de nouveau.

— Tu es sûre que tout va bien ?
Ma tante s'inquiète.
— Arthur m'a dit que tu recommences à compter et que tu te lèves souvent la nuit.
Arthur devrait se taire ou me parler à moi au lieu d'aller raconter ses soucis à ma tante ! Remarquez que je devrais aussi discuter avec lui au lieu de compter tout et n'importe quoi ou de fuir comme une lâche à l'autre bout de notre bled.
— Tout va bien, dis-je d'une voix hésitante. Mais pour la maison... Je me disais que, peut-être, tu accepterais de la louer à Mina et Cédric.
Elle réfléchit un instant, se verse un verre d'eau glacée avant de me répondre.
— Pourquoi pas. Ce n'est qu'une maison et elle a besoin d'une autre histoire.
Gérard Blanc se pointe dans ma tête ; je le fait taire rapidement. Seigneur, je vais devenir cinglée !!
— Parfait. Je vais me charger de la nettoyer et la vider.
— Fais en autant avec tes soucis, grogne Clara.
— Elle n'a pas tort, me sourit ma tante.
Je le sais. Elles n'ont pas besoin de se liguer contre moi.
— Il y a autre chose dont je voudrais te parler, dis-je d'une voix si basse que je ne suis pas certaine qu'elle m'ait entendue.
Mais son regard m'indique le contraire. J'avale un verre d'eau et me penche vers elle, vérifiant du coin de l'œil que ma gamine ne laisse pas traîner ses oreilles dans le coin.

— Elle est revenue. L'autre femme.
— La mère d'A... ?

Elle se stoppe au milieu de sa phrase, choquée. Comme moi, elle vérifie qu'Éden ne joue pas les commères.

— Tu es certaine que c'est elle ?

Je hoche la tête, l'air grave.

— Qu'est-ce qu'il en pense ?
— Je ne sais pas s'il le sait. Je n'ai pas eu l'occasion de le lui dire. Tu sais, depuis deux jours, c'est tendu. Vous êtes proches, tu pourrais..., suggéré-je en grimaçant.
— Hors de question, s'exclame-t-elle en se laissant tomber contre le dossier de sa chaise. Il n'a jamais voulu évoquer le sujet depuis ses dix-sept ans, je ne vais pas m'y risquer maintenant. Tu es sa femme, tu n'as qu'à le faire.
— On n'est pas mariés.
— C'est pareil. C'est toi qui l'a vue, c'est toi qui lui dit.
— Bonjour le soutien.

Mon ton a été plus sec que je ne le veux vraiment mais je suis contrariée.

Arthur ne m'a parlé qu'une seule fois de sa mère. À l'époque nous n'étions pas encore ensemble et c'était la période « révélation ». Chacun avouant à l'autre ses traumatismes d'enfance, pour faire face à nos démons.

Elle est partie quand il avait six ans, n'a jamais voulu le reprendre quand il était battu par son père, ni quand ce dernier est mort. Elle avait une vie, d'autres enfants. Alors que vient-elle faire dans le coin ? Est-elle réellement là pour revoir son fils ou pour une autre raison ?

Moins d'une heure plus tard, nous avons laissé ma tante et ma gamine et nous sommes rentrées dans l'autre maison.
J'ai préféré quitter les lieux avant que mon géant ne débarque et ne me pose mille questions.

Une fois le repas avalé, nous nous sommes installées sur mon lit et nous avons regardé un film sur le disque dur. Pas de box, pas d'internet ici.
À chaque bruit que Clara considère comme étrange, je souris. Je les trouve presque rassurants.
— On va faire quoi demain ?
— Du tri, je pense. Il faut que j'envoie un message aux filles.
— Envoies-en un à ton homme. Tu ne vas pas l'éviter jusqu'à la fin de ta vie.
— Jusqu'à la fin de la semaine.
Elle éclate de rire, me balance un coussin dans la tête.
— T'as un grain. Je meurs de rire s'il débarque ici.
— Faudrait qu'il sache où on est.
— La gamine va le lui dire, elle a laissé traîner ses oreilles pendant qu'on discutait.
— Tu crois qu'elle a aussi entendu pour sa mère ?

Elle hausse les épaules, fourre une poignée de pop-corn dans sa bouche et me tend mon portable.
Allongée sur le ventre, elle balance ses pieds d'avant en arrière et manque de peu mon visage. Je lui envoie une claque sur le mollet, elle rit.

Arthur est une armoire à glace, une force de la nature qui n'a pas eu d'autre choix que se blinder contre les coups durs. Il n'est pas du genre à être facilement impressionné ou perturbé. Mais s'il y a un sujet qu'il ne vaut mieux pas évoquer devant lui, c'est sa mère.
Clara s'est endormie rapidement. J'éteins l'ordinateur, la veilleuse et, comme autrefois, je compte les étoiles au plafond.
Avant d'envoyer un texto groupé à Alexia et Mina.
URGENT !!! Rejoignez-moi Rue des Marronniers demain après l'école. Et ne dites rien à vos hommes et Arthur.
Puis j'en envoie un à Arthur.
Je t'aime. Je vais revenir bientôt.
Sa réponse ne se fait pas attendre.
J'espère que tu sais ce que tu fais. Je t'aime.

J'espère aussi. Je n'en suis pas certaine. Mais je me refuse à lui faire subir mes angoisses.
Je pose le portable, m'allonge près de Clara et m'endors.

10

Clara dort encore, un bras sous la tête, la bouche ouverte.
Je me lève discrètement, veille à ne pas la réveiller.
Mon esprit embrouillé par les derniers événements et mon angoisse lorsque le mot interdit s'est remis à clignoter en rouge m'ont tenue éveillée quasiment toute la nuit.
J'attrape mon sac à main et me rends à la salle de bain.
La porte fermée, j'observe un instant mon reflet dans le miroir crasseux au dessus du lavabo.
Mon épaisse touffe rousse part en vrille comme toujours. Ce n'est même plus une question de coiffure, mes cheveux sont dotés d'une volonté propre et n'en font qu'à leur tête. Tous les matins, j'ai l'impression de ressembler à Méduse, ce qui fait rire Arthur.
Et pendant que mes pensées s'éloignent vers lui, je songe à tout ce que je suis en train de foutre en l'air.
Ses yeux me hantent depuis l'enfance, à tel point que je les avais dessinés dans mon journal intime d'adolescente.
Je ferme les yeux et sens presque son souffle sur ma nuque, ses mains chaudes sur mes hanches, ses lèvres posées derrière mon oreille.
Revenant à la réalité, je prends mon sac, en extirpe deux tests et les ouvre.
Visiblement, je dois pisser sur ces machins. Non

mais j'ai la tête dans le...
Bon bah quand il faut y aller, hein !

Je m'installe au dessus du WC, vise bien, et...
La tuyauterie choisit cet instant précis pour claquer.
Je sursaute et me pisse littéralement sur les doigts !
Bordel de nouilles !
Puis je pleure. Je ne sais pas pourquoi mais je pleure. Merde, merde et merde !

J'ai posé les deux tests sur le bord du lavabo, les observe comme si c'était deux bombes prêtes à exploser tandis que je me lave les mains.
Et je prie silencieusement pour qu'ils soient négatifs.
Je ne peux pas être mère, je ne veux pas. Je ne l'ai jamais voulu. Arthur le savait. Pas d'enfant. Pas de mariage. JAMAIS !

Assise sur le bord de la baignoire, le temps s'est arrêté. Un coup donné à la porte me fait sursauter.
— T'en as pour longtemps ? J'ai la vessie qui va éclater.
Ah Clara est réveillée.
— Va en bas.
— Ça fait un quart d'heure que t'es là. Tout va bien ?
J'acquiesce d'un grognement sourd.
Les deux tests dans les mains, j'observe les lignes roses qui me font face.
Les mains tremblantes, je prends le mode d'emploi,

le relis une dizaine de fois.

« Enceinte ». Le mot interdit ne clignote plus dans ma tête. Il est écrit noir sur blanc sur cette foutue notice. Et les barres roses viennent danser la salsa devant ma figure.

Je jette les tests dans la poubelle, les recouvre de papier WC.

Mes gestes sont quasi automatiques.

Me déshabiller. Ne pas regarder mon corps. Ne pas essayer d'y déceler le moindre changement. JE NE SUIS PAS ENCEINTE, BORDEL DE MERDE !

Ouvrir le mitigeur, me glisser sous l'eau tiède, prendre du gel douche, me frotter jusqu'à m'irriter la peau de la cuisse. Laver ma tignasse. Rincer. Y mettre du démêlant. Rincer. Sortir de la douche. Secouer ma tignasse. Traverser le couloir recouverte d'une serviette.

Plus rien n'existe. Je suis perdue dans un brouillard sans fin.

Enfiler une culotte, un soutien-gorge. Passer un short, un débardeur et des baskets. Attacher ma chevelure en un chignon au dessus de ma nuque. Sentir à nouveau le souffle d'Arthur derrière mon oreille.

Une petite voix intérieure ricane en chantant « enceinte, t'es enceinte » et je tente de la faire taire.

Je vous vois d'ici me dire qu'il suffit de me fier à la date de mes dernières règles mais je prends une pilule en continu et ne les ai donc plus depuis bientôt deux ans. Ce qui, il faut l'admettre, ajoute à mon angoisse des derniers jours.

Je rejoins Clara dans la cuisine, avale un café et deux biscottes avant d'ouvrir tous les volets de la maison. Elle a filé à la douche et ne réapparaît qu'au bout de trente minutes, vêtue d'un short noir et d'un débardeur blanc.
— On commence par quoi ?
— J'sais pas.
— Vu la gueule de la cuisine et du salon, on devrait commencer là. Ou alors on fait l'étage en priorité.
— Non, on va faire le bas.

Elle enclenche sa playlist sur son enceinte Bluetooth et monte le son. OneRepublic hurle dans la petite pièce tandis que les sacs-poubelle se remplissent.
De l'autre côté du jardin, les trois chats nous observent et s'avancent lentement.
J'ouvre deux boites de thon, les vide dans une assiette et la pose sur la terrasse avec un bol d'eau. D'abord réticents, ils ne tardent pas à se jeter sur la bouffe et fuir dès que je m'approche de la porte-fenêtre.
Cuillère en bois en guise de micro, Clara hurle un anglais approximatif, je pleure de rire.

Les placards ont retrouvé une teinte plus claire et moins grasse. Les plans de travail ne sont plus encombrés. Les murs jaunis auront besoin d'un bon coup de nettoyage et de peinture.

La matinée s'est écoulée rapidement. Épuisées, nous nous posons sur des chaises dans le jardin. Une canette de Coca dans une main, une clope dans l'autre.

— Tu ne devrais peut-être pas fumer...

J'observe ma copine qui désigne ma clope d'un signe de tête.

— Enfin ce que j'en dis... Tu es assez grande pour savoir ce que tu fais.
— Je te rappelle que tu fumes aussi.
— Je fumais. Et moi je ne suis pas...

Elle s'interrompt, se mord la lèvre inférieure.

— Tu n'es pas quoi ?
— Rien. Fais ce que tu veux.

Elle avale une longue gorgée, m'observe du coin de l'œil quand je grimace en allumant la mienne.

— Quoi ?
— Rien, dit-elle en réprimant un sourire.
— Arrête de me mentir. T'as ton sourire qui dit « moi je sais des choses ».

Elle avale la moitié de sa canette d'une traite, lâche un rot. J'attends qu'elle se décide enfin à parler. Elle finira par le faire.

— T'as rien à me dire ?
— Non.
— OK.

Non mais comme si elle allait se contenter de ma réponse et moi de la sienne. Clara ne dit jamais « ok » si facilement et je sais qu'elle a une idée derrière la tête.

Alors que je porte ma canette à mes lèvres, elle se

penche vers moi et me dit :

— T'es enceinte de combien ?

J'esquisse un sourire. Elle n'a pas résisté longtemps.

— Je ne le suis pas.
— Les deux tests dans la salle de bain affirment le contraire. Tu as jeté les emballages derrière la poubelle, j'ai jeté un œil. Tu sais comment je suis, ajoute-t-elle en souriant.
— Ouais, une vraie commère. Mais ils sont faux, je ne suis pas enceinte.
— Pourquoi tu les as faits alors ?

Dois-je lui dire que cette folle de Valérie Kervella m'a faite douter ? Clara est quand même ma meilleure amie. Elle a volé à mon secours et traversé deux pays pour me rejoindre.

— C'est Valérie Kervella. Tu te souviens d'elle ?

Elle secoue la tête et grimace en tentant vainement de se souvenir.

— Bref, je l'ai croisée au magasin avant de venir te chercher. Elle m'a faite douter en me disant que je le suis, qu'elle voit des tas de femmes enceintes dans son cabinet. Et j'ai juste voulu me rassurer.
— Mais ils sont positifs !
— Je le sais, crié-je d'une petite voix suraiguë.

Elle pouffe de rire.

— Ce n'est pas drôle.
— Je vais être tata !

Le sourire qu'elle affiche me donne encore plus envie de vomir que l'idée d'être...

Un frisson parcourt ma nuque, je ferme les yeux. La moutarde me monte au nez.
— Tu ne vas rien être du tout, andouille. Tu ne vois pas que ces merdes ne fonctionnent pas.
— Un, je veux bien. Mais deux...
— Oh ta gueule !
— Aleyna Dumoulin, je suis choquée de tant d'agressivité, rit-elle.
— Merde !

Je me lève et la laisse seule. Son rire se fait entendre jusqu'au salon.

Mais étrangement, je me rends compte que je souris, une main posée sur le ventre.

Oh mais non, merde, je ne suis pas enceinte. Ce n'est pas le moment. Ça ne le sera jamais.
— Clara !

Elle arrive d'un pas léger, son sourire accroché aux lèvres.
— On va aller vider tout ça, dis-je en désignant les poubelles.
— Oh non, ne les porte pas, je ne veux pas que tu abîmes mon neveu ou ma nièce.

Je lève les yeux au ciel et soupire, ce qui la fait marrer.
— Allez j'arrête de te charrier. Mais tu devrais en faire un troisième, histoire qu'on rigole un peu.
— Oh mais tu vas en faire un avec moi, tiens ! Comme ça tu verras à quel point c'est de la merde.

— Si tu veux.
— Demain matin, on s'y colle.

J'attrape un sac, le balance dans le coffre de ma voiture tandis qu'une Audi rouge passe en trombe dans la rue. Au volant, j'y reconnais cette blondasse d'Héloïse et mon sang ne fait qu'un tour.
Clara balance trois autres sacs dans le coffre et deux cartons remplis de magazines et de publicités sur la banquette arrière.

Alors que je viens de griller une priorité, perdue dans mes pensées, Clara pousse un cri et m'insulte copieusement avant de m'ordonner de m'arrêter sur le bas côté.
Elle contourne la voiture, ouvre ma portière.
— Sors de là.
— Non.
— Sors tout de suite, j'ai pas envie de claquer parce que tu ne sais plus conduire !
Je soupire bruyamment, lâche le volant et sors à contrecœur.
— Tu as la tête ailleurs. Pense à Héloïse, Arthur ou même ton Junior potentiel si tu veux mais pas quand tu conduis. À partir de maintenant, je suis ton chauffeur.
— Il n'y a pas de Junior !
J'ai hurlé. Elle recule d'un pas, surprise, un sourcil levé.
— Nana...
— Il ne peut pas y en avoir, tu comprends ? Il ne

doit pas y en avoir...

Je m'effondre. Les larmes jaillissent en torrent. Je suffoque tout en essayant d'aligner trois mots.

— J'crois que tu devrais appeler Valérie.
— Pour quoi faire ?
— T'enlever tes angoisses !

Elle me tend un mouchoir en papier. Son regard est plein de compassion.

— Est-ce que ce serait si catastrophique d'être réellement enceinte ?

Un énorme « oui » résonne dans ma tête. Le mot interdit revient clignoter et me donne envie de hurler ma rage.

J'ai toujours veillé à ne pas l'être. Pilule, préservatif. Je n'oublie jamais rien.

Évidemment, avec Arthur, les capotes, on a vite oublié. Après tout, on a une relation exclusive et je prends la pilule. Il n'a jamais été question d'avoir un enfant ensemble. Il y a Éden, c'est suffisant.

Sa gamine est devenue un peu la mienne. Je suis sa belle-mère, sa copine s'il le faut, mais je ne peux pas - non, je ne veux pas - être mère.

Jamais de ma vie je n'avais eu le moindre doute. Jamais à faire de tests de grossesse. Les insomnies sont quotidiennes mais ce n'est certainement pas à cause d'un potentiel enfant qui n'existera pas.

J'ai été claire avec lui. Vraiment claire. Vraiment ?

— Nana ?

Je relève la tête, pose sur elle un regard désespéré.

— J'en sais rien.

Je soupire. Ce qui me paraissait être une folie, une erreur, ne me semble pas si dramatique quand Clara en parle. Comme si, d'un sourire et d'une phrase bien placée, elle rendait la réalité moins dure.

— On peut reprendre la route ?

J'acquiesce et grimpe côté passager. Elle démarre et nous arrivons à la décharge municipale rapidement.

Aucune de nous n'a soufflé le moindre mot jusqu'à ce que nous soyons de retour chez moi une heure plus tard.

11

Le soleil est encore haut dans le ciel. Un vent chaud souffle sur les hautes herbes du jardin. L'odeur des fleurs vient chatouiller mon nez et je plonge la tête dans la poubelle de la cuisine.
Clara m'observe, me tend un verre d'eau fraîche mais ne dis pas un mot.
Oh je vois bien que ça lui brûle les lèvres et qu'elle crève d'envie de jubiler mais elle ne le fait pas. Elle sait que je vais m'écrouler une fois de plus.
J'avale quelques gorgées et repose le verre sur la table. Puis, je me mouille le visage et attache mes cheveux.
Dans l'enceinte Bluetooth s'élève la voix d'une femme hurlant en espagnol. Jolie voix mais je ne comprends pas un mot. J'ai juste l'impression qu'elle souffre quand même pas mal. Si Clara ne veut pas que je déprime davantage, elle ferait bien de changer de playlist.
Comme lisant dans mes pensées, elle change aussitôt la chanson par une autre plus entraînante.
Et tandis qu'on chante, on décide de s'attaquer au salon-salle à manger.

Un instant, je reste figée sur le pas de la porte. Mon regard se promène à nouveau sur chaque centimètre de la pièce, survole les photos aux murs, les miniatures de bateau, les vinyles dans le meuble, les roses séchées dans le vase en cristal.
Papa avait ramené ce bouquet à maman quelques

jours avant leur mort. Je me demande si c'est après lui avoir offert qu'il lui a dit qu'il allait la quitter pour l'autre femme.

Il devait l'aimer profondément pour tout abandonner pour elle, sans savoir si elle était toujours avec son mari. À moins qu'il l'ait su mais qu'il espérait simplement retrouver sa liberté.

Je les plains tous. Papa pour avoir vécu sa vie près d'une femme qu'il n'aimait pas vraiment. Maman, pour avoir passé son existence dans l'ombre d'une autre, tentant désespérément de ne pas être le second choix.

Et l'autre femme. Je ne sais pas son prénom, je n'ai jamais entendu qui que ce soit le prononcer. Je ne vais pas me risquer à le demander à Arthur.

Pourquoi plaindre l'autre femme me direz-vous ? Parce qu'il me semble bien difficile de ne pas pouvoir être avec celui qu'on aime quand bien même on est celle qu'il lui faut. Parfois j'émets un avis silencieux sur sa relation, sa non-relation, avec Arthur. Je ne sais pas pourquoi elle n'a pas voulu le reprendre quand elle a eu l'occasion, ni même pourquoi elle l'a laissé dès le départ. Mais quand même, à quoi bon faire des enfants si c'est pour les abandonner ?

Je crois que c'est aussi pour cela que je ne veux pas d'enfants, par crainte d'être une mère comme nous avons eu. Arthur n'a pas eu la sienne près de lui, alors que la mienne était là physiquement mais, mentalement, elle était partie depuis bien longtemps.

Le reste de la journée s'est finalement écoulé rapidement. Nous n'avons fait que passer un coup d'aspirateur, retiré les toiles d'araignées et nettoyé les meubles. Je me suis refusée à trier encore une fois. C'est moins facile que de jeter des vieux paquets de pâtes ou des biscuits périmés.
Chaque objet, chaque magazine me ramène à eux. J'ai beau leur avoir dit au revoir devant une pierre tombale, ils sont toujours aussi présents dans ma tête. Et aujourd'hui plus que jamais dans cette maison, dans chacune des pièces, dans les moindres recoins couverts de poussière.

— Qu'est-ce que tu vas faire de tout ça ?

Clara désigne les étagères et les meubles du bout de l'index.
Je hausse les épaules.

— Si tu comptes lâcher la maison à Mina, je doute qu'elle veuille vivre avec tes fantômes.
— Je sais.
— Tu vas jeter ou donner aux associations ?

La superstitieuse que je suis est plutôt tentée par jeter tout ça, mettre le passé définitivement aux oubliettes. Mais le faire revient à faire comme si personne n'avait existé.
Les habits ne serviront plus à qui que ce soit. Les meubles, bouffés par les mites et certainement envahis par les crottes de souris, iront toutefois à la décharge municipale.
Ce que je dois faire de tous ces objets de décorations me tracasse bien plus. Ce ne sont que des objets, personne ne les a emporté dans la

tombe. Tante Louise n'en veut pas. Et je crois bien que moi non plus.
Arthur vit avec les souvenirs de Colline, et je supporte ce poids là. Je le supporte parce que je l'aime, bien que j'aimerais qu'il les mette au fond d'un coffre.
Je ne veux pas qu'il l'oublie ou qu'il fasse comme si elle n'avait jamais existé. J'aimerais juste pouvoir trouver ma place.
Alors je ne me sens pas capable d'ajouter un autre poids sur mes épaules et me trimballer des fantômes supplémentaires. Ils hantent assez ma mémoire.

Un coup violent donné à la porte me ramène sur terre. Je traverse le couloir tandis que Clara se dirige vers le frigo.
Mina et Alexia se tiennent devant moi. Je vois bien dans leurs yeux qu'elles ne comprennent pas ce que je peux faire ici et qu'elles ont un tas de questions.

— Nana, c'était ta maison ?

Éden apparaît derrière Mina.

— Arthur travaille et tu n'es pas là, grommelle Alexia. Il m'a demandé de te l'amener.
— Elle était chez ma tante, dis-je en les laissant passer avant de fermer la porte.

Je le soupçonne d'avoir envoyé sa fille comme agent double. Il ne ferait pas ça ? Ce n'est pas son genre mais après tout, pourquoi pas.

— Maintenant elle est avec nous, conclut Mina

d'un large sourire.
— Je vous avais demandé de ne pas lui dire où je suis.
— Fallait le dire à Louise aussi, rétorque Alexia.
Donc l'agent double est ma tante.

Une fois les retrouvailles avec Clara faites, nous nous installons, tandis que ma gamine s'empresse d'aller espionner les chats dans le fond du jardin.
— Alors c'est quoi l'urgence ?
Mina détache sa tresse, secoue la tête et allonge ses jambes devant elle.
Depuis qu'elle a laissé tomber Héloïse, elle semble revivre. Ses vêtements sont plus *flashy*, ses bijoux presque aussi extravagants que ceux de ma tante. Elle ne garde sa tresse qu'au travail. « C'est plus sérieux comme ça » aime-t-elle dire.
Je doute que les macarons rose fushia qui pendent à ses oreilles soient une preuve de sérieux mais elle y croit dur comme fer.
Alexia retire ses baskets, tord ses doigts de pieds dans tous les sens et lâche un gros soupir de soulagement. Elle grimace devant son petit bidon grassouillet sous son tee-shirt orange, souvenir de ses kilos de grossesse qu'elle ne désespère pas perdre un jour. Elle est toujours aussi jolie selon moi, toujours aussi flasque selon elle. J'en viens à me demander si mon corps va autant changer si un Junior pousse dans... Oh mais non, il n'y a rien !
— Nana ? L'urgence ?
Mina me tire de mes songes.

— Il y en a plusieurs à dire vrai.

Piquées par la curiosité, elle et Alexia se rapprochent de la table métallique, attrapent les canettes de Coca que Clara leur tend.

Un cri de stupeur s'échappe de la bouche d'Alexia lorsque j'évoque la mère d'Arthur. Elle jette un coup d'œil derrière elle. Éden ne semble pas l'avoir entendue.

— Tu es certaine que c'est Sylviane ?
— Je ne sais pas comment elle s'appelle ! On ne parle jamais d'elle, dis-je devant les regards interrogateur des filles. Bref, oui, c'est bien elle. Comment tu sais son prénom, toi ?
— Mes parents en ont parlé quelques fois. Prions pour qu'il ne la croise pas, bougonne Alexia.
— Ce serait si dramatique ?

Clara a posé la question en sachant très bien la réponse. Mina lui répond.

— On voit que tu ne le connais pas !
— J'ai vu Loane avec elle, plusieurs fois, reprends-je. Y a un truc pas net.

On garde le silence un court instant, le temps que ma gamine vienne siffler son jus de fruits, avale une poignée de chips et file de nouveau voir les chats.

— Tu penses à quoi ?

Alexia semble encore plus soucieuse que moi. Après tout, elle connaît Arthur bien mieux que je ne le connais. Il a été son ami, puis son beau-frère. Elle a un vécu que je n'ai pas avec lui. Il y avait

Colline...

Ah non, ça ne va pas recommencer ! Laisse Colline en paix et occupe-toi de tes fesses, Aleyna !

Mon cerveau se déconnecte de leur conversation et s'envole vers les herbes hautes dans lesquelles Éden est en train de courir. Ces mêmes herbes dans lesquelles je jouais des heures. Seule le plus souvent.

Nous avons emménagé après la mort de Rozenn.
Il n'y a jamais eu que mon groupe de copines, et Héloïse, pour être avec moi ici.
Autrefois, il y avait une cabane en bois. Papa l'avait construite avec de vieilles planches. Il avait travaillé des heures dessus, peinte en blanc avec des volets roses. Le sol était couvert de coussins, une lampe solaire trônait sur une petite table.
Je la laissais au soleil toute la journée, puis je la posais sur la table quand, le soir ou la nuit, j'allais me réfugier dans ma cabane. Les pleurs de maman m'angoissaient, faisaient monter ma culpabilité.
J'ai toujours eu besoin de lumière dans la nuit. Les étoiles au plafond de ma chambre d'enfant. La lampe solaire dans la cabane. La veilleuse dans ma chambre chez Tante Louise.
Aujourd'hui encore, je garde ma lampe de chevet allumée. Arthur l'éteint quand je dors profondément. Et si je me réveille, il le sent. Son corps glisse contre le mien, son bras s'enroule autour de ma taille, son souffle dans mes cheveux et je l'entends

murmurer des mots tendres et rassurants.

Je devais avoir huit ou neuf ans quand, un été, j'ai demandé si je pouvais avoir une piscine.
Maman avait blêmi, papa avait lâché sa fourchette.
Elle avait posé son regard sur moi et avait dit « non » d'un ton ferme.
Oh j'avais supplié, même une piscine gonflable. Une espèce de chose qui ne tiendrait pas la route. Un voisin donnait un abreuvoir, j'étais prête à le nettoyer pour m'en faire une piscine. Papa avait dit « maman a dit non ».
« Maman dit toujours non à tout » avais-je répliqué en refusant de finir mon assiette.
Elle n'avait pas répondu, elle n'était pas avec nous. Du moins pas mentalement.
S'en était suivi une discussion animée entre papa et moi. Puis j'avais jeté ma serviette de table et hurlé « j'aurai dû mourir à sa place ! » avant de quitter la table.
À cet instant, maman avait alors murmuré trois mots : « peut-être, oui ». Papa avait été horrifié et leur dispute avait duré des heures.
Ces mots sont restés ancrés au plus profond de ma mémoire. Même lorsqu'elle est venue demander pardon dans ma chambre, lorsqu'elle s'est assise derrière moi pour peigner ma tignasse rousse. J'ai entendu sa voix, sa douleur derrière les mots qu'elle prononçait. J'ai vu ce sourire triste sur son visage. Oui, ça existe un sourire triste. N'est-ce pas celui que l'on affiche quand on est brisé et que la vie continue ? N'est-ce pas celui que l'on donne aux

autres pour éviter les questions ? N'est-ce pas celui qui évite aux larmes de couler ?
Si un regard ne sait mentir, le sourire, lui, le fait à la perfection.
J'ai vu son regard, j'ai entendu ses paroles. Je n'ai retenu que le sourire. Je n'ai voulu retenir que ça. J'ai appris à afficher le même. Quoi qu'il arrive, quoi qu'il se passe, quoi qu'on dise, il faut sourire.

— La Terre appelle Aleyna !
Clara remue la main devant mes yeux et je reviens à la réalité.
Alexia, Mina et elle m'observent, le visage grave.
— Quoi ?
— Visiblement, tu n'as rien écouté, me dit Mina.
— Désolée. Vous disiez ?
— Loane a pas mal de boulot, on se disait que Clara pourrait aller travailler avec elle et tenter de jouer les enquêtrices, explique Alexia.
— Si elle cache quelque chose, c'est pas vous trois qui allez le découvrir, renchérit Clara. Elle ne me connaît pas.
Elles ont de ces idées ! Aussi cinglées les unes que les autres. Clara travailler en cuisine ! Elle qui ne sait pas faire autre chose que des pâtes et qui les fais souvent trop cuire ! Ça va être sympa au Double A !
— Si elle cache quelque chose, tu crois vraiment qu'elle va le dire à une inconnue ?
Clara hausse les épaules.

— Qui ne tente rien n'a rien.

Pourquoi pas après tout. Je peux convaincre Arthur de lui laisser sa chance. Et Clara sait être persuasive.

— Je vais demander à Arthur mais je ne garantis rien, dis-je en me servant un verre d'eau glacée. Et toi, tu peux pas lui dire qu'elle est revenue ?

Alexia hausse un sourcil.

— C'est pas moi qui couche avec, c'est pas moi qui lui dit !

Mina et Clara pouffent. Je leur lance un regard noir qui les fais exploser de rire.

— Vous faites tous chier, grommelé-je.

Elles rient de plus belle. Je me retiens d'en faire autant.

— Nana, tu dors à la maison ce soir ?

Éden se plante devant moi, la bouche pleine de chips, du sel autour des lèvres. Son regard émeraude figé dans le mien.

— Non, ma puce. Clara a peur toute seule ici.

Clara confirme qu'elle est une trouillarde. Mais je propose à ma gamine de rester dormir avec nous. Elle lance un coup d'œil à l'intérieur de la maison et accepte avec une grimace avant de retourner jouer. Je la sens encore moins rassurée que Clara.

— Oh et pendant qu'on est dans les bonnes nouvelles... Lucifer est dans le coin.

— Les emmerdes sont de retour, s'exclame Mina.

— Tant qu'elle reste à bonne distance, on ne

s'occupe pas d'elle. Les deux autres cibles sont prioritaires.

Lorsque Mina et Alexia sont enfin parties, notre plan s'est mis en marche. Si Arthur accepte la présence de Clara au restaurant.
Je décide de l'appeler une fois qu'il sera de retour à la maison et que la petite dormira.

On a rapidement englouti une salade composée, du fromage et une mousse au chocolat. Puis est venu le moment de savoir où dormir.
Clara garde ma chambre. J'ai choisi de prendre celle de mes parents, Éden veut dormir près de moi.
Comme dans l'autre chambre, je tapote le matelas, y passe un coup d'aspirateur, le recouvre de nouveaux draps. En silence.
Mon regard se promène sur les murs tapissés d'un papier peint jaune moutarde aux arabesques turquoises. Une horreur.
J'observe le cadre peint. Je ne sais pas ce qu'il représente mais il est tout aussi moche que les murs.
L'imposante armoire prend tout un coin de la pièce. Je m'attends presque à voir Malo en surgir comme il le faisait quand nous étions gamins.
Maman ne l'a jamais pris sur le fait mais papa lui avait passé un sacré savon. Ce souvenir m'arrache un sourire.
— Qu'est-ce qui te fait sourire, Nana ?
Éden a enfilé son pyjama, pris son doudou - un

ours ratatiné, qui ne sent pas la rose - et se jette sur le lit en plongeant la tête sur l'un des oreillers.
— Tonton Malo.
Elle s'installe en tailleur, ses beaux yeux émeraude rivés sur moi tandis que je ferme les volets.
— Quand j'étais petite, il venait jouer souvent. Il adorait se cacher dans l'armoire et me faire peur.
— Papa aussi il jouait avec vous ?
— Non. Il n'y avait que Mina, Alexia, ta maman et Malo qui venaient.
— Et la vilaine ?
Je souris amèrement en songeant à Héloïse.
— Oui, la vilaine aussi, dis-je avant de m'allonger près d'elle.
— Tu veux bien me parler de ma maman ?
Clara sort de la salle de bain, nous souhaite une bonne nuit et me rappelle que demain matin, on a « le contrôle technique pour vérifier que tout va bien dans la machine ».
Sous entendu : on va aller pisser sur ce foutu test de grossesse.
Il n'a pas intérêt à être positif celui-là aussi !

Elle nous abandonne, claque sa porte derrière elle. Je me mets de côté, Éden me fait face, son affreux doudou dans les bras. Un bras replié sous ma tête, je caresse d'une main la chevelure bouclée de ma gamine et entortille une mèche entre mes doigts.
— Qu'est-ce que tu veux savoir ?
— Ce dont tu te souviens.

Je ferme les yeux un court instant, soupire. Ça remonte à si loin.

Dans mes souvenirs, Colline était plus extravertie que sa sœur. Elle portait ses cheveux aux épaules, adorait le vert, cueillir des fleurs - surtout celles sur le parvis de l'église - et en faire des couronnes tressées qu'elle posait sur nos têtes.

Elle aimait les bonbons au caramel, manger des fraise jusqu'à en avoir mal au ventre mais ne supportait pas l'odeur du chocolat et les pommes, ne buvait jamais de soda, juste du sirop, en particulier celui à la banane. Elle voulait être maîtresse d'école, comme Alexia. Mais elle irait à la grande ville. Elle n'aimait pas la pluie, les orages et le poisson pané. Elle aimait le bruit du vent dans les arbres, la chaleur du soleil sur son visage et marcher pieds nus dans l'herbe de mon jardin. Elle écrivait des poèmes et des chansons, Alexia composait les mélodies à la guitare.

Dans ses cahiers, il y avait toujours des petites annotations sur telle ou telle chose. Elle était studieuse, souvent au premier rang tandis qu'Alexia, Mina et moi étions près du radiateur, plus occupées à cancaner qu'à écouter nos professeurs.

Elle aimait danser, lire, marcher des heures, courir au stade le soir après le lycée. Elle racontait des blagues et faisait des jeux de mots tirés par les cheveux dont elle avait le secret. Elle nous faisait pleurer de rire.

C'est de tout cela dont je parle à sa fille à cet instant. Sa fille. Un peu la mienne d'une certaine manière.

Éden a fermé ses yeux, sa main serre la mienne. Je dépose un baiser sur son front, éteint la lampe de chevet, laisse la torche de mon portable allumée.

— Nana...
— Oui ?
— Tu veux bien être ma deuxième maman ?

Je l'observe un instant, elle semble dormir malgré sa question. De nouveau, j'embrasse son petit front. Je ferme les yeux, sa main toujours dans la mienne et les ouvre brusquement : j'ai oublié d'appeler Arthur.

Je me glisse hors du lit, prends mon portable, mes écouteurs et descends au salon.

Debout au milieu de la pièce, ne sachant pas vraiment où m'asseoir, je l'appelle. Il répond à la troisième sonnerie.

— C'est moi, dis-je.

Évidemment il sait que c'est moi. Il n'y a pas trente-six Aleyna dans le coin !

— J'ai un service à te demander.
— Tout ce que tu voudras.
— Tu pourrais faire travailler Clara avec Loane ?

Il tousse. Je crois qu'il vient d'avaler un truc de travers.

— Clara ? Ta copine qui ne sait pas faire des pâtes ?
— Ouais, celle-là même. Elle est en galère, elle a besoin d'argent. Et je suis certaine que Loane a besoin d'un coup de main.

Il sait que j'ai raison. Loane gère très bien seule, mais en cette période, un coup de main ne se refuse pas.

— Ok. Elle commence après demain.
— Merci, mon amour.
— C'est vraiment pour toi que je le fais.
— Je sais. Tu ne peux rien me refuser, plaisanté-je.
— Tu crois ça ?
— Oui. Je sais être convaincante.
— Convaincante, je suis pas certain. Irrésistible c'est sûr.

Il rit. J'aime l'entendre rire. Même quand il se fout littéralement de ma trogne.

Il peut passer des heures à m'écouter parler de recettes et de mon amour pour l'océan. Je peux l'écouter parler de musique, de lecture et de son aversion pour l'océan. Il observe la vie en silence, il sait quand je vais mal, me rassure la nuit, sourit parfois lorsqu'il me regarde. Quand je n'arrive pas à ouvrir un pot, il me le prend des mains et dépose un baiser sur mon front en me le rendant. Il aime frotter ma tignasse quand on prend une douche ensemble et j'adore le laisser faire.

Il dépose un mot d'amour sur un post-it tous les matins avant de partir au travail. Ses déclarations, je les lis aussi dans ses yeux, dans sa manière de m'observer quand je cuisine, quand je ris, quand je me coiffe. Sentir son odeur, sa peau contre la mienne, ses mains chaudes même en hiver ou les picotements de sa barbe sur ma nuque me filent des frissons.

Mais je ne sais jamais si je l'aime comme il faut. Il dit que oui, que notre relation est parfaite comme elle est, qu'il sait que je l'aime même si je ne lui dis pas souvent non plus, qu'il n'a pas besoin de cent cinquante « je t'aime » par jour parce qu'un sourire, un câlin, un texto pour savoir s'il va bien, une couverture sur les épaules ou une main tendue sont autant de gestes d'amour.

— Pourquoi tu ne m'as pas dit où tu es ?

Ah il revient à la charge. Je souris, il n'est pas du genre à laisser tomber si facilement.

— J'sais pas trop. Il y a trop de choses qui me pèsent.
— Comme quoi ?

J'entends un boum puis un autre, suivi du bip du micro-onde. J'en conclus qu'il a retiré ses baskets avant de prendre son assiette.

Je les vois traîner sur le tapis de l'entrée. Tous les jours, je les range dans le placard. Là où elles doivent être. Et tous les jours, il me répète que ça ne sert à rien puisqu'il les sortira de nouveau le lendemain.

Fatiguée de ma journée, je pose mes fesses dans le fauteuil près du buffet. À l'endroit même où je m'asseyais pour observer mes parents danser. Un frisson parcourt ma nuque et descend ma colonne vertébrale. D'une main, je caresse le bois de l'accoudoir et soupire en fermant les yeux.

— J'ai entendu quand tu as dit à Malo que tu

trouvais étrange de travailler avec moi...
— Et ?
— Tu as aussi dit qu'avec Colline, tu n'aurais...
— Tu n'es pas Colline, elle n'est pas toi, me coupe-t-il. Je l'ai aimée, comme tu as aimé Antoine. Est-ce que ça change quelque chose au fait que je t'aime ? Non. Alors oui parfois je trouve étrange de travailler avec toi, compte tenu de notre vécu particulier. Pas parce que je te compare à Colline. Je t'aime, toi, maintenant et pour les autres jours à venir. Rentre ça dans ta petite tête, plaisante-t-il.

Je déglutis, ravale quelques larmes qui ne demandent qu'à jaillir.

— Je crois qu'il est temps de dire adieu, Arthur.
— À qui ? Tu me dis adieu ?
— Non, mon amour. Il est temps de dire adieu à nos fantômes.
— Quels fantômes ?
— Mes parents. Il faut que je tire un trait sur tout ça. Il est temps que je me pardonne pour tout ce que je n'aurai jamais pu changer.
— D'accord. Je comprends mieux tes sautes d'humeur.
— Tu devrais aussi dire adieu, Arthur.
— Je n'ai pas de fantômes.

J'ouvre les yeux, mon regard se fige un court instant sur un rayon de lune qui illumine le visage de mes parents.

— Si, tu en as. Mais tu ne les vois pas encore.

— Si tu le dis. Essaie de te reposer, mon cœur. Je vais dormir. Tu me manques.

— Tu me manques aussi.

J'ai raccroché.

La voix d'Ycare s'élève dans les écouteurs. La maison est silencieuse, endormie. Même ces satanés tuyaux ne claquent plus.

Et je reste plantée là, dans le fauteuil de mon enfance, celui où j'ai regardé ma vie d'enfant défiler, celui où j'ai rêvé tant de fois d'être aimée d'un amour profond et inconditionnel. Celui où je regardais papa danser avec l'une alors que son cœur appartenait à l'autre.

Des larmes silencieuses coulent sur mes joues alors que mon regard est rivé sur cette photo d'eux, enlacés, souriants et pourtant tellement tristes.

12

Lorsque mon réveil à sonné à 6h30, j'ai eu un sursaut avant de réaliser que j'avais passé la nuit dans le fauteuil.
Sans un bruit, j'ai été réveiller Clara. Il est hors de question que je fasse ce test de grossesse toute seule.
Elle est allée dans la salle de bain et moi au wc du rez-de-chaussée. Je l'ai posé près de la chasse d'eau et suis sortie, certaine qu'il sera négatif cette fois-ci.
Je me suis lavée les mains et j'ai sorti le petit déjeuner sur la table en attendant de retourner voir le résultat.
Clara a laissé le sien sur l'étagère des wc du rez-de-chaussée, s'est lavée les mains et a pris un thé en bâillant bruyamment.
Au bout de cinq minutes -cinq heures serait plus juste- j'attrape mon test et soupire. De nouveau les deux barres sont apparues.

— Encore la même connerie, dis-je en le balançant à la poubelle. Et toi ?

Elle part et revient en moins de trente secondes, me tend son résultat. Positif.

— Ah tu vois bien que ça ne fonctionne pas !

Je jubile, balance le test à la poubelle. Il tombe à côté. Je le ramasserai tout à l'heure. Voilà je me suis inquiétée pour rien !
Elle retrouve sa chaise, boit quelques gorgées de

thé et dit :

— Il fonctionne.

Incrédule, je l'observe, la bouche ouverte mais aucun son ne sort.

— Je suis enceinte, Nana. C'est pour ça que je ne bois pas d'alcool, ni ne fume.

J'essaie d'aligner trois mots mais ça ressemble davantage à un gémissement.

— Je ne savais pas comment te le dire, tu étais tellement perdue à l'idée de l'être.
— Comment ?
— Quoi ? Tu ne sais plus comment on fait ? plaisante-t-elle. Je suis de trois mois. J'attendais d'avoir dépassé le premier trimestre pour te l'annoncer mais tu m'as appelé au secours et...

Je me jette dans ses bras, embrasse ses cheveux, pleure de joie. Elle a tant voulu avoir un bébé, je ne peux qu'être heureuse pour elle et Juan.

Et soudain je me fige. Les tests fonctionnent. Merde ! Alors je suis enceinte aussi ?

Mes larmes de joie deviennent des larmes de désespoir. Je m'écroule sur une chaise, suffoque tant je pleure. Elle me tient les mains, murmure des mots qui se veulent rassurants. Mais rien ne peut me rassurer.

Je compte. Un, deux, trois.... vingt-deux, vingt-trois... trente-huit....

Et je pleure encore. Et ses mots se perdent dans mes gémissements, dans cette presque agonie que j'essaie de garder silencieuse pour ne pas réveiller

Éden.
— Tu sais, un bébé peut devenir un merveilleux cadeau même quand il n'est pas prévu.

Je hoche la tête, reprends ma respiration.

— Y a un bébé dans ton ventre, Nana ?

Éden est devant la porte, sa touffe brune emmêlée tombe sur ses épaules. Elle tient son ours dans une main et frotte ses yeux de l'autre.

— Dans mon ventre oui, répond Clara.
— Et dans le tien aussi, Nana ?

Elle insiste. Je ne peux pas nier.

— C'est possible, ma puce. Mais promets-moi de ne pas le dire tant qu'on en est pas sûres.
— Je te le promets. J'aimerais bien avoir un petit frère.

J'aimerais bien lui répondre que je préfère ne rien avoir mais je me rends compte que ce n'est pas totalement vrai. Ma première pensée à l'évocation de ce petit frère potentiel est de savoir s'il aura les yeux émeraude de son père et sa sœur.

Nous nous sommes toutes habillées rapidement. Puis Clara a pris le volant. Et nous avons déposé ma gamine à l'école avant de nous rendre au bar.

Arthur est derrière son comptoir, occupé à servir les consommations matinales.

Clara le salue et se dirige droit vers la cuisine. Je l'entends lancer un salut jovial à Loane qui doit se demander qui est cette folle qui déboule dans sa cuisine.

Je passe derrière le comptoir. Il prend mon visage à

deux mains et m'embrasse tendrement, sous les regards amusés d'André, de M. Kergoat, de Mina qui se sert du bar comme de bureau pour aujourd'hui. Le cabinet médical étant en travaux pour quelques jours.
Puis je rejoins Loane et Clara en grande conversation.

— Ah non mais moi j'y connais rien, je suis une catastrophe ambulante.

Loane me lance un regard mi-interrogateur, mi-horrifié.

— Elle va faire le service, dis-je. Ça te fera ça de moins à faire.
— Arthur le fait déjà.

Je vois bien que la présence de Clara ne l'enchante pas mais elle n'a pas le choix. Ses cachotteries avec la mère d'Arthur ne m'enchantent pas non plus et je ne m'en plains pas. Du moins, pas à elle.

— Arthur ne peut pas être partout. D'habitude on fonctionne à trois. Clara va me remplacer le temps que mon poignet aille mieux.
— C'est toi le patron.

Puis nous quittons l'établissement et nous nous rendons dans l'impasse.
Anita Gourmelen est occupée à tailler ses rosiers. Je me demande si elle compte les tailler tous les jours de l'année. Elle nous salue d'un geste de la main, puis observe Clara appuyée contre le capot de ma 106 tandis que je vais frapper à la porte d'Hubert Ronchon.

Comme à son habitude, il ouvre en bougonnant mais me sourit néanmoins.
— Tu es revenue de ta fugue ?
— Pas encore. Je vous manque ?
— Pas du tout.
— Vous non plus.
Il esquisse un sourire. Se tacler mutuellement est devenu un jeu.
— Alors qu'est-ce que tu veux ?
— Votre remorque. J'en ai besoin pour le reste de la semaine. Je vous paye si vous voulez.
— Je préfère un de tes plats, dit-il en attrapant un trousseau de clés.
On se dirige vers le garage, il jette un coup d'œil à Clara.
Lorsqu'il ouvre, il me laisse prendre ce dont j'ai besoin.
D'abord la remorque qu'on attache à ma voiture. Puis le diable, ce sera toujours plus facile que porter les meubles. Surtout avec une femme enceinte dans les parages. Potentiellement deux.
Il faudra que je vérifie si papa avait de quoi entretenir le jardin. Je ne me souviens pas.
C'est comme si ma mémoire n'avait gardé que la douleur et quasiment oublié le reste.
Pourtant, je me souviens de bougies, de ballons, de sapin de Noël, de l'odeur des saucisses au barbecue, de la pluie tombant sur les dalles de la terrasse, de cette odeur d'agrumes dans l'entrée.
Mais je n'arrive pas à les rapporter à un moment heureux.

Une fois la caisse à outils mise dans la remorque, nous retournons à la maison des Marronniers.

Tous les volets et les fenêtres sont ouverts. L'odeur âcre du renfermé va bien finir par disparaître un jour.
Avant de décider quoi faire des bibelots, je me suis attaquée aux armoires.
Clara est partie faire deux courses à la supérette.
Assise sur le bord du lit, les mains tremblantes, je compose le numéro de Valérie Kervella.
La voix claire de sa secrétaire me répond.
— Bonjour. Puis-je parler au docteur Kervella s'il vous plaît ? Elle m'a dit de l'appeler.
— Vous êtes ?
— Aleyna Dumoulin.
— Ne quittez pas.

Beethoven s'élève dans mes écouteurs. Je patiente peu. Valérie prend la communication.
— Aleyna, comment vas-tu ?
— Bien. Dis moi, quel est le pourcentage de chance pour qu'un test de grossesse ne fonctionne pas ?
— Moins d'un pourcent.
— Et pour que trois tests ne fonctionnent pas ?
— Tu en as fait trois ? (j'acquiesce) Il y a peu de chances que ce soit une erreur dans ce cas.
— Je peux venir ?
— Ce soir, 18h. Ça te va ?

De nouveau j'acquiesce et je raccroche.

Merde, ce soir, j'ai ma gamine. Je vais la laisser avec Clara. Ce sera mieux.

J'enclenche ma playlist sur mon téléphone, le connecte à mon enceinte Bluetooth et reste un long moment les yeux rivés sur le papier peint jaune moutarde, redessinant mentalement les arabesques turquoises.

Non vraiment, ces murs sont une horreur.

Ycare chante *J'y crois encore* et les paroles me reviennent en pleine figure.

Tu ne vois pas ma douleur... J'ai envie de chialer mais je m'en garde...

Mais non je ne m'en garde pas, je chiale.

À chaque vêtement parfaitement plié que je sors de l'armoire, je chiale.

Pourquoi suis-je revenue ? Pourquoi a-t-il fallu que je tombe amoureuse de lui ? J'aurai dû rester en Provence, mes démons ne me hantaient pas là-bas !

Il a fallu que j'en rajoute une couche ici.

J'étouffe, je me noie, je me perds. Il faut que je passe à autre chose, que je dise adieu à eux, à elle, à tout ce qui est resté en suspens depuis treize ans. Si je veux vivre pleinement et ne pas avoir cette sensation de survivre, il le faut.

Ou alors ce sont ces hormones de merde qui partent en vrille. Je n'ai jamais été si sensible, tellement à fleur de peau que j'arrive à pleurer pour n'importe quoi.

Sous la douche, ce matin, je me suis effondrée après m'être trompée de gel douche.

Est-ce qu'inconsciemment j'ai besoin de faire table

rase du passé pour mieux appréhender mon avenir ?
Est-ce qu'il me faut pardonner à maman avant d'en devenir une moi-même ?

J'ai déposé dans des sacs cabas chacune des chemises de papa, bien pliées. Puis ses pantalons, ses sous vêtements, ses chaussettes, ses shorts, ses vestes, ses bonnets, ses écharpes, ses gants. Me souvenant de chaque tenue qu'il a porté à chaque occasion. Puis, j'ai fait la même chose avec les tenues de maman, avant de jeter dans un sac poubelle tout son maquillage, ses bouteilles de parfums vides, ses produits de beauté périmés.
Puis je grimpe sur une chaise, attrape le tas de couettes poussiéreuses qui trône sur le haut de l'armoire et les laisse tomber lourdement sur le parquet.
Un objet brillant attire mon attention. Une clé. Une de ces vielles clés en fer forgé dont l'anneau représente un cœur. À ses côtés, un paquet de lettres retenues par une cordelette. L'écriture fine de maman est reconnaissable entre mille sur l'une d'elles.
Intriguée, je glisse le tout dans mon sac à main.
Peut-être que ses confidences me permettront de mieux la comprendre.

Peut-être que ça va te faire encore plus de mal !

Qu'importe, je n'ai pas encore décidé si j'allais lire ou non.

L'envisager et le faire sont deux choses. Maman ne m'en voudra pas de toute façon. Il faudra que je lui dise malgré tout à ma prochaine visite.

— Aleyna ?

Mina se tient sur le pas de la porte, ses longs cheveux tressés de chaque côtés de son visage. Les plumes vertes qui pendent à ses oreilles sont parfaitement assorties à sa tunique beige.

— Le cabinet est fermé cet après-midi, je me suis dit que tu voudrais de l'aide. Clara m'a dit que tu n'es pas au mieux.
— Ça va, ne t'inquiète pas. Mais je veux bien de l'aide. Il faut mettre tout ce bordel dans la remorque.

Elle me sourit, prend deux cabas et descend. Je fais de même.

— Elle te fait flipper ma maison ?

Ma question la surprend.

— Non.
— Malgré le vécu qu'elle a ?
— Ce n'est qu'une maison. Elle n'a que le vécu qu'on veut bien lui donner.

Je me pose sur le rebord de la fenêtre, les yeux rivés sur la rue.

Le vent s'est levé depuis ce matin. Elle s'installe timidement sur le bord du lit avant de prendre le tabouret devant la coiffeuse de maman.

— Votre histoire est difficile mais je me souviens avoir vécu des moments heureux ici. J'adorais les soirées pyjamas dans ta chambre et les goûters que ton père nous

préparait.
— Ses fameuses gaufres, dis-je en souriant.
— Il ajoutait toujours du curry dans les miennes. Il savait qu'elles étaient mes préférées.

Je n'ai jamais compris comment elle pouvait réussir à avaler cette horreur à laquelle elle ajoutait de la chantilly mais elle adorait ça.

— Je n'en ai plus jamais mangé après sa disparition, me dit-elle en me rejoignant sur le rebord.
— Tu crois vraiment qu'on peut avoir un vécu heureux dans cette maison ?
— Oui. Ce n'est pas la maison qui compte, je le maintiens. C'est ce que nous y faisons ou l'amour qu'on y met qui font qu'elle nous rappellera de bons ou mauvais souvenirs. Ici ou ailleurs, le vécu aurait été quasiment le même, Aleyna.

Je soupire. Je sais qu'elle a raison. Ici ou à l'autre bout de la planète, maman aurait emporté sa tristesse et sa douleur avec elle. Papa aurait aimé l'autre femme. Il aurait fallu cacher la mort de Rozenn, ne plus jamais en parler, faire comme si rien n'était arrivé tout en me regardant comme si je n'existais pas.

Mais ailleurs, Héloïse n'aurait pas été là. Elle n'aurait pas pu pourrir mon existence. Mais je n'aurais pas eu les jumelles, Mina, Malo et surtout Arthur et Éden. Avec des « mais » et des « si » on recompose un passé.

Ce n'est qu'une maison et les fantômes n'ont que

l'importance qu'on leur accorde.
— Tu la veux ?
Elle hausse un sourcil.
— Cette maison. Tu la veux ? Louise en est propriétaire mais elle ne la veut pas. Et moi, j'ai déjà un chez moi. Tu as dit que vous cherchez un logement plus grand, Cédric et toi.
— Je...
— Elle a bien besoin d'une belle histoire, cette baraque. Si tu la veux, vous pourrez y habiter bientôt.
— Je vais en parler avec Cédric.

Clara nous a rapidement rejointes et nous avons fini par vider l'intégralité de la chambre. Jusqu'aux draps dans lesquels mes parents avaient dormi.
Une fois la remorque pleine à craquer, nous sommes allées à la décharge.
J'ai finalement choisi de mettre le linge dans les bennes à recyclage, de même que les livres, les autres magazines, les publicités dépassées depuis quinze ans trouvées sous le lit et les catalogues de jouets à Noël dans le bas de l'armoire.
Pour ce qui est des bibelots, je me dis qu'ils devraient subir le même sort. À quoi bon garder tout ça ?
S'accrocher au passé ne le changera pas et me fera toujours aussi mal.
Pour que la blessure se referme, il faut arracher le pansement une bonne fois pour toutes.

Que Mina et Cédric emménagent ici ou non, j'ai décidé de la vider intégralement.
Après tout, elle n'a que le vécu qu'on a bien voulu lui donner. Je vais lui en donner un nouveau.

13

À l'heure de sortie de l'école, j'ai récupéré Éden et nous sommes allées au parc un petit moment comme nous le faisons tous les jours.
Mina et Clara sont restées à la maison avec pour seule consigne de ne jeter que ce qui est déjà dans les cartons.
La décharge ferme à 18h, elles ont encore le temps d'y aller une fois.
Éden s'est assise sur un banc et sirote son jus de fruit tout en me racontant sa journée.
Autrefois, ses piaillements me prenaient la tête dès le matin. Peu à peu, je me suis surprise à apprécier ces moments privilégiés.
Nous retrouver au parc à l'heure du goûter après l'école est devenu notre rituel. Juste elle et moi. Ma gamine. Ma fille née d'une autre mère.
Si j'arrive à accepter qu'elle soit devenue mon enfant alors que je ne voulais pas être mère, pourquoi ai-je autant de mal à accepter le fait d'être potentiellement enceinte ? Peut-être parce que, malgré mes sentiments pour elle, elle ne sera jamais vraiment ma fille. Elle est celle d'Arthur et Colline.
Détournant mes pensées négatives, je me concentre sur elle et son blabla habituel.

— Tu ne m'écoutes pas, Nana, grogne-t-elle en me tapotant le bras.
— Pardon, je pensais à autre chose.

— Au bébé ?

Je souris. Oui, je pense au bébé. Au potentiel bébé qui devient de plus en plus réel.

— Quand est-ce que tu sauras si je vais avoir un petit frère ?
— Ce soir. Il faut que je demande à Clara de te garder le temps que j'aille à mon rendez-vous.
— Je peux venir ? *Steuplé* Nana ! Promis, je dis rien.

Face à son regard, je m'incline.

Pourvu qu'elle tienne sa parole et ne dise rien à son père tant que je n'en sais pas plus.

Après le goûter, nous avons pris la voiture et nous sommes parties à Lorient.

♦

Assises sur des chaises en métal dans une minuscule salle d'attente, j'observe les murs clairs, remuant mes jambes nerveusement, tandis que ma gamine joue sur mon téléphone portable.

D'ordinaire je ne lui prête pas, Arthur est contre. Mais là, ça lui évite de jacasser et de me poser mille questions.

Face à moi, deux femmes prêtes à exploser s'extasient sur leurs rejetons à naître. Une envie de vomir me vient lentement et je me demande si Clara et moi allons aussi nous extasier comme elles, si nous aussi nous allons parler courbes de poids et taille ou si, nous aussi, nous allons

supposer à qui Junior va ressembler.
Pourvu qu'il ait les yeux de son père...
Je prie pour qu'aucune des deux ne m'adresse la parole.
Le ciel a dû entendre ma supplique silencieuse. Valérie se plante dans l'encadrement de la porte, m'appelle, un large sourire aux lèvres.
J'attrape la main de ma gamine et nous entrons dans le bureau.
C'est sombre malgré la lueur du jour qui filtre à travers les rideaux. Un énorme bureau en bois trône au milieu de la pièce. Des faire-parts sont épinglés sur un cadre en liège. Des photos de ventre ronds et un poster retraçant l'évolution d'une grossesse avec la taille des fruits me font face.

— Tu m'as l'air stressée, me sourit Valérie, dans sa blouse blanche.

Je ne réponds pas, me contente d'esquisser un sourire tendu.

— Elle a les chocottes, répond Éden.

Mes jambes remuent nerveusement, de plus en plus vite. Mais je trouve le courage de répondre à chacune des questions et l'observe quand elle note chaque réponse en fronçant les sourcils.

— On va passer à côté, pour une échographie, précise-t-elle devant mon air presque apeuré. Tu nous attends ici, demoiselle, ajoute-t-elle à ma gamine. Je t'appelle si besoin.

Les visites chez le gynéco, je connais. Sans un mot, je retire ma culotte, m'installe sur la table et place mes jambes dans les étriers.

Valérie me parle tout en m'examinant. Comme si plaisanter alors qu'elle a ses doigts dans mon entrejambe allait enlever mon stress et mon angoisse.
Puis, j'enfile ma culotte et relève ma robe.
Le gel glacial gicle sur mon ventre, je me raidis.
— Ta fille peut venir, me dit-elle.
J'appelle Éden, qui arrive en sautillant, prend ma main et se place à ma gauche, les yeux rivés sur l'écran que Valérie lui indique.
Une tâche noire et blanche, légèrement grisâtre, apparaît. Une forme étrange dans laquelle je distingue lentement une tête. Valérie met l'écran en pause. Puis un son nous parvient.
— Ce sont les battements de cœur, explique-t-elle à Éden.
— Y a vraiment un bébé ?
Valérie acquiesce en souriant mais se ravise en voyant mes larmes couler.
— Prévu pour quand ?
— Étant donné la taille et le poids approximatifs, je dirais mi-septembre.
— On est en mai !
Ma voix lâche un couinement suraigu.
— Je sais. Tu veux savoir le sexe ?
La gorge nouée, je hoche la tête. La petite main d'Éden me tend un mouchoir en papier.
Je crois qu'elle n'a pas conscience que mon monde vient d'être bouleversé. Cinq mois, bordel !
Mais qu'est-ce qui a pu se passer pour que je ne vois rien ? N'aurai-je pas dû le sentir bouger ? Ne

dit-on pas qu'une femme sait d'instinct ?

Valérie a rempli des papiers tout en me conseillant un maximum de repos après ma chute de l'autre jour, pris ma carte vitale, m'a donné rendez-vous pour le mois prochain. J'ai payé ma consultation, glissé des ordonnances dans mon sac à main et suis partie en tenant ma gamine par la main.
Tout au long de ce rendez-vous, j'ai eu l'impression de flotter, d'être hors de mon corps. J'ai entendu ce qu'elle a dit, je l'ai compris. Mais je ne l'assimile pas pour le moment.
Je vais être mère dans quatre mois et je n'ai rien vu venir.

♦

Éden s'est endormie au milieu de ses cahiers éparpillés sur le lit. Depuis notre retour, elle n'a pas dit un mot sur le bébé. Je crois qu'elle a compris que j'ai besoin d'accepter la nouvelle avant de pouvoir en parler et surtout l'annoncer à Arthur.
Elle a pris sa douche, avalé son repas en silence dans la cuisine tandis que je discutais avec Clara. Puis elle a filé faire ses devoirs sans un mot.
Je vérifie qu'elle a tout fini puis range ses affaires dans son sac avant de remonter la couverture sur ses épaules. S'il commence à faire chaud la journée, la fraîcheur est de mise la nuit.
J'éteins la lampe de chevet et quitte la chambre pour aller prendre une douche.
J'y reste un long, très long moment, laissant couler

l'eau sur ce corps que je découvre tout en me demandant où il peut bien se planquer ce Junior qui a fait son nid au creux de mes entrailles sans que je ne m'en aperçoive.
D'un geste délicat, je caresse mon ventre et me surprends à sourire. Puis à l'imaginer. Il va falloir que je prévienne Arthur et ne pas attendre le dernier moment serait une bonne chose.

J'ai vidé la chaudière, Clara va me maudire. Mais, lorsque je la rejoins au salon, vêtue d'une culotte et de l'immense tee-shirt de mon homme, elle se contente de hausser les épaules.

— J'ai déjà pris ma douche.

Je m'installe dans le fauteuil, attrape mon sac à main et allonge mes jambes sur la table basse.
Elle reste allongée dans le canapé, pianote d'une main sur son portable et caresse son ventre de l'autre.

— C'est une fille ou un garçon ?
— Aucune idée. On se laisse la surprise.

Silence. J'observe l'échographie un court instant, passe un doigt sur ce qui doit être sa tête. Ou son cul. Enfin, j'y vois un rond, moi. Je baisse les yeux sur la deuxième image, et là je reconnais bien les bras, les jambes, la tête et les fesses.

— J'vais avoir un fils, moi.

Surprise, elle lâche son portable et le reçoit en pleine figure avant de se relever.

— Mais t'es de combien ?
— Valérie a dit cinq mois.

Elle ouvre la bouche mais aucun son n'en sort. Je m'attends presque à la voir s'évanouir tant elle semble plus choquée que moi.
— Il semblerait que ma pilule n'ait pas fonctionné correctement, dis-je en lui envoyant l'écho.
— J'l'ai pas vue venir celle-là !
— Moi non plus.
— Et comment tu te sens ? Moralement, je veux dire.

Je ferme les yeux, soupire.
— J'en sais rien. Maintenant que c'est réel, je me dis que ce n'est plus aussi effrayant. J'ai toujours eu peur d'être une mère absente, on a pas eu de supers modèles, Arthur et moi.
— Vous avez eu ta tante. Certes elle n'est pas vos mères mais elle a été là, elle vous a aimé et vous aime toujours, elle a répondu présente pour chacun de vous. Ta mère a été marquée par la vie mais, en te confiant à Louise, elle a fait ce qu'il y avait de mieux. T'sais, j'ai une super relation avec ma mère, on a toujours été complices et presque fusionnelles mais ça ne m'empêche pas de me demander si je vais être à la hauteur avec mon bébé.

Je sais qu'elle n'a pas tort. Dans le fond, je me dis que chaque future mère doit se poser la question au moins une fois.
Enfin, polémiquer aujourd'hui sur ce que je veux ou

non ne sert plus à rien. Junior a décidé pour moi.

14

Comme tous les jours, j'emmène ma gamine à l'école.
Je n'ai pas pris la voiture. Cette foutue attelle m'empêche de conduire correctement et, de toute façon, je conduis comme un manche en ce moment.
Éden me tient par la main en silence.
Elle qui ne cesse jamais de parler, jusqu'à parfois m'épuiser, se garde bien de dire le moindre mot.
— Tu as entendu ce qu'à dit Valérie hier ?
— À propos de ce qu'on ne doit pas dire ?
J'acquiesce et lui sourit.
— Oui. Je vais avoir un petit frère, je crois.
— C'est ça.
Son visage s'illumine. Le mien aussi.
— T'es contente, Nana ?
— Oui. Je crois que, quand on a peur, on imagine trop de choses.
— De quoi tu as peur ?
— De ne pas être à la hauteur, dis-je au moment où nous passons devant l'église.
Les talons de mes sandales claquent sur les pavés. Les rues s'animent. L'odeur du pain s'échappe des boulangeries, tandis que le curé passe un coup de balai sur le parvis. Des vieux sont déjà en train de disputer une partie de carte au bar de Clément.
Il n'y a que trois bars ici, et un seul qui fasse aussi restaurant. Celui de Clément donc, celui de Lise et

le nôtre.
Je le salue d'un signe de tête, aperçoit Héloïse à l'intérieur. Mon sang ne fait qu'un tour. Pourvu qu'elle ne m'ait pas vue !
Raté ! Elle m'aperçoit, esquisse un sourire mesquin. Mais qu'est-ce qu'elle fout ici ?
— Nana ! Tu ne m'écoutes plus encore !
— Pardon ma chérie, tu me disais ?
— Tu ne dois pas avoir peur. Tu es une maman merveilleuse déjà, moi j'ai de la chance de t'avoir.
— J'ai beaucoup de chance aussi, ma chérie. Ça te dit qu'on prépare une surprise pour ton père, qu'on lui dise d'une manière originale ?
— Pour le bébé ?
Je hoche la tête. Elle sautille en applaudissant et se jette dans mes bras. Je prends ça pour un oui. Bien, il ne reste plus qu'à trouver comment le lui dire.

Nous sommes arrivées devant le portail vert, elle a filé après m'avoir envoyé un clin d'œil complice. Alexia nous a jeté un coup d'œil suspect mais n'a rien dit.
Je n'ai pas attendu la sonnerie, j'ai pris la poudre d'escampette avant qu'elle ne se mette à me poser des questions.

Clara fait ses débuts au Double A.
J'imagine la tête d'Arthur, désemparé face à ses gaffes en continu. Et celle de Loane qui n'apprécie

guère qu'une inconnue se pointe dans notre cuisine.
Et moi, je n'apprécie guère ce qu'elle cache. Un point partout.

De retour à la maison, je suis restée un long moment dans l'encadrement du salon, appuyée contre le chambranle.
À la lumière du jour, mon regard s'est promené lentement sur l'intégralité de la pièce, du sol au plafond, m'attardant à nouveau sur les photos, la chaîne Hi-Fi et les bibelots.
Finalement, j'ai quitté la maison après avoir pris deux gobelets thermos de café. Je me suis rendue à la boulangerie et suis allée rendre visite à maman et Colline.
S'il faut que j'arrête de me rendre coupable de ce que je ne peux changer, je dois leur dire tout ce qui me pèse une dernière fois.

♦

Ma 106 repose sous un platane. Le portail est grand ouvert.
J'attrape ma bouteille d'eau, la glisse dans mon sac à main, prends les gobelets et le sachet de viennoiseries avant de fermer ma portière à clé, bien que ce soit complètement inutile.
— Coucou !
Georges sursaute quand je passe la tête par la porte du cabanon.
— Je vous ai pris un café et un croissant, dis-je

en déposant le tout sur son bureau.

— Oh c'est très sympa, merci.

Il me fait signe de prendre place.

Je pose mes fesses sur une chaise pliante, découpe un morceau de croissant du bout des doigts et le dévore. C'est dingue comme j'ai la dalle !

— Vous habitez ici depuis longtemps ?

— J'y suis quasiment né. Mes parents sont venus travailler au domaine Kervella quand je n'étais qu'un enfant. Je ne suis jamais parti.

— Alors vous connaissez tout le monde ici ?

Il hoche la tête, la bouche pleine.

— Et vous vous souvenez de tout le monde ?

— Viens-en aux faits.

J'avale mon morceau de croissant, passe la langue sur mes dents.

— L'autre jour, après avoir nettoyé nos conneries, j'ai vu une femme...

Il garde le silence, ne me quitte pas du regard.

— Elle portait une longue robe... Je sais pas si vous la visualisez ?

— Je vois très bien de qui tu parles, dit-il avant de boire une gorgée de café.

J'attends qu'il m'en dise plus mais il ne dit rien.

— Vous savez qui c'est, n'est-ce pas ?

— Oui. Tu ne me parlerais pas d'elle si tu ne le sais pas aussi.

— Est-ce qu'Arthur l'a croisée quand il est venu l'après-midi ?

— Pas que je sache. Elle n'est pas restée

longtemps.

Ouf ! Je suis presque soulagée. Et en même temps, je me demande ce qu'elle est venue faire, si elle n'est pas venue voir son propre fils.

— Elle est là.
— Pardon ?
— Elle est arrivée il y a quinze minutes.
— Où est-elle ?

Devant son air gêné, je comprends qu'elle s'est rendue sur la tombe de ma famille. De quel droit ?
D'un geste brusque, j'arrache mon sac de la chaise, la fait tomber et m'en vais sans un mot.

Mon sang bout dans mes veines, mon cœur bat si fort que j'entends presque les battements résonner dans mes oreilles. Les dents serrées, j'avance d'un pas rapide. J'en oublie de compter jusqu'à ce que je ne me fige à une dizaines de mètres d'elle.

Elle se tient droite devant la dalle. Je m'attarde à la détailler de la tête aux pieds.
Son pantalon noir la moule parfaitement, son haut est assorti à sa paire de chaussures, dans les tons de beige. Ses longs cheveux auburn, recouverts d'une capeline marron foncé, tombent sur son dos en cascade.
Je sais que je dois lui parler, il le faut. Mais pour lui dire quoi ? Cette femme qui vient pleurer devant leur tombe - je la vois prendre un mouchoir en papier et le porter à son visage - je ne la connais pas. Je ne me souviens pas lui avoir dit un mot

étant enfant. Peut-être l'ai-je fait mais j'ai occulté tant de choses pour ne garder que les douloureuses que j'ai parfois l'impression d'avoir survolé ma propre vie.
Je tends l'oreille pour écouter ce qu'elle dit mais je suis trop loin.
Le gravier crisse sous mes pas, elle se retourne d'un geste brusque. Son regard émeraude se pose sur mon visage.
— Qu'est-ce que vous faites ici ?
— Bonjour, Aleyna.
Je la rejoins, me fige à ses côtés, les yeux rivés sur ma famille. J'essaie de ne pas la regarder, je ne veux pas avoir la moindre compassion pour elle.
C'est quand même elle qui a eu une relation avec mon père et brisé une partie de ma mère !
— Je vous ai demandé ce que vous faites ici, dis-je d'un ton plus sec.
— Il fallait que je parle à Paul.
— Ne l'appelez pas par son prénom. Vous pourriez en profiter pour expliquer à ma mère pourquoi vous avez bousillé sa vie.
— Aleyna...
Elle se tourne vers moi, je me recule. Mon regard plonge dans le sien. Ma colère dans sa peine. Ma douleur dans la sienne.
— Et votre fils, vous comptez aller le voir ?
— Il ne voudra pas me voir.
— Juste retour des choses, non ?
Elle hoche la tête, émet un son qui ressemble davantage à un couinement qu'un oui.

— Comment peut-on abandonner les gens qu'on aime ?

Elle relève la tête vers moi, un léger sourire se dessine sur son visage.

— Pour d'autres raisons que les tiennes, je suppose.
— Je n'ai pas laissé tomber mon enfant, moi.
— Ton fiancé de l'époque, ta tante, tes amis. La colère que tu as envers moi te guide, elle est justifiée. Mais si tu ne connais pas mes raisons, comme je ne connais pas les tiennes, tu ne peux les juger.
— Qui vous a dit que j'étais partie ?
— Quelle importance ?

Je garde le silence, prenant le temps de m'adoucir.

— Asseyons-nous un instant, veux-tu ?

J'hésite. Le banc en pierre à l'ombre du jardin du souvenir sera toujours plus confortable que l'allée en plein soleil. D'autant plus que Valérie Kervella m'a conseillé du repos.

Junior n'a pas besoin d'une mère épuisée. Il a déjà une mère névrosée avant même de naître !

D'un même pas, nous nous dirigeons vers le banc en silence.

Je m'y assois suffisamment loin d'elle. Plus loin, je finis le cul dans l'herbe.

— Je sais ce que tu penses de moi et de ce que j'ai fait. Je ne m'attends pas à ce que tu comprennes mais, si tu acceptes, je vais t'expliquer.
— Pourquoi maintenant ?

— Je crois qu'il est temps de faire table rase.

Je souris amèrement. Je suis en train de faire exactement la même chose.

— J'ai rencontré Paul en maternelle. Nous étions amis. Puis est arrivé ta mère en primaire. Nous étions un groupe d'amis inséparables avec nos petits secrets.

Si elle savait que notre groupe à nous aussi cachait de sombres secrets.

— J'ai aimé ton père dès l'adolescence, nous avons eu une relation courte. Les amours d'ados ne durent jamais bien longtemps.

Elle baisse les yeux au sol, observe l'herbe un court instant avant de revenir vers moi.

— Il s'est mis avec ta mère par la suite. Mais nous nous aimions toujours et nous nous sommes vus en cachette. Jusqu'à ce que Dolorès nous surprenne et ne menace de tout dévoiler.

Dolorès ? Ma mère s'appelait Christine ! Qui est cette Dolorès ?

— Quand il a voulu la quitter...

— Elle a menacé de se jeter sous un train, dis-je en me souvenant de mes longues discussions avec ma tante.

Elle acquiesce d'un hochement de tête.

— Je l'ai convaincu de rester, j'avais tellement peur qu'elle ne le fasse. Nous avons choisi de ne plus nous voir. Lorsque Dolorès a déménagé, nous avons repris notre relation. Mais un jour, j'ai reçu une lettre anonyme.

Quelqu'un savait. Ta mère a tenté une nouvelle fois de mettre fin à ses jours. Je me suis mise avec le père d'Arthur...

— Son géniteur, la coupé-je. Arthur dit qu'il est son géniteur, rien de plus.
— Je comprends. Nous avons eu Arthur mais mon cœur était toujours à ton père. On ne choisit pas qui on aime.
— Ouais, j'en sais quelque chose, soufflé-je en songeant au colosse derrière son comptoir.

Elle me sourit, je sais qu'elle sait. Je n'ai pas choisi d'aimer son fils, c'est comme ça.

— Qu'est-ce qui s'est passé ensuite ?

Je me surprends à vouloir en apprendre davantage. Tante Louise ne pourra jamais me donner les réponses que j'attends mais cette femme, probablement.

— L'amour a été plus fort. Il y avait toi et Arthur, puis Rozenn.

L'entendre prononcer le prénom de ma sœur fait monter ma colère. Mais mes pensées sont vite remplacées par Dolorès. Qui est-elle ?

— Dolorès, une fois de plus, a mis son grain de sel. Ta mère a été au courant. Alors, n'en pouvant plus, j'ai posé un ultimatum à ton père. Je sais que ce n'était pas forcément bien mais les relations humaines sont plus complexes qu'on ne l'imagine.
— Vous lui avez demandé de choisir entre vous deux ?

Hochement de tête affirmatif.

— Il a choisi, oui. J'ai été anéantie, je suis partie.
— Pourquoi avoir laissé Arthur ?
— Son père... Tu sais comment il était... J'avais très peur de lui. Si je prenais Arthur, il disait qu'il nous tuerait tous les deux, qu'il me ferait payer ce que j'avais fait mais que si je partais, il ne ferait aucun mal à mon fils.
— Si vous saviez...
— Je sais. Je l'ai su plus tard. Quand il est mort, je n'ai pas repris mon fils, pour son bien. Je l'ai laissé à Monsieur Kergoat. Lui il pourrait veiller sur lui, il saurait prendre soin de lui. Comme Louise d'ailleurs. Elle a été une mère pour lui.
— Louise n'a jamais remplacé nos mères. Elle a été notre bouée, celle qui nous a permis de ne pas nous noyer.

Un couple passe devant nous, bouquet de fleurs en main, nous gratifie d'un signe de tête poli et disparaît au coin d'une allée.

— Il vous aimait, vous savez. Mon père, précisé-je devant son regard interrogateur. Il vous a toujours aimée. Il vous avait choisie mais après la mort de Rozenn, maman s'est enfoncée de plus belle. Et quand vous êtes partie, il a essayé de ne pas perdre pied pour moi, je crois. Il a été un père merveilleux. Mais il vous avait choisie.
— Quand j'ai appris pour leur accident...

Mon regard rivé sur l'herbe, j'hésite à lui dire la vérité. Savoir que ce n'était pas un accident ne lui rendra pas son grand amour. Mais les mots m'échappent.

— C'en était pas un.

Elle m'observe sans comprendre.

— Papa avait décidé de la quitter définitivement. Son amour pour vous était plus fort. Elle a laissé une lettre disant qu'elle refusait de vivre sans lui.

Horrifiée, elle place une main sur sa bouche pour étouffer un cri.

— Alors elle a foncé volontairement dans le ravin.

Des larmes roulent sur ses joues, sa main devant la bouche. Je ne sais pas pourquoi, je prends son autre main dans la mienne, la laisse pleurer en silence.

Cette femme est tout autant meurtrie que nous.

— Aleyna !

D'un geste brusque, je relève la tête. Arthur nous fait face, la mâchoire serrée, le regard noir. L'émeraude de ses yeux est devenue glaciale.

Je lâche la main de sa mère, m'écarte brusquement et tente à trois reprises de ramasser mon portable qui vient de tomber dans l'herbe.

— Arthur... Que... Qu'est-ce que tu fais là ?

— Et toi ? Avec elle en plus ?

Il a craché les mots avec une telle violence que j'en ai pitié d'elle. S'il savait ce que je sais, pourrait-il moins la haïr ?

— Ce n'est pas ce que tu crois, dis-je en le rejoignant. On s'est croisées devant...

— J'en ai rien à foutre.

Il a murmuré chaque mot si lentement que j'ai frissonné. Le ton de sa voix m'a fait peur pour la première fois.

— Rentre chez toi, Aleyna.
— Arthur...

Je prends sa main, il va falloir que je le calme. Mais il la retire brusquement.

— Rentre chez toi.

Il ne me regarde plus, son regard est figé sur elle, sur cette femme qui l'a abandonné sans se retourner il y a vingt-quatre ans.

— Je te retrouve à la maison.
— Chez toi, Aleyna. T'en as assez fait ces derniers jours.

Serrant les lèvres, je ravale mes larmes. Je comprends sa colère mais, nom de Dieu, il ne peut pas me laisser m'expliquer ?
Sa mère se lève, fait un pas en avant.

— Toi... Dégage d'ici, retourne d'où tu viens.
— Arthur...
— Casse-toi d'ici !

Je me suis mise en retrait. Je voudrais pouvoir lui crier qu'il ne sait pas tout, qu'il faut lui laisser une chance de s'expliquer mais je me dis, qu'à sa place, si maman voulait m'expliquer son geste, je ne la laisserai pas faire.

Jamais je ne l'ai vu dans une telle colère. La rage s'est emparée de lui. Et pourtant, dans son regard, j'ai la sensation de revoir ce petit garçon au parc, cet enfant qui détalait à chaque sortie d'école de crainte de s'en prendre une s'il arrivait chez lui en retard.

— Arthur ! C'est ta mère !

Il se tourne vers moi, avance d'un pas. Effrayée par la haine qui sort par tous les pores de sa peau, je recule de plusieurs pas, manque de peu de tomber en me cognant contre un banc. Sa main puissante me rattrape par le bras, il serre de plus en plus mais je crois qu'il ne s'en rend pas compte. J'ai mal mais je ne dis rien.

— Elle est morte quand elle est partie, dit-il en plongeant son regard dans le mien.
— La mienne est morte, réponds-je en ne le quittant pas des yeux. Pas la tienne. Laisse lui une chance de s'expliquer.
— Elle est morte pour moi.
— Tu me fais mal, crié-je alors qu'il serre un peu plus mon bras.

Comme revenant à la réalité, il me lâche, observe les traces sur ma peau blanche. Je frotte mon bras, laisse les larmes m'échapper. Il murmure un pardon, se tourne vers elle, lui envoie un dernier « dégage d'ici » et s'en va.

Elle se précipite vers moi, je recule. Je ne fais que ça, reculer face aux autres.

— Je suis désolée, je n'aurai pas dû revenir.
— Vous devriez partir.

Elle hoche la tête, retourne prendre son sac à main, passe devant moi, un sourire triste aux lèvres, le visage inondé de larmes.

— Madame Kardec !

Je sais bien qu'elle ne s'appelle plus Kardec depuis longtemps mais je ne sais pas son nouveau nom et je ne me vois pas la nommer par son prénom.

Elle se retourne, sèche son visage avec un mouchoir en papier.

— C'est Claudel maintenant.
— Vous vous souvenez du nom de Dolorès ?
— Meunier. Au revoir, Aleyna. Prends soin de toi.

Elle me laisse plantée au milieu du jardin du souvenir et disparaît rapidement.

15

Assise sur les marches devant la maison des Marronniers, Mina et Alexia me font face et écoutent une partie de mon récit avec horreur. Une partie seulement, je n'ai pas envie de m'étaler sur ce qui concerne mes parents.

— Comment a-t-il su où te trouver ?

Alexia se pose la même question que moi.

— C'est moi qui lui ait dit, avoue Clara en nous tendant une canette de soda à chacune. Il est passé ici et ne t'as pas trouvée, il avait un truc à te dire. Si j'avais su...
— Tu n'y es pour rien. On pouvait pas deviner qu'elle allait être là.

Mina se pose sur un tabouret bancal. Clara s'installe près de moi, me file un coup d'épaule. Éden est en train de jouer dans le jardin à l'arrière. J'ai choisi de de venir ici pour qu'elle n'écoute pas nos cancans.

— Il va bien finir par se calmer, non ?

Alexia me jette un coup d'œil dubitatif et grimace.

— Malo est passé le voir. Il s'est fait jeter comme un malpropre.
— Et Louise ?
— Il lui a claqué la porte au nez.
— Ah ouais il va vraiment mal, dis-je.

Son ami d'enfance. Son meilleur ami. Si même Malo n'arrive pas à engager le dialogue, alors c'est peine perdue.

— Faut que je vous avoue une chose...

Elles se rapprochent de moi, veillent à ce que personne ne nous observe. Je crois qu'avoir fréquenté Héloïse nous a toutes rendues paranoïaques. Sauf Clara. Elle n'a pas eu l'occasion d'être un mouton comme nous. Pour autant que je me souvienne, elle ne l'a pas connue très longtemps et lui a tenu tête dès le départ.

— Le groupe d'amis de mes parents... Il y avait la mère d'Arthur et d'autres dedans. Elle a parlé de petits secrets et de l'une d'entre eux qui leur faisait du chantage.

— Comme Lucifer, maugréé Mina.

— Et alors ?

Clara ne peut pas vraiment comprendre ce que nous avons vécu.

— On était pas les premiers, dis-je. Leur Lucifer, c'était...

— Encore en train de faire des messes basses ?

La voix moqueuse qui s'élève derrière nous ne présage rien de bon. Héloïse se tient derrière le portillon, une gamine près d'elle. Mina lui envoie un clin d'oeil. C'est donc Joy.

— Que nous vaut le déplaisir de ta visite ? lui balance Clara.

La garce blonde pose une main parfaitement manucurée sur le portillon. Alexia le bloque du pied et l'empêche d'entrer.

— Tu n'es pas la bienvenue ici.

— Tu vois comment on est reçues chez les bouseux ?

Héloïse s'adresse à sa fille. Élancée et blonde comme sa mère, elle a pourtant un regard différent. À son âge, Héloïse menait son monde par le bout du nez et ses yeux ne dégageaient que haine et mépris. Ceux de sa fille n'ont rien de tout ça. À l'opposé de sa mère.

Je vous entends me dire qu'une enfant ne peut pas avoir de cruauté en elle, que ce n'est qu'une enfant, que, parfois, on a pas conscience de blesser les autres. Mais pour avoir passé la majeure partie de ma vie en compagnie de Lucifer, je peux vous assurer du contraire.

— Elles te recevraient mieux si tu ne leur manquais pas de respect, *maman*.

Clara pouffe. Mina retient un sourire.

— Laisse les passer, dis-je à Alexia.

Elle retire son pied tout en me lançant un regard horrifié. Clara et Mina ne comprennent pas. Je hais Lucifer plus que tout alors pourquoi la laisser entrer chez moi ? Je sais ce que je fais.

La nouvelle partie de « Lucifer & Co » ne fait que commencer. Joy se jette dans les bras de Mina, lui claque un bisou sur la joue et un « tu m'as manquée ».

— Tu peux aller dans l'autre jardin si tu veux, dis-je à Joy. Ma fille y joue avec les chats. Et si tu as soif, elle te donnera une canette.

— Merci, madame.

Elle passe le couloir et rejoins Éden. Je me tourne vers Héloïse, que chacune de mes amies détaille de haut en bas.

Toujours tirée à quatre épingles, aucun de ses longs cheveux ne dépasse un autre du moindre millimètre. Comme autrefois, elle porte une robe ultra moulante et des talons hauts.

— On va rejoindre les enfants, dis-je en me levant.

Elles me suivent toutes, Héloïse en tête.

— Alors ? Qu'est-ce que tu fous dans le coin ? demandé-je alors que nous prenons place sur la terrasse.

— Ça vous regarde ?

Elle baisse d'un ton et reprend :

— Joy voulait découvrir le coin.

— Évite de nous prendre pour des idiotes, ronchonne Mina. Pourquoi t'es là ?

— Elle a été virée du journal !

— Joy !

Héloïse est contrariée. Le moins qu'on puisse dire c'est qu'elles ne sont vraiment pas complices.

— Merci, Pucette, lui crie Mina.

Héloïse envoie un regard noir à sa fille, qui hausse les épaules et repart voir les chats en compagnie d'Éden. Aucune de mes amies ne dit le moindre mot.

C'est à se demander ce qui m'est passé par la tête pour l'accueillir dans ma maison. Mais j'ai besoin de savoir pourquoi elle est là. Réellement. Pourquoi maintenant. Pile quand la mère d'Arthur est dans le coin et que Loane joue les cachottières.

— Alors ?

Mina insiste. Elle ne va pas la laisser s'en tirer avec

une excuse bidon.
— Ma mère est morte il y a cinq mois, j'ai récupéré Joy et j'ai perdu mon boulot le mois dernier. Vous êtes contentes ?
— Mes condoléances pour ta mère, dit Mina.
— Vraiment ? Tu sais comment elle était. Tu crois que c'est une grosse perte ?

Mina secoue la tête. Je crois qu'il va falloir que j'aie une conversation privée avec l'une ou l'autre.
— Elle est dans quel collège ?
— Aucun.
— Elle ne va pas à l'école ?

Alexia pose la question, hausse un sourcil quand Lucifer la regarde avec son air méprisant habituel.
— Elle suit des cours par correspondance. Je sais m'occuper de ma fille.
— Personne n'a dit le contraire, réponds-je calmement. C'est étonnant de te trouver ici.
— Crois bien que j'en suis autant étonnée que vous mais Joy a insisté pour venir.

Notre conversation continue autour de la venue de Lucifer, de ce changement de vie soudain.
Elle ne compte pas s'éterniser. Il faut avoir envie de s'enterrer dans le trou du cul du monde.
— Alors toi et Frankenstein, ça n'a pas duré ?
— Arthur ! s'écrient d'une même voix Alexia, Mina et Clara.
— Au contraire, tout va bien.
— Qu'est-ce que vous foutez ici alors ? C'est lugubre quoi.
— Un petit coup de nettoyage, répond Mina. Je

vais emménager ici.
— Faut avoir envie, lâche Héloïse.
— C'est à se demander pourquoi t'es revenue, crache Clara. Entre les maisons lugubres et les bouseux, t'as vraiment pas ta place avec nous.

Héloïse l'observe mais ne réplique pas.
— Maman ! Éden nous invite à dormir ! Dis oui, s'il te plaît !

Éden se tient à côté de Joy, me sourit timidement. Décidément, cette petite a toujours des idées fabuleuses !
— Non, on ne va pas déranger.
— Vous ne me dérangez pas, dis-je d'un ton neutre avant de porter ma canette à mes lèvres.

Toutes les têtes se sont tournées vers moi d'un même mouvement. Je réprime un sourire.

Quand elles sauront, elles comprendront pourquoi j'accepte sa présence sous mon toit. L'avoir à l'œil est mon nouvel objectif. De toute façon, je ne suis pas prête de retourner au Double A.

Arthur serait bien capable de fermer la porte à double tour et de la barricader pour que je n'y entre plus.

Je vais le laisser se calmer, reprendre ses esprits et, quand le moment sera venu, nous parlerons.

Je ne sais pas si sa mère va retourner d'où elle vient mais ma priorité est d'avoir Héloïse à portée de vue. Peu importe ce que ça va me coûter.

♦

Alexia et Mina sont parties une heure plus tard, et se sont mises à me harceler de textos sitôt arrivées chez elle. Même Malo s'y est mis.

MAIS TU ES COMPLÈTEMENT CINGLÉE ! TU VAS ENCORE T'ATTIRER DES EMMERDES !

Il croit qu'en écrivant en majuscule j'aurai l'impression de l'entendre crier ? Je souris, lui réponds un « je sais ce que je fais » et pose mon portable sur le plan de travail.
Je sais ce que je fais, oui et non. Parce que je ne sais pas ce qui va me tomber dessus encore une fois mais j'en ai pas fini avec cette famille.
— Tu vas m'expliquer ce qui t'as pris ?
Clara murmure à mon oreille pendant que je lave la salade.
Les gamines regardent la télé au salon et Héloïse est à la douche.
— Tout à l'heure.
— Nana, tu pars en vrille...
— Tu comprendras tout à l'heure.
— Continue comme ça et tu vas tout perdre.
— Je sais ce que je fais.
Je me répète inlassablement cette phrase pour me convaincre que c'est le cas mais le ton de ma voix me trahit.
Peu après, Héloïse nous rejoint, autant mal à l'aise que nous deux, ne sachant ni quoi dire, ni quoi

faire.

Lorsque les gamines se pointent à table, l'ambiance se détend et nous les écoutons parler de l'école, des copines et tout le tralala habituel des enfants.

Je bois littéralement les paroles de Joy. Interdit d'en perdre la moindre miette.

Héloïse semble le remarquer, elle me lance un regard suspicieux mais je me contente de lui sourire.

À la fin du repas, les gamines vont se laver les dents et se jettent de nouveau devant la télé. Clara disparaît dans la salle de bain, nous laissant dans la cuisine.

— Je sais que ça ne vaut pas grand chose mais je suis sincèrement désolée que tu aies perdu ta mère.

Elle hausse les épaules, vide une assiette dans la poubelle et la dépose dans l'évier.

— Comme si ça pouvait te faire quelque chose.
— La compassion ne fait pas de mal.

De nouveau, elle vide une assiette et me la tend.

— De la compassion ? Pour moi ? Je n'en ai eu pour aucune d'entre vous.
— Nous ne sommes pas toutes dénuées de sentiments, dis-je brusquement.

Elle sourit discrètement.

— J'en ai. Je ne les laisse pas diriger ma vie.
— Tu devrais peut-être, ça te rendrait moins mauvaise. Et moins seule, surtout.
— Je ne suis pas seule, réplique-t-elle d'un ton sec. J'ai des amis.

— Et pourtant c'est chez moi que tu es ce soir.
Elle soupire. Je l'emmerde à jouer la carte de la gentillesse, de la compassion ou celle de la compréhension.
— Je suis là parce que ma fille a insisté.
— T'aurais pu dire non.
Ses yeux sont rivés sur le test de grossesse tombé derrière la poubelle et que j'ai oublié de ramasser depuis deux jours. Ma priorité n'ayant pas été le ménage, je n'ai pas passé le balai une seule fois.
Elle fixe les deux barres, esquisse un sourire et je revois cette gamine cruelle dans la cour de récréation. J'en viens à me demander si la harceleuse de nos parents - à Arthur et moi - avait le même regard, si elle aussi elle les poussait à bout chaque jour et surtout pourquoi.
— T'es enceinte ?
— Non, dis-je un peu trop vite.
Arthur n'étant pas au courant, je n'ai pas envie que ce soit elle qui le lui annonce. Surtout pas après ce qu'il s'est passé au cimetière.
— Il est positif !
— C'est le mien.
Clara arrive et me sauve la mise.
— Juan et moi, on essaie d'avoir un môme. Et comme tu vois, on a réussi.
— J'hésite entre félicitations et bon courage.
— Sois sympa une fois dans ta vie et dis « toutes mes félicitations, Clara », ça ne va pas t'arracher la bouche.
J'éclate de rire devant la mine décomposée

d'Héloïse. Autrefois, elle terrorisait tout le monde mais aujourd'hui, on s'en moque toutes de ce qu'elle peut dire. Et chacune de nous lui tient tête.

— Toutes mes félicitations, Clara, grimace-t-elle.
Je m'attends presque à la voir vomir tant elle est écœurée d'être agréable.

— Tu peux le jeter, maintenant. Je te rappelle que j'ai pissé dessus.

Héloïse le balance d'un air dégoûté et se lave vite les mains. Je ris de plus belle, accompagnée de ma meilleure amie.

Elle nous regarde comme si nous étions folles, mais elle esquisse un sourire avant de quitter la cuisine.

— Tout le monde au lit !

Les deux gamines ronchonnent mais elles n'ont pas le choix.

Je dépose des draps et couvertures au salon. Héloïse et sa fille vont y dormir cette nuit. On verra pour les prochains jours ce qu'on va faire.

Éden se lève, attrape son immonde doudou et monte les escaliers en courant.

— Tu as bien lavé tes dents ?
— Oui.
— Bien. J'y vais et je reviens.

Héloïse monte à l'étage et claque la porte de la salle de bain.

Je souhaite une bonne nuit à la demoiselle et tourne les talons.

— Aleyna ?

Je reviens sur mes pas. J'éteins la lumière du

plafonnier quand elle allume la lampe près du canapé.
— Elle n'est pas méchante, vous savez. Elle n'avait pas le choix.
— On a toujours le choix, dis-je calmement. Même quand on fait le mauvais. Tu as le temps de le comprendre.
— Pas elle. Si vous saviez, vous lui pardonneriez peut-être.

Je lui souris rapidement, lui souhaite une deuxième fois bonne nuit et monte rejoindre ma gamine.

Éden s'est endormie. J'embrasse sa tignasse, sa petite joue rose, éteint la veilleuse et vais prendre une douche.

L'eau coule lentement sur mon corps, je me savonne, imagine Arthur près de moi.
Perdre l'homme que j'aime au moment où une partie de lui grandit en moi. C'est assez triste quand on y pense.
Je prie pour ne pas le perdre définitivement, pour que sa colère s'estompe et que tout redevienne comme avant. Même si je sais que plus rien ne sera « comme avant ».
Un drôle de gargouillis se fait sentir près de mon nombril. J'y pose une main et... c'est ce moment précis que choisi mon petit Junior pour donner un coup. Le premier que je sens véritablement, celui qui rend sa présence plus réelle qu'une simple échographie.

Des larmes me montent et jaillissent en torrent. Oh ce ne sont pas des larmes de tristesse ou de désespoir, mais de joie, d'amour, d'euphorie. Je ris et pleure. Et les petits coups se font plus pressants, plus rapide. Comme si Junior me disait « j'suis là ».
Évidemment j'aurai préféré qu'Arthur soit là, qu'il pose ses mains sur mon ventre, qu'il sente cette vie en moi.
Je me suis rapidement séchée et j'ai enfilé un pyjama. Le plus large que je puisse trouver. Ce qui revient à enfiler le tee-shirt d'Arthur une nouvelle fois. Demain, je vais passer au restaurant. Demain, je vais lui dire qu'on va avoir un bébé. Demain, je vais certainement me faire envoyer balader.

Au rez-de-chaussée, tout est plongé dans le noir. Je me dirige discrètement vers ma chambre d'ado, ferme la porte derrière moi.
Clara retire ses écouteurs, se relève.
Sans un mot, je prends place près d'elle sur le lit.
— Tu vas m'expliquer ?
— Les victimes d'Héloïse quand on était mômes, c'était les jumelles, Mina, Arthur et moi.
— Je sais déjà tout ça.
— Nos parents avaient aussi leur Lucifer. Mes parents, la mère d'Arthur et la mère des jumelles.
Elle remonte ses genoux contre sa poitrine, les entoure de ses bras.
— Tu crois que c'est lié ?

Triturant une mèche de ma touffe rousse, je continue :
— Je ne crois pas, j'en suis certaine. Leur Lucifer était Dolorès Meunier. Je ne sais pas ce qui les lies mais je vais aussi le découvrir.
— T'as conscience que, plus tu avances, et plus tu découvres d'autres choses ?
— Ouais.
— Laisse tomber, Nana. Ça va te détruire tout ça. Vous en avez eu assez avec Héloïse.
— Je sais mais ne pas savoir va me bouffer encore plus.
— Pense à ton homme, ta gamine et ton bébé. Laisse tout ce merdier de côté.
— J'ai besoin d'avoir des réponses. Connaître le passé pour mieux avancer, tu vois.

Elle grimace, peu convaincue. Mais elle va m'aider. Clara ne me laisse jamais tomber.
— Tu crois que Joy va faire pareil, qu'elle est conditionnée pour ça ?

Je ne pense pas sinon pourquoi m'aurait-elle dit que sa mère n'avait pas eu le choix ? Si je savais tout, je comprendrais. Le hic, c'est que plus j'en apprends et moins je comprends.
— On va les avoir à l'œil, on verra bien. Sinon, t'as découvert quoi sur Loane ?
— Elle est hautaine et insupportable. Une vraie Madame-je-sais-tout. Je veux bien que ce n'est pas mon métier je sais laver une table !

Je pouffe de rire. Loane est douce, calme et responsable d'une calamité en cuisine alors je crois

qu'elle stresse plus qu'autre chose.
— Tu vas t'y faire. Et sur sa vie ?
— Rien. C'est tout juste si elle m'adresse la parole. Je ne vais pas aller fayoter auprès du patron, je viens de débarquer et je ne vais pas m'éterniser. Mais je vais réussir ma mission, mon commandant.

Je ris de plus belle, pose ma tête sur son épaule.
— Et Arthur ? Il était comment ?
— Monstrueusement silencieux. Tout juste s'il saluait les clients. Monsieur Kergoat n'est pas resté après le repas. Et le vieux Ronchon n'a pas bougonné une seule fois.
— Et ma tante ?
— Pas vue. Je crois qu'il va vraiment mal.
— J'irai le voir demain. Je vais me coucher.
— Reste sur tes gardes, Nana. Héloïse, ici, c'est mauvais signe.

Je le sais. Je lui souris et ferme la porte.

La lampe torche de mon portable éclaire le plafond et l'horrible papier peint. Je me glisse sous la couette, caresse la joue de ma gamine, un sourire aux lèvres.

Un long moment, j'hésite à lire les lettres de maman. Devrais-je le faire ? Je crois que oui.

Il me faut les réponses manquantes même si la mère d'Arthur m'en a donné certaines.

<u>Lettre 1</u>

Je ne sais pas combien de lettres j'ai écrit, elles sont dans le coffre.
C'est l'anniversaire d'Aleyna aujourd'hui.
Je voudrais pouvoir lui souhaiter et lui dire que je l'aime mais je n'y arrive pas. Je la regarde grandir et je me demande tous les jours si

Je tourne la page, espérant qu'elle ait fini sa phrase mais non.
À chaque paragraphe d'une lettre, maman a dessiné une étoile. Comme je le faisais dans mon journal d'ado.

Lettre 2

★ *Elle est passée me voir aujourd'hui. Ça ne lui a pas suffit de coucher avec Paul, elle vient me narguer devant chez moi. Il m'arrive de prier pour qu'elle crève. J'envisage de la pousser sous un train.*

★ *Aleyna voudrait une piscine. J'ai dit non, elle m'en veux. Mais je ne peux pas la perdre elle aussi à cause de ça. Je lui ai dit qu'elle aurait dû mourir à la place de Rozenn. Je ne le pensais pas, je ne sais pas ce qui m'a pris.*

★ *J'ai demandé à Paul de régler le problème avec Elle. Depuis trop longtemps, elle rôde autour de nous. Il dit qu'il ne peut pas. J'ai épousé un sans couilles qui ne sait pas prendre les choses en main.*

Lettre 3

★ *Ma vie vient de s'écrouler une fois de plus. J'avais des doutes depuis bien longtemps, Elle les a confirmés. Paul et Elle. Paul et l'Autre. Avec combien de femmes m'a-t-il trompée en plus de ces deux-là ? Avec combien d'autres a-t-il eu des enfants ? L'Autre a foutu le camp depuis longtemps. Mais Elle... C'est un peu de lui que je croise tous les jours depuis bientôt dix ans. Je ne le supporte plus.*

Le peu de pages que j'ai lu me suffit.
Je me refuse à croire que papa ait pu être un coureur de jupons. J'avais accepté le fait qu'il en aime une autre. C'était presque une histoire d'amour contrarié. Mais ça... Un enfant ? Alors j'ai un frère ou une sœur quelque part ? Ici même ? Est-ce que tout le monde le savait ? Même Tante Louise ? Je glisse le paquet de lettres dans mon sac à main et me couche.

16

Je n'ai quasiment pas fermé l'œil de la nuit.
Mes pensées ont été envahies par ces femmes.
Elle, je ne sais pas qui est-ce, je n'y mets pas un nom, ni un visage. Une parfaite inconnue sur papier.
L'Autre, c'est la mère d'Arthur, c'est plus que certain.
Je n'aurai pas dû lire. Les secrets des uns et des autres ne sont pas tous bons à être déterrés.

Après le petit déjeuner, chacune de nous est partie de son côté.
Clara au Double A, sans grande motivation. Aussitôt arrivée, elle m'a informée qu'Arthur a laissé la boutique à Loane, qu'il sera absent pour la journée. La voilà donc assignée au bar. C'est Loane qui doit être contente de ne pas avoir Calamity Clara en cuisine !
Héloïse m'a remerciée poliment pour la nuit, elle a été surprise quand je lui ai proposé de rester tant qu'elle veut. Mais Joy l'ayant suppliée, elle a abdiqué, non sans m'avoir demandé pourquoi tant de gentillesse d'un air suspicieux. Dégainant mon plus beau sourire, je lui ai affirmé que c'est par pure gentillesse, en souvenir de notre amitié. Niveau crédibilité : zéro pointé. Peu importe, elle a accepté ma proposition.
Je doute que l'insistance de Joy soit la véritable cause à son retour. Héloïse ne fait jamais rien sans

raison, je ne suis pas dupe. Surtout si cela concerne notre bled et les bouseux que nous sommes.

J'ai déposé Éden à l'école. Malo a proposé à Joy de visiter la bibliothèque de l'école et pourquoi pas d'assister aux cours de sport. Je sais bien qu'il a fait une entorse au règlement mais j'ai besoin de me retrouver seule avec Héloïse.
Puis nous sommes revenues chez moi.
— Tu devrais mettre quelque chose de plus confortable si tu bosses avec moi.
— Je suis ta femme de ménage, maintenant ?
— Pas du tout. Mais soit tu m'aides et on essaie d'avoir une conversation civilisée, soit tu évites de traîner dans mes pattes.
Elle m'observe de la tête aux pieds - je porte le tee-shirt d'Arthur - et lâche :
— Je n'ai pas de guenilles à me mettre.
— Je peux t'en prêter, réponds-je en haussant les épaules.
— Ouais... Profites-en pour changer les tiennes. Je ne sais pas depuis combien de temps tu portes cette horreur mais tu commences à sentir mauvais.
J'esquisse un sourire. Elle n'a pas tort mais si j'enfile un de mes tee-shirts, elle verra de suite mon ventre qui s'arrondit doucement. Comme si, maintenant que je sais qu'il est là, Junior avait décidé de se montrer à la face du monde.
Elle me suit à l'étage, attrape le short et le

débardeur que je lui lance, file dans la salle de bain et me rejoint dans le salon cinq minutes plus tard.
Elle est en train d'attacher ses cheveux en une queue haute.

— Tu es magnifique. Une vraie bouseuse bien de chez nous, me moqué-je.

Elle soupire mais je la vois retenir un sourire. Aurait-elle de l'humour ? Ou essaye-t-elle de me manipuler comme je le fais ?

— Qu'est-ce que je dois faire ?
— On va mettre tous les bibelots de la maison dans des cartons et les mener à la décharge.

Elle prend un carton, le scotche et commence à y mettre les vases.

— T'as envie de mourir ?

Sa question me surprend.

— Non. Pourquoi ?
— Alors change de musique par pitié. On dirait que tu vas faire une dépression et je n'ai pas envie de me jeter sous un train avec toi !

J'éclate de rire devant sa mine déconfite et lui propose de mettre ce qu'elle préfère.
Un remix *old school* s'élève. Je monte le son, me laisse entraîner. Les rares passants jettent un œil et détournent le regard rapidement quand Héloïse leur demande s'il y a un problème.
J'éclate de rire face à son amabilité légendaire. Elle me sourit et continue à ranger les bibelots dans le carton.
Je vais bien finir par gagner sa confiance en douceur. Il le faut. Je dois comprendre en quoi elle

est liée à Dolorès Meunier et pourquoi elle nous a fait subir la même chose. Et surtout pourquoi Joy m'a dit qu'elle n'avait pas le choix.

Après une heure à se défouler sur la musique, les meubles et étagères sont vides.
Je vais à la cuisine prendre deux bouteilles d'eau, lui en donne une et nous mettons les cartons de côté.
Puis je vais au garage et revient avec une masse.
— Qu'est-ce que tu vas faire avec ça ?
— Pousse-toi !
Elle s'écarte et, horrifiée, m'observe défoncer le bahut. Le bois éclate et vole dans tous les sens.
— Ça c'est pour tous ces putains de secrets de famille !
Elle ne dit rien, recule d'un pas.
— Monte le son !
Elle fait ce que je lui demande et recule, le dos contre un mur, puis s'assoit sur le bord de la fenêtre.
— Et ça... (la masse laisse un trou dans l'une des porte du bahut) c'est pour cette pétasse d'Héloïse Ackermann !
Elle ne me quitte pas du regard.
— Ne m'en veux pas hein !
La sueur perle sur mon front et dégouline le long de ma colonne vertébrale. J'ai du mal à respirer mais je m'acharne sur ce pauvre meuble qui n'a rien demandé. Extérioriser ma colère devient vital.
À qui pourrais-je m'en prendre de toute façon ? Les

responsables sont presque tous morts et je ne me vois pas fracasser le crâne de la blonde qui me tient compagnie.

    — Et ça... (nouveau coup de masse dans le bahut) c'est pour Rozenn !

La musique change, devient de plus en plus rapide. Héloïse esquive un morceau de bois pointu, relève ses jambes contre sa poitrine.

    — À ton tour !

Je lui tends la masse, elle la refuse. J'insiste.

    — Défonce le. Tu verras comme ça fait du bien.

    — Tu l'as déjà mis en miettes.

Je me retourne, arrache la vieille nappe dégueulasse de la table de salle à manger et lui propose de la démonter d'un signe de la main. Hésitante, elle traîne la masse derrière elle. Puis sans prévenir, elle explose le plateau en bois.

    — C'est pour qui ? On est entre nous, je ne le dirai pas aux autres.

    — Pour ma *mère*.

Elle crache le mot comme elle crache son venin : avec dégoût. Je hoche la tête d'un air entendu. On y vient doucement.

    — Pour cet enfoiré qui m'a abandonnée !

Elle envoie un nouveau coup sur le plateau.

    — Pour cette pétasse d'Aleyna Dumoulin !

J'éclate de rire en m'installant sur le bord de la fenêtre. C'est de bonne guerre après tout.

Puis elle se tait et se défoule sur la table, jusqu'à la réduire en un tas de bois.

Je la regarde faire et me demande ce qu'elle a bien

pu vivre pour être cette fillette monstrueuse, cette femme odieuse et me paraître aujourd'hui plus que fragile sous ses airs hautains.

Une fois qu'on a tout démoli, il a fallu charger la remorque.

— Je vais conduire ta poubelle, dit-elle en prenant les clés de ma voiture sur le comptoir de la cuisine.

— Je sais conduire.

— Clara dit que tu es un danger depuis que tu as ton attelle, alors tu permets. Je n'ai pas envie de claquer aujourd'hui.

— Vous commencez toutes à me gonfler.

— On se comprend.

Sur le chemin qui nous mène à la décharge, elle met encore sa musique. Je me demande si en fin de journée elle a mal au crâne. Je vais finir par l'enfermer dans le coffre et remettre mes chansons habituelles.

— Tu vas me dire pourquoi tu es sympa avec moi ?

— Parce que je suis humaine, réponds-je sans quitter des yeux le paysage qui défile.

— J'suis pas aussi conne que j'en ai l'air. Tu ne fais pas ça pour rien.

— Tu as totalement raison, admets-je. Je me demande pourquoi tu es revenue. Ta fille a insisté, je sais. Mais pourquoi ?

Elle met le clignotant à droite, s'arrête au feu rouge, baisse le son.

— Il fallait que je voie Madame Gourmelen.
— Pourquoi ?
— Elle sait des choses sur ma famille.
Je me contente de cette réponse. Pour le moment.

La remorque a vite été vidée. Le sourire enjôleur de la blonde a envoûté les employés, qui ne se sont pas faits prier pour faire le boulot à notre place.
Puis, sans lui laisser le temps de protester, j'ai pris le volant. Héloïse n'a eu d'autre choix que de prendre place côté passager. J'ai remis mes éternelles chansons d'amour dans le poste, elle a levé les yeux au ciel.
— C'est écœurant de niaiserie.
— Ce sont ces niaiseries qui font tourner le monde. Qu'y-a-t-il de plus important que l'amour ?
— L'indépendance, la liberté.
— On peut être libre et indépendant à deux.
— Tu t'entends ? Où est donc passé la Aleyna que j'ai connue ? Celle qui disait qu'elle ne se laisserai jamais enchaîner à qui que ce soit ? Qu'aimer c'est s'emprisonner ?
— Elle est morte depuis longtemps.
— Depuis que Frankenstein...
— Arthur, Héloïse. Arthur, putain de merde !
Je pile net sur le bas côté et me tourne vers elle.
— Je m'efforce d'être sympa avec toi, je me demande pourquoi. Tu es toujours cette garce égocentrique qui croit que tout tourne autour d'elle, tu te fous du mal que tu fais aux

autres. Tu n'es tellement pas capable de respecter qui que ce soit que même ta fille tu n'en as pas voulu !

— Oh ça te va bien de parler, toi qui cache ton ventre sous ton tee-shirt. T'en fais pas, je vais rien balancer. Qu'est-ce que j'en ai à foutre que tu fasses un môme avec Arthur !

— Mais c'est quoi ton problème, merde ? Qu'est-ce que je t'ai fait pour que tu m'en veuilles autant ?

Elle soupire, ferme les yeux un instant et murmure :

— Tu as pris ma vie.

Abasourdie, je la regarde sans comprendre. Je ne lui ai rien pris ! C'est elle qui a bousillé la mienne, non mais oh !

— Je ne t'ai rien pris, dis-je en redémarrant. Tu t'en es prise à moi dès nos quatre ans. Aigrie et mauvaise déjà à cet âge.

— Je n'avais pas le choix, souffle-t-elle.

Les paroles de Joy me reviennent en tête. Si je savais, je comprendrais, je lui pardonnerais.

Héloïse cache donc elle aussi de lourds secrets.

— Clara n'est vraiment enceinte ?

— Si, elle l'est.

Je me suis rendue à l'impasse. Puisqu'elle est venue rendre visite à Mme Gourmelen, allons-y ensemble !

Autrefois, maman disait qu'elle savait tout sur tout le monde, qu'elle connaissait mieux que personne les cancans, les rumeurs et surtout la réalité. Une vraie

mine d'informations. Qui d'autre qu'elle pourrait me donner des réponses ?
Ma 106 est garée derrière la voiture d'Arthur.
Chocolat saute par dessus la barrière, vient me faire une fête mémorable. Je le renvoie dans le jardin, ferme le portillon derrière moi et pénètre dans le jardin de Mme Gourmelen.

Cette dernière est occupée à lire un bouquin, assise sur sa balancelle. Lorsqu'elle lève la tête vers nous, elle ne semble pas surprise de nous voir ensemble. J'aurai pourtant cru qu'elle serait choquée. Tout le monde sait la haine réciproque qui nous anime.
Pourtant, un sourire éclaire son visage. Elle nous invite à prendre place sur les deux fauteuils recouverts de coussins à rayures.

— Qu'est-ce qui vous amène, les filles ?
— Dolorès Meunier.

Héloïse prononce ce nom avant moi. J'ouvre la bouche mais reste silencieuse. Je savais qu'elles étaient liées ! J'avais vu juste !

— J'ai appris pour elle, reprend Anita Gourmelen. Mes condoléances.
— Arrêtez avec votre pitié, vous saviez quel genre de personne c'était.
— Vous m'expliquez qui est Dolorès ?

Héloïse se tourne vers moi.

— Ma mère.

Alors ça je ne l'ai pas vu arriver ! Il me faut admettre que je n'ai jamais été très proche de Madame Ackermann et que je ne l'ai jamais appelée autrement que « madame ». Mais maman l'appelait Laure !

— Je ne pige pas, dis-je. C'était pas Laure son prénom ?

— Son deuxième prénom, précise Héloïse. Elle ne supportait pas le premier. Alors elle se faisait appeler Laure.

— Ta mère était donc le Lucifer de...

— Ouais, garces de mère en fille comme tu vois.

Anita Gourmelen tapote sur son téléphone portable puis le repose, passe une main délicate dans ses cheveux gris.

— Allons, les filles. Je vais vous chercher une citronnade.

— Non, merci.

Nous avons répondu d'une même voix. Mais elle ne tient pas compte de notre réponse et entre dans sa maison.

À cet instant, Louise déboule, les cheveux en bataille, son vieux gilet troué sur le dos, de la terre plein le pantalon.

— J'ai eu ton message !

Elle se fige face à nous.

— Il est temps, Louise.

Anita Gourmelen dépose un plateau sur la table basse en bois.

Puis, alors que nous avons refusé la citronnade, elle sert quatre verres et les dépose devant chacune de nous.

Le regard de ma tante passe d'Héloïse à moi, puis de moi à Héloïse. Comme si elle suivait une balle de tennis en plein match.

Je ne l'ai jamais vue aussi nerveuse. Sa jambe remue de plus en plus vite.

Les deux originales du village sont assises dans la balancelle et nous font face.

— Je suppose que vous avez des questions...
— Qu'est-ce qui se passe ? Louise ?

Ma tante me lance un sourire crispé.

— On est demi-sœurs, lâche Héloïse. C'est bien ça, Louise ?

Ma tante acquiesce mais je ne comprends pas. Qui est sa demi-sœur ?

— Quand ton père était jeune, me dit-elle, il aimait beaucoup les femmes. Un peu trop, si tu veux mon avis.
— Je sais. Il a trompé maman avec la mère d'Arthur. J'ai lu dans une lettre de maman qu'il y avait une troisième femme, une avec qui il aurait eu un enfant illégitime.

Les regards de Louise et Anita se dirigent sur la blonde assise dans son fauteuil, qui m'envoie un signe de la main, jambes croisées et lèvres pincées.

— N'importe quoi ! Ce serait toi l'enfant ? Je n'y crois pas une seconde.

Non, c'est impossible. Je nage en plein délire. À trop vouloir de réponses, je deviens folle. Et ces gens là, ils jouent à un jeu malsain. Je vais me réveiller. Héloïse Ackermann, ma demi-sœur illégitime ? Dites-moi que ce n'est pas vrai. Pitié...

— Aleyna, chérie, écoute-moi.

La voix de ma tante est lointaine. Non, je ne veux pas écouter. Je ne veux plus savoir. Il faut que je m'en aille. Mais mes jambes refusent d'obéir. Je reste assise dans ce foutu fauteuil avec leurs regards emplis de pitié tandis que mon cœur va imploser.

— Quand ils étaient jeunes, ton père batifolait à droite à gauche, comme n'importe qui. Mais certaines de ses conquêtes ont pris la relation au sérieux, pas lui. Il était éperdument amoureux de Sylviane.

— Je sais...

— Il est tombé sur ma cinglée de génitrice, continue Héloïse. Elle a commencé à lui faire payer ses incartades. C'était des conneries d'ado, personne ne s'en est occupé. Mais tu vois, ton adorable père qui ne savait pas la garder dans son pantalon, il a continué à jouer avec cette folle ! Et avec ta dépressive de mère et l'allumeuse de mère d'Arthur.

— Héloïse, ça suffit, gronde Anita Gourmelen. Il y a des manières de dire les choses. Aleyna, ma grande, ce que nous essayons de t'expliquer...

— J'ai bien compris, répliqué-je d'un ton sec. J'en ai lu une partie dans les lettres de maman.

J'avale le verre de citronnade d'un seul trait, comme pour faire passer la pilule.

— Donc papa avait une femme et deux maîtresses ?

Je ne me préoccupe plus des deux autres, je veux l'entendre de la bouche de ma tante.

Elle hoche la tête, les mains croisées sur ses genoux.

— C'est pour ça que t'as jamais pu le saquer ? Parce que tu savais.

Elle acquiesce une nouvelle fois.

— Et donc toi, t'es sa fille à lui aussi ?
— Crois pas que ça me fasse plaisir, grogne Héloïse avant d'allumer une cigarette. Mais mon père, celui qui m'a élevée, il m'a donné son nom. Même en sachant la vérité.
— Quand est-ce que tu l'a su ?
— À mes huit ans, à peu près.
— Mais tu m'en as fait baver dès nos quatre ans !
— Je n'avais pas le choix ! Tu n'as pas connu ma mère ! Tu ne savais pas ce que je risquais si je ne le faisais pas ! Je n'avais personne, moi ! Ni ton père, ni ta tante !

Je suis sur le point de lui bondir dessus, une envie folle de lui arracher la tête, de lui faire payer tout ça. Alors c'est ça lui voler sa vie. Elle n'a voulu qu'un père qu'elle n'a pas eu et une mère visiblement perturbée mentalement. *Pour cet enfoiré qui m'a abandonnée...* Ses mots me reviennent et, si j'ai pensé qu'elle les adressait au père de Joy, je réalise qu'ils étaient destinés au mien. Au sien. Biologiquement parlant.

Est-ce que tout le monde savait ? Qui d'autre à part les deux femmes qui nous font face ? Est-ce qu'Arthur en sait plus sur ma propre famille que moi ? Tante Louise lui a-t-elle avoué ?

Toujours plus de questions, toujours plus de secrets, toujours plus de douleurs.

Pourquoi a-t-il fallu qu'ils nous laissent porter le poids de leurs erreurs ? Pourquoi se sont-ils servis de leurs enfants ?

Ils sont tous dans une tombe maintenant, ça leur a servi à quoi ? Village de dégénérés !

Je sors les clés de ma 106 et les lance à Héloïse.
— Rentre. J'ai d'autres choses à régler.
— Je ne crois pas qu'aller voir Arthur soit une bonne idée, me dit ma tante.
— Je ne crois pas que ton opinion ait de l'importance. Mon homme et ma maison, Louise, je fais ce que je veux.

Sur ces derniers mots, je les laisse plantée là toutes les trois.

Dans l'allée de l'impasse, je croise le vieux Ronchon sur le pas de sa porte, appuyé sur sa canne. Aussi commère que les deux autres celui-là !
— J'vais pas chercher le pain, dis-je brusquement.

Sans un mot, il s'écarte de sa porte et m'invite à entrer d'un signe de tête. J'observe ma maison, ses volets en bois, ses rideaux blancs, l'herbe haute qui n'attend que d'être tondue et Chocolat dormant les quatre pattes en l'air.

Aller voir Arthur maintenant n'est pas une si bonne idée. Surtout pour se disputer. Il est en colère après moi, je le suis après eux. Ses émotions sont troublées et les miennes, exacerbées.
Alors je passe devant Hubert Ronchon sans un mot et me retrouve dans un petit salon chaleureux.
Un canapé d'angle noir fait face à la cheminée près de laquelle repose une pile de bois dont l'odeur embaume la maison. Il n'y a bien que cela de récent. On se croirait dans un musée datant de la seconde guerre mondiale. Des photos en noir et blanc décorent les murs jaunis par le temps. Les lampes à huile sont posées sur la tablette de la cheminée.
Je remarque le poste CD sur la bibliothèque basse, sourit en voyant le nom de Charles Aznavour sur la boite à CD.

— Je ne vais rien vous raconter.
— Ça ne m'intéresse pas.
— Alors pourquoi m'avoir faite entrer ?
— Je ne pense pas qu'avoir une discussion avec le sauvage d'en face dans l'état où tu es soit une bonne chose.

Il se laisse tomber lourdement dans son canapé et allume la télé. Une course hippique a lieu.

— Assieds-toi. Tu me donnes le tournis à gigoter sur place.

Je m'installe à l'angle du canapé, à bonne distance, et je regarde la course sans rien y comprendre tout en l'écoutant grommeler sur un cheval qui ne va pas assez vite.

L'envie de lui faire remarquer qu'il est mal placé pour parler de vitesse me chatouille les lèvres mais je m'en garde. Il n'a pas à subir ma mauvaise humeur. Il doit déjà supporter la sienne au quotidien.

Ces derniers jours m'ont épuisée, tant moralement que physiquement.
Ma grossesse surprise. Devoir l'accepter. La colère d'Arthur. Héloïse qui débarque. Ma demi-sœur.
Je suis bien plus choquée par cette nouvelle que ma grossesse.
Je me suis faite à la présence de Junior, je l'accepte et j'en suis heureuse. Ne reste plus qu'à annoncer à son père qu'il est là depuis cinq mois. Tout va bien.
C'est ironique, sachez-le !

— Vous le saviez, vous aussi ? Qu'elle est ma demi-sœur ?

Il baisse le son de la télé. Les commentaires des présentateurs ne sont plus que des murmures.

— Il y a eu un corbeau ici. Une personne malveillante envoyait des lettres à quelques-uns. Tes parents, les Portelli et les Kardec en recevaient. Puis il y a eu une rumeur pendant un temps mais je ne suis pas du genre à écouter les ragots des mégères.
— Elle disait quoi, la rumeur ?
— Je t'ai dit que je n'écoutais pas, grommelle-t-il.
— Vous laissez traîner vos oreilles partout depuis toujours, je ne vous crois pas.

Il esquisse un sourire, se redresse contre le dossier du canapé.

— Certains disaient que les lettres venaient de la fille Meunier, qu'elle avait eu un enfant illégitime. Personne n'en avait la preuve mais comme elle avait déjà envoyé des lettres, elle était la coupable idéale.

— Vous ne la pensiez pas coupable ?

Il hausse les épaules.

— Cette petite était perturbée, vraiment. M'étonnerait pas qu'en grandissant, ça ait continué. Mais, pour moi, elle ne l'était pas.

— Qui, d'après vous ?

Il se tourne vers moi, le visage fermé.

— Ma réponse ne va pas te plaire.

— Plus rien ne me plaît ces derniers jours.

— Ta mère.

Allez hop, encore une fois je ne le vois pas arriver ce coup là !

— Vous avez dit qu'elle recevait des lettres...

— Je l'ai surprise un jour à la Poste, elle envoyait des lettres, dont une à la fille Meunier. J'ai trouvé étrange de voir sa propre adresse sur une autre. Mais, comme je te l'ai dit, je ne fais pas les ragots.

— Vous pensez qu'elles ont pu être de mèche ? La Meunier et ma mère ? Après tout, c'est Sylviane qui a obtenu l'amour de mon père. L'une le gardait parce qu'elle exerçait une pression sur lui et la deuxième pouvait lui en vouloir de lui avoir fait un enfant sans le reconnaître.

— Plus rien ne m'étonnerait. Si tu savais tout ce qu'il se passe dans les patelins reculés.

— Ils sont peuplés de cinglés, souris-je en me levant. Merci pour... ce moment.

Il me gratifie d'un signe de tête.

Je rejoins l'entrée, ouvre la porte.

— Aleyna !

Je reviens sur mes pas.

— Vous n'êtes pas vos parents. Ne reproduisez pas leurs erreurs.

Je le laisse seul.

Ma 106 a disparu. Il ne reste que la voiture d'Arthur. Le cœur battant, je traverse l'impasse, passe le portail de ma maison et entre.

C'est silencieux. Quelques rayons de soleil filtrent à travers les rideaux, laissant entrevoir la poussière en suspension dans l'air.

Sur la table basse traînent des tasses à café vides. Des auréoles brunes sur le blanc du plateau me laissent penser qu'il n'a rien nettoyé depuis plusieurs jours.

Pourtant, tout est impeccable. Même ses baskets sont rangées dans le placard alors que d'habitude elles sont jetées sur le tapis de l'entrée.

Je retire mes sandales et monte à l'étage en esquivant les marches qui grincent.

Je passe devant la chambre d'Éden, jette un œil mais rien n'a bougé. Les livres sont dans la bibliothèque, les peluches dans le hamac, les jouets

dans les caisses.
Le soleil illumine la pièce et fait briller les paillettes sur le mur rose que nous avons peint l'été dernier.
Puis je me rends jusqu'à ma chambre. Les volets sont fermés.
Arthur est là, vêtu d'un short de sport gris, les bras croisés sous sa nuque, endormi. Un instant, je reste plantée aux pieds du lit, admirant son corps, son visage impassible.
Sans un bruit, je me glisse près de lui tout en veillant à ne pas le toucher. Je ne veux pas qu'il se réveille brusquement et qu'il se mette à me beugler dessus.
Alors d'une petite voix, je lui parle. Je récite tout ce que je vais lui dire, s'il me laisse en placer une quand il va se réveiller.

— Je sais que tu es en colère après moi. J'aurai dû te dire mes angoisses mais tu ne les aurais pas comprises. J'avais tellement de questions. Et les réponses que j'ai eu cette semaine, elles sont horribles. Elles me bouffent, bien plus que ce sentiment de culpabilité.

Son torse se soulève, il se tourne vers moi et ouvre les yeux. Je sursaute et recule mais, d'une main, il me rattrape et me rapproche de lui.

— Qu'est-ce que tu fais ?
— Je m'entraîne à te dire tout ce qui cloche avant que tu ne me hurles dessus.

Il reste impassible, caresse machinalement ma taille d'un doigt.

— Je sais que je n'aurais pas dû faire la fête au cimetière avec les filles mais, tu sais, Alexia avait besoin de ça et Éden ne m'en veut pas. Je voudrais que tu me pardonnes, c'est tellement difficile de vivre dans son souvenir...

D'une main, il retire une mèche de mon visage, passe un doigt sur mes lèvres.

— Tu ne vis pas à travers elle...
— Pourtant, cette maison, on dirait un mémorial.
— Je vais y remédier.
— Je ne veux pas qu'elle disparaisse. Je voudrais juste trouver ma place.
— Je vais y remédier aussi.
— Je te trouve bien compréhensif...

Il sourit devant mon air suspicieux.

— Une petite fille plus que mature m'a parlé entre quatre yeux.
— Quand ça ? Elle est avec moi depuis plusieurs jours.
— À midi. Je suis allé la chercher et on a mangé un bout ensemble.
— Un sandwich je suppose ?
— Le meilleur du monde.

D'une main, je caresse sa barbe, son visage que j'aime tant. Et je ferme les yeux. L'émeraude de son regard me brûle les entrailles.

— Je vais aborder un sujet qui fâche...

Il soupire, triture une mèche de mes cheveux entre ses doigts.

— T'es obligée ?

— Il le faut. J'ai croisé ta... génitrice par hasard au cimetière. Elle n'était pas venue pour toi, elle sait pertinemment que tu ne voudras jamais lui adresser la parole. Mais comprends-moi, j'avais besoin de réponses. Elle a fréquenté mon père. Et tu sais ce que j'ai découvert ?

— Dis-moi.

— Nos parents, ils avaient aussi une Lucifer. Ils ont été harcelés, ils ont reçu des lettres anonymes. Tous. Au début, ça venait de la mère d'Héloïse, mais ensuite elle en a reçu aussi et, même si je n'en ai pas la preuve, il se racontait que c'est ma mère qui lui envoyait.

— On comprend pourquoi ils n'ont pas bougé quand Lucifer a foutu son bordel, grogne-t-il en s'écartant.

J'ouvre un œil et l'observe. Il se relève, s'assoit dos contre la tête de lit, les jambes croisées.

— Viens là.

Je fais ce qu'il me dit, me place à califourchon sur lui tout en attachant ma tignasse en chignon.

— Tu ne sais pas la meilleure... ou la pire selon comment on se place. Mon père, il ne trompait pas ma mère qu'avec la tienne ! Je l'ai lu dans une des lettres de ma mère. J'en ai trouvé une dizaine en vidant la maison, expliqué-je devant son air interrogateur.

— Pourquoi tu la vides ?

— Je vais y venir. Revenons-en à ce que je

disais. Donc mon père avait une femme et deux maîtresses. Mais il a eu un enfant avec l'une d'elles.

Sa main se fige sur ma taille, son regard plonge dans le mien. Je vois le doute l'assaillir.

— Me dis pas qu'on est...
— Oh non, dégueu !

Il pousse un soupir de soulagement. Je prends un fou rire dans lequel il me suit. Bien que la situation ne soit pas vraiment amusante, je ris de plus belle et apprécie le son de sa voix qui se détend. Il prend mon visage à deux mains et m'embrasse brusquement. Je lui rends son baiser. Il me manque tant.

— Du coup, qui est la seconde maîtresse ?
— Laure Ackermann, la mère d'Héloïse, de son vrai nom Dolorès Meunier.
— Cette cinglée ? Fallait avoir envie. Sans vouloir critiquer les goûts de ton père.

Je lui souris tristement et soupire.

— Elle n'a eu qu'un enfant, dis-je en prenant ses mains dans les miennes.
— T'es en train de me dire que...
— Héloïse est ma sœur. Demi-sœur.
— Putain de merde !

Je baisse la tête, caresse ses mains puissantes, glisse mes doigts entre les siens.

— Louise et Anita le savaient. Héloïse aussi, depuis qu'on a huit ans.
— Sacré bordel. Et comment tu prends tout ça ?
— Je sais pas, j'encaisse comme je peux.

D'ailleurs, elle est aux Marronniers avec sa fille. Qui est donc ma nièce.

— Qu'est-ce qu'elle fout là-bas ?
— Figure-toi que ton adorable fille a invité la sienne à squatter avec nous et, comme je voulais avoir Héloïse à l'œil, j'ai dit oui.
— Tu es folle.
— Elle n'avait nulle part où aller, me défends-je.
— Je ne vois pas en quoi c'est ton problème. T'as oublié ce qu'elle a fait ?
— Et toi ? Tu as oublié ce que j'ai fait ?

Il ne réagit pas, fronce les sourcils.

— J'ai été aussi pourrie qu'elle, tout comme Alexia et Mina. Pourtant, personne ne nous en tient rigueur.
— Les circonstances étaient différentes et tout a évolué.
— Qui te dit qu'elle n'a pas évolué aussi ? Qui te dit qu'avec une mère pareille, elle n'avait pas le choix ?
— Pourquoi tu la défends ?
— J'en sais rien. J'ai envie de la détester...
— Mais ?
— Elle me fait peine, admets-je. Elle n'a pas été gâtée non plus. Tu sais ce que dit Louise...
— Tout ce qui peut être aidé ou sauvé doit l'être, je sais. Et tu t'es donné cette mission ?

J'acquiesce.

— Tu m'excuseras de ne pas sauter de joie si je la vois mais je vais faire un effort. Petit

comme ça, indique-t-il avec ses doigts.
Je ris de bon cœur. Mon ours est en réalité une bonne pâte. S'il dit qu'il fera un effort, il le fera.

— Je ne voulais pas te mettre au milieu de tout ça.

Il se relève, passe ses bras autour de ma taille, embrasse mon nez.

— Tout ça, c'est notre vie. Tu sais que tu peux me parler de ce qui ne va pas.
— Toi aussi mais tu ne le fais pas. Je ne peux pas évoquer Colline ou ta mère sans que tu ne te renfermes.

Il caresse mon visage, en profite pour glisser une main dans mes cheveux et défaire mon chignon.
Il n'aime pas quand j'attache ma tignasse.
Ma chevelure tombe en cascade sur mon dos et mes épaules. J'embrasse tendrement l'intérieur de son avant-bras, passe les lèvres sur chacune de ses cicatrices.

— On va se faire une promesse. À partir d'aujourd'hui, on ne se cache plus rien, on parle de tout, même des sujets qui fâchent.
— Promis, dis-je en passant mes mains dans ses cheveux.

Sa bouche se pose sur la mienne, ses mains glissent sous mon tee-shirt, remontent sur ma poitrine. D'un geste rapide, il dégrafe mon soutien-gorge et fais passer sa main sous la dentelle. Je frémis au contact de sa chaleur, me cambre contre lui, tire sa tête en arrière, plonge mon regard dans le sien et l'embrasse fougueusement.

Je sais qu'on vient de se promettre de tout se dire mais il y a une dernière chose que je dois éclaircir avant. Loane.

Je me laisse aller dans ses bras, gémit lorsqu'il mordille le lobe de mon oreille, retire mon tee-shirt - le sien en réalité, qui ne sent effectivement pas la rose - et prie pour qu'il ne remarque pas que mon ventre s'arrondit. Je voudrais tellement lui annoncer d'une manière originale dimanche prochain.

17

— Tu rentres quand ?

L'eau tiède coule sur nos corps serrés l'un contre l'autre dans la cabine de douche.

Mon dos contre son torse, je lui passe le shampooing avant de répondre :

— Je ne sais pas. Je ne peux pas mettre Héloïse et Clara dehors.
— Fous les chez Louise. Elle récupère toujours tout le monde. Ou tu les abandonne là-bas et tu reviens ici.

Il frotte mon cuir chevelu du bout des doigts. Je frissonne. J'adore ça.

— Elles vont toutes s'entre-tuer avant dimanche. Au fait, ça se passe comment entre Clara et Loane ?
— Tu veux vraiment parler de ça maintenant ?
— Oui.

Il soupire, prend la poire de douche et rince ma tignasse. Je réprime un sourire et lui fait face tandis que l'eau dégouline le long de mon dos. Il baisse les yeux sur ma poitrine et fronce les sourcils un court instant.

Merde, il a compris !

Comment pourrait-il passer à côté : ma poitrine a presque doublé de volume. Et elle est assez douloureuse.

— Clara est meilleure barista que cuistot. Je l'ai mise derrière le comptoir avec moi. Ses cafés sont des merveilles. Loane est soulagée d'ailleurs.
— Elles ne s'entendent pas spécialement, dis-je en frottant ses bras avec son gel douche.
— M'en fous. Elles sont là pour m'aider à faire tourner la boutique, pas pour s'aimer.
— C'est notre job à nous, ça, lui soufflé-je.
— Exactement. Pendant qu'on y est... Tu as d'autres choses à me dire ?

Je n'hésite pas une seconde. Si je le fais, il va me poser mille questions et je n'ai pas envie d'y répondre.

— Non. Il va falloir qu'on sorte. L'école est presque finie.

Quinze minutes et un autre moment torride plus tard, j'enfile un jean - qui ne ferme plus évidemment ! - mais le change pour un caleçon de sport et un tee-shirt bleu marine d'Arthur.

— Tu mets souvent mes fringues, me fait-il remarquer.
— J'aime avoir ton odeur près de moi.
— Ils sentent la lessive.
— Et bien j'aime l'odeur de ta lessive, répliqué-je en m'écartant de lui alors qu'il glisse sa main sur mon ventre. Je vais garder Éden avec moi ce soir si tu veux. Demain, je verrai avec Louise si elle peut récupérer les filles chez elle.

— J'ai déjà vu ça avec elle, dit-il en enfilant son tee-shirt avant de s'asseoir sur le bord du lit. Elles peuvent y aller. Je lui ai demandé en sortant de la douche.
— Pourquoi t'as fait ça ?
— Parce que j'ai envie que ma femme rentre à la maison !

Sa femme. Les mots me figent sur place. Les morceaux de mon cœur, brisé depuis plus d'une semaine, se recollent instantanément. Je lui souris, me glisse entre ses jambes. Sa tête à hauteur de mon ventre, il y dépose un baiser. Junior bouge.

Non, pas maintenant ! Sois sage encore quelques jours. Laisse moi le temps de préparer une surprise à ton papa !

Je finis par laisser mon homme dans la chambre, attrape mon sac à main dans l'entrée et m'en vais chercher ma gamine à l'école.

♦

Le chemin jusqu'à la maison des Marronniers nous aura permis de discuter de LA surprise pour dimanche.
Tout en buvant sa brique de jus de fruits, Éden m'a raconté sa journée et je lui ai raconté la mienne. Du moins une partie. Je ne sais pas si je dois lui dire que « la vilaine » est de ma famille.
C'est étrange pour moi. Alors pour elle.

Plusieurs voitures sont garées sur le trottoir devant la maison. La mienne. Celle d'Héloïse. Celle de Malo. Et celle de Mina.
Voilà que tout le monde fait une réunion chez moi, sans moi !
Leurs voix m'attirent mais je n'entends pas de dispute, ni même d'animosité.

— Bonjour tout le monde, au revoir tout le monde, hurle Éden en passant en courant devant le salon.
— Qu'est-ce qu'il se passe ?

Mina est assise sur le bord de la fenêtre. Héloïse sur un tabouret et Malo, sur un accoudoir du canapé.

— Rien de spécial. On discute entre amis, répond Malo.
— Depuis quand vous êtes amis vous deux ?

Du doigt, je désigne Héloïse et lui.

— Elles, je veux bien mais vous...
— Entre gens civilisés si tu préfères, rectifie Héloïse.
— Depuis quand t'es civilisée, toi ? se moque Mina.
— Depuis que l'autre folle est morte, lâche Héloïse.

Un silence s'installe. Il faut avouer qu'entendre Héloïse n'avoir aucune empathie envers sa mère est étrange.
Bien sûr, c'est Lucifer alors ça ne devrait choquer personne mais pourtant je me demande comment

elle peut ne rien ressentir pour celle qui l'a mise au monde. La mienne m'a faite naître, m'a ignorée les trois quart de mon existence, est allée jusqu'à dire que j'aurai dû mourir à la place de Rozenn, a tué mon père et pourtant, jamais je n'en ai aussi mal parlé. Mais après tout, il n'y a que Mina qui la comprenne et qui approuve le fait qu'elle ne manque à personne.

Mina n'aime pas faire les commérages. Ce qu'elle voit, ce qu'elle entend, elle le garde pour elle. Les quelques fois où nous avons discuté de son passé commun avec la blonde, elle ne s'est attardée que sur le côté professionnel, jamais sur le personnel. Si elle approuve les paroles d'Héloïse, elle doit en savoir bien plus qu'elle ne le laisse penser.

— Vous allez me dire pourquoi vous faites une réunion dans mon salon ?
— On se demandait si tu accepterais qu'on organise quelque chose ici pour la fête des mères, me dit Malo. Je voudrais préparer une surprise à Alexia, il n'y a qu'ici qu'elle ne va se douter de rien.
— J'sais pas, on est en plein tri. C'est un peu le bordel.
— Je peux aider au tri, propose Mina.
— Moi aussi, renchérit Héloïse. De toute façon, j'ai nulle part où aller pour le moment.
— Je vais rentrer chez moi dès demain, alors Clara et toi, vous irez chez Louise. Il faut que je vide cette baraque. Et toi, tu as besoin de quoi ici ?

Malo relève la tête.
— De la cuisine et du jardin. Histoire de garder la bouffe au frais et de faire un barbecue.
— On sera combien ?
— Mina, Cédric, toi, Arthur, Éden, Clara, Alexia et moi. Héloïse, t'en es ?
— Moi ? Heu...
— Elle en est, réponds-je. Compte aussi Louise et ton fils. Donc onze.
— Bien. Je vous laisse.
Mina le suit et nous restons seules un instant dans le salon.

Les deux gamines sont en train de papoter de l'école dans le jardin, allongées sur une chaise longue en plastique.
— Je l'ai trouvée dans le garage, m'explique Héloïse alors que je réfléchis à haute voix. Je ne pensais pas à mal.
— T'as bien fait. Je vais préparer le repas.
L'eau des pâtes chauffe sur la gazinière. Mon dos me fait souffrir, je m'installe sur une chaise devant la table pour découper les escalopes de poulet, les yeux rivés sur le jardin.
Prise dans mes pensées, je ne me préoccupe plus de la blonde tirée à quatre épingle qui vient de débouler dans ma vie de la manière la plus choquante qui soit.
J'observe les deux gamines qui rient aux éclats en songeant que, nous aussi, nous riions comme elles, il y a longtemps. En ce temps là, ce n'était possible

que lorsque Héloïse n'était pas présente.

Mina, Colline, Alexia et moi adorions ma cabane en bois et les gaufres de papa. Nous passions des après-midi entières à admirer les papillons en été et chasser les escargots les jours de pluie, à faire des batailles de boules de neige en hiver.

Je sens encore la douce odeur de chocolat chaud à la chantilly servi devant la cheminée pendant que nos chaussettes séchaient près du feu.

Je me souviens de nos confidences qui sont passées de « j'ai volé des bonbons à la boulangerie » à « lui, il me plaît trooooop ».

— Tu as raconté à Arthur ce que tu as appris aujourd'hui ?

La voix d'Héloïse, le nez sur son portable, me tire de mes rêveries.

— Oui, dis-je en plongeant les morceaux de viande dans l'huile d'olive.
— Qu'est-ce qu'il a dit ?
— Putain de merde.
— Tu t'es brûlée ?
— Non. Il a dit « putain de merde ».

Elle grimace, n'est pas plus enchantée que moi par ce lien de parenté.

En silence, elle sort les assiettes et installe les couverts sur la table.

Clara ne mangera pas avec nous ce soir, elle fait le service au Double A.

Bien que je lui ai proposé de laisser tomber sa mission, elle a refusé, arguant qu'être enceinte ne la rend pas impotente.

Plus je regarde Héloïse et plus je me rends compte qu'elle n'est plus le monstre Lucifer.
Son visage, qui n'exprimait que colère et dégoût la plupart du temps, est devenu moins froid. Elle sourit volontiers, propose son aide. Oh évidemment elle envoie toujours quelques phrases bien senties mais c'est Héloïse après tout. Elle ne va pas se transformer en une femme mielleuse, débordant d'amour pour autrui. Le côté guimauve, c'est le mien. Pas le sien.
L'éternelle amoureuse de l'amour que je suis a cette fâcheuse manie de voir le bon en chacun. Enfin, sauf en elle. Jusqu'à maintenant.

Entre Arthur, Charlotte Kervella et moi, je me suis souvent demandé combien d'autres ont trouvé refuge chez ma tante quand j'ai fui en Provence. Héloïse aussi ?
Je me souviens, un jour, après avoir vu Arthur sortir de chez elle, je lui avais demandé pourquoi elle s'embêtait à recevoir tous les paumés du coin.
« Tout ce qui peut être aidé ou sauvé doit l'être. Parfois, une main tendue en silence vaut mieux que tous les discours du monde. »
Ceux qui ont trouvé une main tendue chez elle connaissent cette phrase, qu'elle se plaît à répéter.
Est-ce qu'aujourd'hui je dois tendre ma main à celle qui a fait de mon existence un enfer ? Dois-je tenter de la comprendre pour avancer une bonne fois pour toutes ? A-t-elle vraiment besoin de mon aide ?
Elle a toujours su mener son monde comme il faut,

ne reculant devant rien pour obtenir tout ce qu'elle voulait.
Elle n'avait pas le choix...
Étant enfant, je me dis qu'elle a pu subir l'influence de sa mère, visiblement réputée pour ne pas avoir la lumière à tous les étages.
Mais adulte... Le choix, nous l'avons tous. Et ce qu'elle a fait, il y a un peu plus de deux ans, c'est mal. Vraiment. Elle le savait, elle en avait conscience.

Le repas s'est déroulé comme les autres soirs : avec les blablas des deux gamines.
Joy a demandé à retourner à l'école demain avec Éden.
— La bibliothèque est immense ! Ils ont mis des bancs et un coin avec des coussins partout ! Je pourrais y passer ma vie !
Le visage impassible, Héloïse boit ses paroles. Je paierai cher pour savoir ce qu'elle pense en cet instant.
— Tu as demandé à Malo ?
— Non. J'ai préféré te demander d'abord.
Héloïse hausse un sourcil, surprise.
— D'habitude, tu fais ce que tu veux sans te soucier de mon avis.
— Parce que, d'habitude, j'en ai rien à faire de ton avis, lâche Joy en baissant les yeux sur son assiette vide.
Mon cœur se brise en entendant ces mots. Mais je ne peux pas blâmer la gamine.

— Mais j'aimerais qu'on apprenne à s'entendre un peu, continue-t-elle le nez toujours dans son assiette. J'ai pas envie qu'ils m'envoient *ché-pas-où*.
— Regarde-moi.
Éden et moi observons la scène sans broncher. Je m'attends à voir la furieuse Héloïse bondir de sa chaise et hurler sur sa fille mais elle n'en fait rien.
— J'aimerais aussi. Tu peux y aller, si Malo est d'accord.
Le visage des gamines s'éclaire d'un large sourire. Je réprime un sourire et fais signe à Éden de quitter la table avant de lui rappeler de se laver les dents.

— Je sais ce que tu dois te dire...
Tandis qu'elle essuie la table et met les chaises dessus, je lave la vaisselle.
Les mains plongées dans l'eau mousseuse, je frotte un verre et réponds :
— À quel sujet ?
— Joy et moi. Alors que toi tu es proche d'une enfant qui n'est pas la tienne, je ne le suis pas de la mienne.
— Je n'ai pas à juger.
— À la soirée Anges et Démons, tu as dit que ma mère t'avait tout dit sur ma fille et pourquoi je l'avais abandonnée.
J'acquiesce d'un signe de tête. Il y a deux ans, j'avais cru Mme Ackermann sans chercher plus loin que le bout de mon nez.
Sachant tout ce que je sais aujourd'hui, je ne suis

plus certaine qu'elle m'ait dit l'exacte vérité.

« Héloïse a toujours été difficile, une petite fille rongée par une jalousie maladive envers toutes les autres petites filles. Je me souviens de vous, Aleyna. Combien de fois ai-je tenté de freiner la méchanceté de ma fille envers vous. Je n'ai jamais compris pourquoi cette haine. »

Ah non ? Et savoir que sa fille était celle, illégitime, de mon père, elle l'avait oublié ?

« Lorsqu'elle a su qu'elle était enceinte de Joy, elle est entrée dans une colère monstrueuse, elle ne cessait de hurler qu'elle n'en voulait pas, qu'elle serait un frein à sa vie. Elle allait la faire adopter, vous savez. Alors quand elle est née, si vous aviez vu cette petite, avec ses joues rondes et ses beaux yeux, je n'ai pas pu la laisser. Héloïse m'a haïe pour cela mais je ne regrette pas mon choix. Ma fille est instable, psychologiquement. »

Quand on comprend quelle femme était sa mère, on ne peut que comprendre qu'Héloïse ait suivi le même chemin. Mais étrangement, je ne la trouve pas si instable.

Lorsque je la regarde, je la sens presque libérée d'un poids.

— Que t'avait-elle dit exactement ?
— Que tu souffrais de graves problèmes psychologiques et que tu voulais placer ta fille à l'adoption.

Elle plaque son dos contre l'encadrement de la porte qui donne sur le jardin, allume une cigarette et observe le balancement léger des branches des arbres.

— Quand je suis tombée enceinte, j'avais tout juste dix-huit ans. Le père de Joy m'a laissée tomber dès qu'il l'a su. Quant à ma mère, elle est devenue folle. Plus que d'habitude. Une vraie furie. Elle m'a envoyée chez une cousine à elle que je n'avais jamais vue de ma vie.

— Elle avait dit que tu étais partie dans une école aux États-Unis.

Je vide le bac et le rince pour en retirer la mousse. Les yeux rivés sur le jardin, elle continue son récit comme si je n'étais plus là.

— Elle a débarqué avec Hugo quelques jours avant la naissance et a décrété qu'elle allait élever ma fille, que je n'étais pas en mesure de le faire. J'étais jeune, idiote, je ne savais qu'être mauvaise avec les autres, je ne pouvais que l'être avec ma fille. J'étais déboussolée, anéantie. Je savais qu'elle serait néfaste pour Joy mais j'ai laissé faire. Hugo ne voulait pas entendre parler de quoi que ce soit. Il s'est rangé du côté de ma mère, l'a soutenue et a fait jouer les relations de son père pour que je perde sa garde. Alors j'ai abdiqué. Je l'ai laissée prendre ma fille.

Je pose le torchon sur la gazinière et vient me placer face à elle.

— Je ne savais pas. Je suis désolée pour toi et pour Joy.

— Personne ne savait, même Mina. J'ai fait comme si tout allait bien, je me suis focalisée sur ma carrière.

À l'étage, les filles sont en train de rire aux éclats.

— Joy a grandi dans ce même environnement, elle a essayé de faire de ma fille ce qu'elle avait fait de moi. Mais Joy...

Elle esquisse un sourire qui disparaît aussitôt.

— Elle a son caractère, dis-je.

— Elle n'a pas suivi, elle s'est rebellée.

— C'est comme ça que tu as pu la reprendre ?

La question m'a échappée. Elle plante son regard dans le mien.

— Non. Elle est morte et mon père a fait la paperasse pour que je puisse de nouveau avoir sa garde. C'est provisoire, on passe au tribunal en septembre. Je sais bien que je fais pitié, que ce n'est qu'un retour de manivelle mais, depuis qu'elle a claqué, je respire.

Je baisse la tête, évite son regard.

— C'est moche, hein, de penser comme ça ?

Je hausse les épaules. Lorsque j'ai perdu papa et maman, j'ai été prise entre plusieurs sentiments. La tristesse bien sûr, le désarroi aussi. Mais je me souviens avoir senti un semblant de soulagement. Parce que leur mort signifiait que je n'aurai plus à vivre avec le poids de la culpabilité, avec son regard qui ne me voyait pas et l'envie qu'elle avait eu que je ne meure à la place de ma sœur. Oh croyez bien que je me suis sentie encore plus coupable après cela. Mais je ne l'ai jamais dit à personne, pas même à cette pierre tombale à qui je parle une fois par semaine. Alors je peux comprendre les mots d'Héloïse.

Pourtant, d'un côté, je voudrais la blâmer, lui dire qu'elle n'a eu que ce qu'elle mérite. Mais qui mérite d'être manipulé et réduit en morceaux par la folie d'une autre ?

Et d'un autre côté, j'ai de la peine pour elle. Dommage collatéral d'une adultère que certains pensaient sans conséquences. Victime de la déraison des adultes et de leurs écarts de conduite.

Les enfants ne sont, bien souvent, que le reflet de leurs parents. Non ?

Pour ma part, j'ai grandi avec une mère présente mais absente, perdue dans ses angoisses, incapable de laisser partir ses démons. Et j'ai eu peur de devenir comme elle. C'est aussi pour cette raison que je n'ai pas voulu d'enfant, pour ne pas être une mère angoissée, présente mais absente, incapable de donner l'amour qui m'a manqué. Pourtant, mes angoisses, comme celles de ma mère, sont bien là. La crainte d'être abandonnée, lâchée dans un coin comme une malpropre. Vivre dans l'ombre de Colline comme j'ai vécu dans celle de Rozenn. Accro aux chiffres, à ce besoin de compter pour maîtriser un peu ma vie. Comme maman l'était avec ses anxiolytiques. Chacune sa drogue.

Héloïse est devenue comme la sienne, menteuse, manipulatrice, méchante. Pourquoi ? Je ne le saurais jamais mais comme l'a dit Tante Louise, ce

qui peut être aidé ou sauvé doit l'être.
Elle change, éprouve du remord, tente de se racheter avec sa fille. Et, je crois bien qu'elle espère trouver une petite place, même la plus rikiki soit-elle, auprès des bouseux que nous sommes. Sinon, pour quelles raisons aurait-elle accepté notre compagnie et surtout de partager mon toit cette semaine ?

L'arrivée de Clara coupe notre conversation. Elle attrape une chaise, tombe lourdement dessus et fond en larmes.
Inquiète, je lui tends un mouchoir en papier et prends place face à elle.
À l'étage, les filles ne font plus de bruit. Héloïse ferme le volet et la porte du jardin.
— C'est Arthur ? Il est méchant avec toi ?
Elle secoue la tête.
— Loane alors ?
Elle secoue encore la tête.
— C'est le bébé ?
— J'avais envie de manger des framboises mais il y en avait pas chez le primeur.
Elle éclate de plus belle en sanglots. Devant l'air amusé d'Héloïse, je réprime un sourire.
— Mais c'est pas grave, dis-je en caressant la main de ma meilleure amie. On ira en chercher demain.
— Mais j'aime pas les framboises, crie-t-elle avant de se moucher.
— Mais pourquoi tu agonises comme ça alors ?!

— Je sais paaaaaaaaas...

Ne pouvant se retenir plus longtemps, Héloïse éclate de rire sous le regard furieux de Clara.

> — Les joies de la grossesse, lui dit-elle. T'en as pas fini avec les hormones. Un jour, j'ai pleuré pendant une heure parce que j'avais perdu un jeton de caddie.
>
> — T'es conne ou quoi ? C'est ridicule !

La réponse de Clara ne se fait pas attendre mais ça a le mérite d'arrêter le flot de larmes.

> — Autant que toi qui chiale pour des framboises que tu n'aimes pas.

Clara l'observe un instant, hausse les épaules et éclate de rire, suivie par Héloïse et moi.

Si on m'avait dit qu'un jour je serai en train de rire au milieu de ma cuisine en compagnie de ma meilleure amie et ma pire ennemie, je ne l'aurai pas cru.

Ma pire ennemie.

Tout à coup, des larmes inondent son visage. Elle prend place sur une chaise, Clara lui tend un torchon. Héloïse lui lance un regard amusé et rit aux éclats. Et pleure. Et rit à nouveau. Et pleure encore.

Dans l'entrée, les deux fillettes nous observent. D'un signe de tête, je les renvoie à l'étage.

Il y a bien plus urgent à régler que l'heure du dodo.

> — Toi aussi ce sont les hormones ? s'enquiert Clara.
>
> — T'es folle !
>
> — Bah c'est quoi alors ?

— C'est vous ! Je me demande si vous êtes vraiment stupides pour être sympa avec moi. C'est elle qui claque avant que j'aie pu lui cracher à la gueule ! C'est toi qui a une vie magnifique, me dit-elle, et qui continue à être vachement conne !

Clara rit à cette dernière phrase.

— Donne lui raison aussi !

Héloïse ne cesse de pleurer mais rit aussi devant ma mine déconfite.

— Elle a raison, réplique Clara.
— Merci hein ! Vous êtes gonflantes toutes les deux !
— Mais regarde-toi, continue Héloïse. T'as été une sacrée garce et tout le monde t'aime. Même Arthur et pourtant tu lui as fait la misère.
— Il est masochiste, plaisante Clara.
— Et Éden, elle a des étoiles dans les yeux quand elle te regarde. T'as ton resto, des amis...
— Moi j'ai traversé l'Espagne et la France pour venir la voir, s'enorgueillit Clara.
— Toi, t'es barge, dis-je en riant.
— Tu as tout ce qu'il faut pour être heureuse et t'es là, à te torturer pour des choses que tu peux pas changer.
— J'suis vraiment idiote.

Je ris avec elles. Et je pleure aussi. Foutues hormones. Foutue vie.

◆

Héloïse et Joy se sont endormies au salon. Éden ronfle sous la couette, la tête sur mon oreiller et les jambes en travers du lit.
Clara sors de la douche et me rejoint dans la chambre, vêtue d'un long tee-shirt de nuit. Elle s'assoit sur le tabouret face à la coiffeuse. Je repousse Éden en veillant à ne pas la réveiller puis me glisse sur le lit. Sa main se pose contre la mienne, je souris.

— Tu avances avec Loane ?
— Non. Elle m'évite autant que possible. Je l'ai suivie à la sortie du boulot. J'ai l'air d'un clebs. Mais elle est rentrée chez elle directement. Pas de rendez-vous nocturne au coin d'une rue.
— Tu as vu la mère d'Arthur dans le coin ?
— Non plus. Elle a disparu des écrans radars. Autant c'était une coïncidence. Tu sais, elle pouvait lui demander un renseignement.
— J'y crois pas, réponds-je en me souvenant les avoir vu ensemble au parc.
— T'es encore plus parano qu'avant, Nana. Il ne te fait pas que du bien ce bled.

Ce bled, c'est chez moi. Que je le veuille ou pas, que je le fuie ou pas, il reste mon chez-moi. Avec son école où j'ai grandi, son parc où j'ai joué, ses habitants tous plus cinglés les uns que les autres, ses rues pavées, son impasse et son colosse

derrière un comptoir.
— Tu savais que la blonde au rez-de-chaussée est ma demi-sœur ?

Ses yeux s'écarquillent, sa bouche s'ouvre et... elle pouffe de rire.
— T'es sérieuse ?

Elle se reprend alors que je ne bronche pas.
— Mon paternel, ce coureur de jupons, était marié avec ma mère, aimait celle d'Arthur et faisait un enfant avec celle d'Héloïse.
— Putain de merde.
— Arthur a eu la même réaction, mot pour mot. Alors crois-moi, je suis certaine que Loane cache quelque chose.
— Je vais essayer d'en savoir plus mais, vraiment, elle est louche votre employée. Je sais pas comment tu fais pour bien t'entendre avec elle.

Je hausse les épaules, frissonne quand un léger courant d'air frais passe sur mes jambes. Clara frissonne aussi.
— Tu devrais faire vérifier tes fenêtres, grogne-t-elle en se levant.
— Au fait, dis-je à mon amie quand elle arrive près de la porte, demain tu déménages chez Louise avec Héloïse et Joy.
— Qu'est-ce que je t'ai fait pour mériter ça ? Tu ne m'aimes plus ?
— T'es mauvaise enquêtrice, me moqué-je. Il faut que je vide la maison.
— Où est-ce que ça part ?

— À la décharge.
Elle jette un coup d'œil à la pièce puis murmure :
— Bonne nuit, Aleyna.
Je lui envoie un bisou de la main et me couvre de la couette tandis qu'elle ferme la porte derrière elle.

18

Il est six heures pile quand je me réveille pour la cinquième et dernière fois.

Ma gamine dort paisiblement, son affreux doudou au creux de ses bras, sa touffe de cheveux bouclés sur le visage.

Je me suis levée, ai pris une douche rapide, me suis vêtue d'un short noir et d'une blouse assortie puis j'ai préparé mes affaires et celles d'Éden. Ce soir, je dors dans les bras de mon homme.

À 7h45, Clara est partie au Double A. Je prie pour qu'elle arrive à apprivoiser Loane mais je sais que mes espoirs sont vains.

Loane a dû flairer le mauvais coup. Clara est aussi discrète qu'un éléphant dans un magasin de porcelaine. La délicatesse n'est pas son fort.

Peut-être a-t-elle raison quand elle affirme que je deviens de plus en plus parano.

Je vais finir par oublier le cas Loane et me concentrer sur ma maison et ma famille.

À 8h10, Héloïse et moi sommes parties avec nos filles en direction de l'école.

Les regards de ceux qui nous ont connues étant enfants ont été surpris, choqués. Une mamie en a lâché sa canne et fait un signe de croix.

Si Héloïse a soupiré d'exaspération, j'ai ri.

Depuis que j'ai eu mes réponses, même si ce ne sont pas celles que j'attendais, je me sens plus légère, presque libérée.

— Bonjour, Monsieur.
Joy salue Malo qui se tient devant le portail.
— Bonjour, Joy. Tu es des nôtres aujourd'hui ?
Son visage s'éclaire d'un sourire. Héloïse la laisse entrer dans l'enceinte de l'école et attend que je fasse de même avec Éden.
Puis nous faisons demi-tour en silence.
Un texto de Mina m'informe qu'elle ne sera pas présente aujourd'hui, elle va garder Gabin.

♦

De retour chez moi, j'enclenche ma playlist habituelle mais me ravise. Ycare me tient et me tiendra toujours compagnie mais, en ce moment, j'ai besoin d'autre chose. Quelque chose d'entraînant qui me fasse oublier tout le bordel qui résonne dans ma tête. La playlist d'Héloïse fera donc l'affaire.

Une fois nos affaires mises sur la banquette arrière de sa voiture, on décide de vider le salon. Où du moins ce qu'il en reste.
Les coussins du canapé rejoignent vite le coffre de ma 106 et, lorsqu'elle revient, je suis en train d'exploser le canapé avec la masse.
— Rappelle-moi pourquoi on est obligées de tout casser ?
— Pourquoi on ne le pourrait pas ? On a besoin de se défouler et personne ne va récupérer ces vieilleries.
Le canapé achevé, c'est elle qui démonte la

bibliothèque avec la masse.
Je ne sais pas à qui elle pense en frappant - même si j'ai ma petite idée - mais je n'aimerais pas être à la place de celle qui reçoit les coups imaginaires.
Puis nous chargeons les morceaux de bois dans la remorque et direction la décharge.
Une nouvelle fois, c'est vite vidé. La demoiselle Ackermann sait se servir de ses atouts à la perfection. Minauder est une seconde nature chez elle. Un sourire, un battement de cil et voilà que tout le travail est fait à notre place.

De retour à la maison, nous prenons une pause dans le jardin. Le ciel est chargé de nuages noirs laissant deviner l'arrivée imminente d'un orage.
Le vent souffle légèrement dans les branches mais quiconque a grandi ici sait que d'ici peu il soufflera si fort qu'il faudra boucler les volets et veiller à ne rien laisser traîner dehors.
Je nous sers un thé chaud et avale une grosse bouchée de brioche au sucre perlé. J'ai une de ces faims ! Junior bouge un peu quand je remonte mes genoux contre ma poitrine.
　— Qu'est-ce qu'il se passe avec ton employée ?
La question me surprend.
　— Je vous ai entendues, hier soir.
　— Rien d'important.
　— Tu n'as pas confiance en moi, sourit-elle.
Elle souffle sur sa tasse mais la retient fermement entre ses mains pour se réchauffer. Rester en tenue printanière alors que le temps s'est rafraîchit n'est

pas une bonne idée.
— Ça t'étonne ?
— Non. C'est réciproque.
Je souris, boit une gorgée de thé.
— Qu'est-ce que tu as entendu ?
— Vous parliez d'elle, Loane si j'ai bien entendu, et de la mère d'Arthur.
— Tu laisses toujours traîner tes oreilles partout, dis-je en soufflant aussi sur ma tasse. On dirait le vieux Ronchon.
— Je suis... j'étais journaliste, c'est mon boulot de tout savoir. Je n'ai dit à personne que tu es enceinte. J'ai appris à tenir ma langue.
Un petit sourire m'échappe. Elle le remarque.
— J'ai croisé Loane à plusieurs reprises avec Madame Kardec.
— Et tu te demandes pourquoi, conclut-elle d'un air entendu.
J'acquiesce, avale une gorgée du thé à la framboise et sourit en songeant à la crise de larmes de Clara hier soir.
— Je suis certaine qu'elles se connaissent, ce n'était pas une rencontre fortuite.
Héloïse pose sa tasse, sort son téléphone et appuie sur un nom. D'un geste de la main, elle me fait taire quand je tente de savoir qui elle appelle puis elle enclenche le haut parleur.
— Héloïse Ackermann, grogne une voix masculine. Qu'est-ce que tu me veux ?
— Jimmy, chéri, minaude-t-elle. Il y a longtemps qu'on a pas discuté.

— Ça m'a pas manqué.
— Oh mon chou, tu n'as pas oublié nos longues soirées...

Elle reprend sa tasse, avale une gorgée de thé et attend que le dénommé Jimmy cesse de grogner.

— J'ai besoin d'un service.
— Va te faire foutre. T'es une pute Héloïse, j'te dois rien.
— Au contraire, tu me dois un service. La pute a des photos, Jimmy. J'crois que ta femme va les recevoir d'ici peu. Je peux lui envoyer les photos de nos soirées. Ou celles avec Stella, Lina ou la si merveilleuse Jewel. C'est pas celle qui savait te faire ce truc avec la langue ?

Ah la voilà donc l'impitoyable Héloïse, le Lucifer que je connais. Jimmy connaît aussi cette facette là.

Un flot d'injures sort par le haut parleur. J'imagine Jimmy, assis derrière un énorme bureau en chêne, clope au bec, tapant du poing sur le meuble tout en hurlant une flopée de noms d'oiseaux à la blonde qui jubile derrière son portable.

— Un service. Un seul. Après tu m'oublies définitivement.
— Évidemment, mon chou. Une fois que j'aurai ce que je veux, tu recevras toutes les photos.
— Qu'est-ce qui me dit que tu ne vas pas les copier ?
— Jimmy, je n'ai qu'une parole. Tu devrais le savoir.
— Ouais. Qu'est-ce que tu veux ?

— Je veux tout savoir sur (je lui souffle les noms) Sylviane Claudel, ex épouse Kardec et sur Loane Demongeot. Tu as trois jours.
— Mais t'es malade, il va me falloir plus de temps ! J'ai d'autres affaires en cours.
— Cinq, Jimmy. Je vais être sympa. Ou les photos s'en vont.

Les insultes fusent à nouveau mais elle lui raccroche au nez. Puis, devant mon air effaré, elle plonge le nez dans sa tasse.

— Qu'est-ce qui te prends ?
— Quoi ?
— Mais on ne fait pas de chantage aux autres pour obtenir ce qu'on veut, Héloïse !

Elle allume une cigarette, tire une longue bouffée et hausse les épaules.

— On n'est pas dans le monde des licornes et des paillettes, Aleyna ! Dans mon monde, la fin justifie les moyens.
— Mais je ne suis pas comme ça, c'est pas bien ce que tu as fait.
— Ce que j'ai fait, oui, dit-elle en crachant sa fumée. Moi, Aleyna. Uniquement moi. Toi, tu restes la sage et pure petite rouquine de l'impasse.

Junior envoie un coup, je pose ma main sur mon ventre.

— Et toi ?
— Il faut croire que je reste la garce qu'on connaît tous.

J'ai un pincement au cœur. Dans le fond, je me dis

qu'elle vaut mieux que ça, mieux que cette femme que je viens de voir. Mais elle n'a pas totalement tort, je ne connais que cette facette là, la plupart du temps. Pourtant, sous cette allure de garce, se cache une femme meurtrie depuis l'enfance.

— Dis-moi merci, tu vas tout savoir. Jimmy est le meilleur détective privé que je connaisse, même si c'est un porc. Tu peux rappeler ton espionne en carton.

Je ris et la remercie malgré tout.

— Tu as vraiment des photos de... ?
— C'est pas du porno non plus, je ne joue pas dans cette catégorie. Mais elles sont assez compromettantes pour lui.
— Mais tu as fait ça souvent ?
— Chaque fois que c'était nécessaire. Tu comprends pourquoi il va m'être difficile d'avoir des témoignages élogieux pour le juge en septembre. Contrairement à toi, je ne suis pas une bonne personne.
— Pour ta fille, tu l'es. C'est le plus important, non ?
— Ouais mais ça ne me suffira pas pour gagner sa garde définitive.

La pluie se met à tomber brusquement. On rentre vite, suivies par les trois chats qui squattent le jardin depuis je-ne-sais-combien de temps.

Je ferme la porte de la cuisine et réalise que nos fringues sont toutes dans sa voiture !

Elle s'y précipite, revient rapidement avec les sacs, glisse sur le carrelage de l'entrée et se retrouve les

jambes en l'air et le cul par terre.
Puis, elle éclate de rire et je ris de la voir ainsi.

Sur le palier à l'étage, elle se dirige vers ma chambre d'ado. Je ferme la porte de la chambre parentale, retire mes habits trempés, me sèche rapidement et passe un jogging vert bouteille. Arthur le déteste. Il le trouve hideux et se régale à me le retirer dès qu'il peut. Moi, je le trouve confortable.
L'orage s'intensifie, il nous sera impossible de prendre la route dans ces conditions.
Elle me rejoint dans la chambre, se jette sur le lit et pianote sur son téléphone tandis que le mien diffuse *Hall of Fame* de The Script.

— Du coup, on va attendre que l'orage passe ou on taille la route chez ta tante ?
— On va attendre.
— Super, ronchonne-t-elle. Une journée dans le musée de l'épouvante.
— Elle ne fait pas peur ma maison. C'est vous les peureuses.
— Il n'y a que toi pour t'y sentir bien.
— Ce n'est pas le cas, dis-je en me postant devant la fenêtre.

Les éclairs déchirent le ciel et le tonnerre éclate si fort que les vitres tremblent. La foudre n'a pas dû tomber loin.
La pluie frappe les volets et ruisselle le long des carreaux.
Autrefois, lorsque l'orage venait troubler mon

monde, je tentais de me réfugier dans les bras de papa.
Maman n'aimait pas ça. J'étais grande, je pouvais rester dans ma chambre. Quand je savais qu'elle s'était endormie, je descendais au salon. Papa se couchait toujours après elle, jamais en même temps. Il était allongé dans le canapé, les yeux rivés sur la télé. Je me glissais contre lui, m'allongeait et finissait par m'endormir. Et le matin, je me réveillais dans mon lit.

> — Je n'étais jamais revenue ici depuis leur mort. J'ai eu besoin de mettre un point final à cette vie pour apprécier celle que je construis.

— Comment tu fais ?

Je me tourne vers elle, resserre ma veste contre moi.

> — Comment tu fais pour ne haïr personne avec tout ce que tu sais ? Je l'ai appris bien avant toi et je n'ai jamais cessé de vous détester, toi, ton père, et tous les autres.

Je hausse les épaules. Je crois, dans le fond, que je me suis détestée si fort que je n'ai plus eu assez de haine pour les autres.

> — Je n'avais pas envie d'être comme... toi. Ou comme les adultes. J'ai souvent imaginé comment j'allais te buter, avoué-je en prenant un carton posé contre un mur.

Elle me tend le scotch et retourne poser ses fesses sur le lit.

> — Et tu me dis ça alors qu'on est toutes les deux dans cette maison...

— J'avais prévu de t'écraser avec ma voiture, tu ne risques rien dans la maison, me moqué-je.
— J'avais prévu de te jeter dans un ravin, avoue-t-elle.

Je souris. Un point partout.

— Tu crois qu'on est condamnées à être comme nos parents ?

J'attache ma tignasse en songeant que, ce soir, Arthur va se faire un plaisir de défaire mon chignon. Et que je vais apprécier de me blottir dans ses bras pour dormir.

— Non. Je crois qu'on décide de ce qu'on doit faire de nos vies et comment on doit être. Tu dis toi-même que tu te sens différente et que tu respires depuis cinq mois.
— Oui mais quand on a toujours été comme « ça », tu crois vraiment qu'on peut changer ?
— Ouais. Je ne suis plus celle que j'étais il y a trois ans, et je ne sais pas comment je serais dans un an. Toi non plus d'ailleurs.
— J'suis toujours une garce, moi. T'en as eu un aperçu tout à l'heure.

Je m'appuie contre le mur, bras croisés.

— Si tu attends que je confirme, tu peux te mettre un doigt dans l'œil. OK tu as fait ce que ta mère voulait, je comprends en partie pourquoi. Mais elle n'est plus là, tu peux diriger ta vie comme tu veux. Tu améliores déjà ta relation avec Joy.

Elle soupire. Elle sait que j'ai raison. Il lui faudra aussi faire table rase d'un passé compliqué pour

avoir un meilleur avenir, pour construire une vie stable avec sa fille.
Tante Louise a l'habitude de guider les égarés, elle va avoir du boulot avec elle. Sauf si Héloïse ne nous quitte définitivement d'ici peu. Après tout, elle était venue pour Mme Gourmelen, pas pour nous autres. Elle l'a vue, elle peut s'en aller. Pourtant, elle s'accroche à rester ici. Je doute que la nouvelle amitié entre Joy et Éden soit la véritable raison mais je ne dis rien.
Je n'avais jamais envisagé de copiner avec Lucifer. Encore moins de partager une semaine sous le même toit. Maintenant que c'est fait, je ne vais pas revenir en arrière.
Nous n'aurons pas une relation amicale, ni fraternelle mais au moins cordiale.

L'orage dure depuis plus d'une heure. Plutôt que rester à ne rien faire et laisser planer un silence gêné de temps en temps, Héloïse a opté pour la manière douce concernant les meubles. Armée d'une visseuse électrique, elle est en train de démonter le lit parental. J'ai rangé les draps et couvertures dans un carton.
Sa musique me tape sur les nerfs, j'ai froid, je suis fatiguée et une envie de vomir me prends.
J'étais pourtant tranquille depuis plusieurs jours ! Mais Junior n'a pas apprécié le pain au chocolat du petit dej'. Ni la brioche au sucre, le morceau de pain au beurre salé et les deux tasses de thé.
Si je continue à m'empiffrer comme ça, je vais finir par rouler au lieu de marcher. Mais je crève la

dalle !

Une fois le lit démonté et les cartons de linge envoyés au salon, il faut s'occuper de l'armoire.

Plantées devant comme des piquets, j'ai l'impression de devoir affronter un dragon alors que le seul dragon que je connaisse se tient à mes côtés. Cette pensée me fait sourire. Héloïse le remarque, lève les yeux au ciel.

— On s'y met ou on attend qu'elle tombe d'elle-même ?

J'attrape la première porte, la dégonde et la pose contre un mur. Elle en fait autant avec la deuxième puis nous retirons les étagères. Je retire enfin les tiroirs. J'ai beau chercher où se trouve la visserie, je ne trouve pas.

Peut-être qu'en la déplaçant un peu ? À deux, avec les forces d'une blonde maigrichonne et d'une femme enceinte, on arrive à la déplacer de... 10 centimètres !

— Aleyna, viens voir ça.

Je me penche, passe la tête sous son épaule et...

— C'est une porte ?

Une porte ! Derrière l'armoire ! J'aurai tout vu dans cette baraque !

Qu'est-ce que je vais encore découvrir ? Maman a parlé d'un coffre dans une lettre mais je n'en ai trouvé aucun dans la maison, ni au garage.

L'envie de savoir ce qui se trouve derrière cette porte est plus forte que tout.

Poussée par l'adrénaline, je tire de toutes mes forces sur l'armoire. Héloïse se glisse derrière, pousse avec son épaule en grimaçant. Mais on gagne le combat contre l'armoire-dragon jusqu'à avoir assez de place pour nous faufiler par la porte et nous trouver face à un petit escalier !

Un courant d'air passe, le hurlement du vent siffle dans nos oreilles. Comme un long cri d'agonie.

Ah non ce sont nos voix de trouillardes qui se font entendre quand le tonnerre gronde à nouveau.

Héloïse m'envoie une claque sur le bras et une belle insulte tant elle a eu peur. J'éclate de rire mais je n'en mène pas large face à ce qui nous attend en haut de l'escalier.

Prudemment, je grimpe une première marche. Elle allume la torche de son téléphone et me suit, accrochée d'une main à ma veste.

Se cacher derrière une femme enceinte, c'est d'un courageux. Quoi que me cacher derrière elle ne le sera pas davantage.

Ma paranoïa me dit qu'il doit y avoir un corps caché sous un tas de bric-à-brac. Peut-être même plusieurs ! À moins qu'il n'y ait des rats partout et que nous allons leur servir de collation.

Ce n'est qu'arrivées sur le palier que je réalise qu'il n'y a rien. À part un énorme coffre en bois. Celui dont maman parlait dans sa lettre ?

Sans crier gare, je descends récupérer la clé dans mon sac à main et revient alors que Héloïse est en train de gigoter dans tous les sens en hurlant comme une folle furieuse.

— Qu'est-ce que t'as ?
— Une araignée ! Dans mes cheveux.

Hystérique, elle fond en larmes, secoue ses cheveux, s'arrache presque une mèche. Je l'oblige à rester calme et farfouille sa tête.

— Héloïse ?
— Quoi ?
— C'était pas une araignée, dis-je en lui tendant la peluche de poussière que je tiens du bout des doigts.

Le visage inondé de larmes et les yeux bouffis, elle me fusille du regard alors que je me retiens de rire aux éclats.

— Si tu racontes ça à qui que ce soit, je te fous dans ce coffre pour toujours, menace-t-elle en replaçant ses cheveux sur ses épaules.

Je lui tends le chouchou en fausse fourrure rose que je trimballe au poignet depuis ce matin.
Elle le prend et attache sa chevelure en un chignon très serré.

— On l'ouvre ?

Agenouillées devant le coffre, je reste un moment à triturer la clé.
Mes pensées se bousculent, sont assaillies par le doute, la peur et l'incompréhension. Dois-je vraiment l'ouvrir et surtout y découvrir encore toutes ces horreurs familiales ?
Lire les pensées les plus intimes de maman ne m'apportera rien. Me plonger plus profondément dans le passé risque de me noyer une fois de plus.
Mais, dans le fond, je veux tenter de comprendre la mienne pour être une bonne mère avec Junior.
J'ai eu beaucoup de peine pour celle d'Arthur,

savoir qu'elle était celle qu'on aime mais qu'on ne garde pas près de soi. Je me suis imaginée à sa place, si Arthur m'aimait mais ne voulait pas de moi. Et j'ai eu mal. Très mal.

J'ai aussi de la peine pour celle d'Héloïse. Avoir une relation avec un homme, qu'elle ait été amoureuse ou non, et se faire abandonner quand on en attend un enfant doit être un déchirement.

De nouveau, je me dis que, si Arthur m'abandonnait maintenant, je serais anéantie de douleur. Si je le voyais se pavaner avec une autre femme, d'autres enfants, je ne le supporterai probablement pas. Me connaissant, je m'enfuirais. Comme je l'ai toujours fait.

Mais, aveuglée par la colère, je n'ai pas voulu une seule seconde comprendre maman. Regarder l'homme que l'on aime désespérément en aimer une autre, savoir qu'il couche avec une troisième. Perdre un enfant et découvrir que son homme en a fait un autre avec sa maîtresse. Que de douleurs à vous faire perdre pied. Évidemment, je ne trouve pas de circonstances atténuantes à son geste, ni même ne l'admets ou le pardonne.

Le responsable de tout ça, au final, n'est-ce pas papa ? Cet homme que j'ai idolâtré, aimé, presque vénéré tant il a été un bon père pour moi. Alors qu'il ne l'a pas été pour Héloïse. Elle qui est venue au monde dans un quatuor amoureux (ou sexuel uniquement, je m'en fiche), elle qui a grandi avec la haine farouche de sa mère et une jalousie pour ce que j'avais pris pour moi sans le savoir.

Bien que je n'aie rien pris, c'est ce qu'on m'a donné.

Comme elle, je n'ai pas demandé à naître ici, parmi eux.
— Si tu pries pour qu'il s'ouvre tout seul, tu peux attendre longtemps, marmonne-t-elle.
— Je prie pour qu'on ne trouve pas de cadavre, plaisanté-je en riant nerveusement.

Après tout, maman a tué papa en se tuant. Quelle horreur d'y mettre des mots, comme si sa lettre ne suffisait pas ! A-t-elle tué d'autres personnes ? Cette seule pensée me donne la nausée. Non, maman ne peut pas être une meurtrière.

Ah non ? Et tu appelles ça comment, ce qu'elle a fait à ton père ?

Je frissonne. Et fourre la clé dans la serrure. Un cliquetis se fait entendre.
Je m'attends presque à voir le couvercle du coffre se soulever légèrement, à voir un nuage de fumée en sortir et découvrir qu'un fantôme hante ce grenier.
À genoux, à quatre mains, nous soulevons le bois lourd qui craque. Le coffre est plein, prêt à déborder. Des dizaines de lettres s'entassent sur un tissu en dentelle jaunie.
La robe a dû autrefois être d'un blanc éclatant.
Héloïse ne touche à rien, retient son souffle. Comme moi.
Puis je le vide lentement. Une... deux... quinze... trente-neuf... soixante-sept... Cent dix-huit...
Avec celles que j'ai dans mon sac à main, c'est

donc cent vingt-huit lettres écrites par maman.

D'une main, je tire sur la robe de mariée, la poussière nous pique le nez. Héloïse éternue une dizaine de fois.

Quelques boîtes à chaussures attirent mon attention. Je les sors du coffre, m'installe en tailleur, les ouvre. Elles sont remplies de photos de famille. Je ne me souviens pas de certaines. L'une d'elle nous représente, Héloïse et moi, vers nos six ans. Assises les pieds dans l'eau, le dos bien droit, aucune de nous ne sourit.

— Tu te souviens de ce jour-là ?

Je secoue la tête.

— Nos mères avaient organisé une sortie mais nous avions supplié pour rester chez moi. Ma mère avait insisté pour faire cette photo alors que tu avais peur de t'approcher de ma piscine.

— Tu m'as obligée à y aller sinon tu allais raconter ce que j'avais fait, dis-je en me remémorant la journée.

Elle hoche la tête et baisse les yeux.

— Elle avait dit que si je ne te faisais pas faire cette photo, elle me ferait la même chose.

Je la regarde, horrifiée, me demandant si elle parle de sa mère ou de la mienne.

— Je t'avais dit qu'elle ne m'a pas laissé le choix...

Sa mère, donc.

— J'étais terrorisée, murmuré-je en ne quittant pas des yeux la photo. Pas par l'eau. Mais par la manière dont elles me regardaient, nos mères. Pour l'une, j'étais coupable de lui avoir pris un enfant. Et pour la tienne, coupable d'avoir la vie que tu aurais dû avoir. J'ai souvent craint son regard mais je me disais que c'est ça, une maman. Sévère dans le regard et douce dans les gestes.

— La mienne n'était pas douce non plus dans ses gestes, avoue-t-elle en soupirant. Je prenais des baffes souvent. Parfois, elle me choppait par les cheveux et me faisait traverser le salon. Interdit de crier ou pleurer.

— Ton père ne disait rien ?

— Tu crois qu'elle le faisait devant lui ? Je me dis qu'il savait malgré tout mais qu'il a fermé les yeux.

— On a pas été gâtées, soupiré-je en déposant la photo dans la boîte.

J'en prends d'autres, les observe tantôt avec nostalgie, tantôt avec colère.

J'y découvre les photos de ma naissance, celle de Rozenn, mes premiers pas dans le jardin d'Héloïse.

Comment papa a-t-il pu la regarder grandir et ne pas s'en préoccuper ?

— Aleyna...

Penchée sur le coffre, les mains appuyées sur le rebord, Héloïse observe le fond. Je me relève et la rejoins.

Dans le fond, une couverture en laine au nom de Rozenn. Je l'ai vue en prenant les photos mais je n'ai pas eu envie d'y toucher pour le moment.

— Sa couverture de naissance. Louise nous en a tricoté une à chacune.
— Blanche et le prénom en violet. La couleur favorite de Louise, je crois.
— C'est ça. Elle disait que toutes les sœurs devaient en avoir une comme celle-ci.
— J'en ai une. Exactement la même. Je crois que Louise a essayé de faire passer un message avec ces couvertures.
— Louise savait depuis toujours...

Et maintenant, on fait quoi ? Nos mères sont mortes, les secrets sont dévoilés et la haine n'est plus de mise. Pour autant, je ne me vois pas lui tomber dans les bras.

Je pose ma main sur la sienne, lui décroche un sourire triste. C'est tout ce que je suis en mesure de faire.

— C'est étrange tout ça.
— À qui le dis-tu... D'ailleurs... tu n'as rien dit quand tu as fait ta soirée d'anciens...
— Je n'étais pas là pour ça. J'avais un article à écrire et...

Elle s'interrompt, s'assoit en tailleur, dos au coffre.

— Elle voulait savoir ce que tu étais devenue, si tu étais au courant. Elle ne s'attendait pas à ce que tu l'appelles, sourit-elle. Elle disait qu'elle veillerait à me rendre ma fille si je faisais en sorte que tu ne saches rien. Elle avait menti, comme d'habitude.
— Tu es impitoyable avec n'importe qui mais tu n'as jamais osé te rebeller ?

— Il faut croire qu'elle avait trop d'emprise. Ou que j'étais plus faible que je ne le montre.

Elle triture nerveusement ses ongles parfaitement manucurés. Je finis de vider le coffre. Les deux couvertures, celle de Rozenn et la mienne, finissent sur le parquet poussiéreux. M. Lapin est là, seul sur le fond en bois. Maman l'a gardé. Après la mort de Rozenn, il a longtemps été sur le fauteuil dans le salon mais, un beau jour, il a disparu. Comme les jouets, la couverture, les photos et son prénom. Comme si elle n'avait jamais existé. Maman l'a gardée pour elle, ne m'a rien laissé de ma petite sœur, si ce n'est cette foutue culpabilité. Que je n'ai plus aujourd'hui.

Je m'installe près d'Héloïse, dos contre le coffre.

— Tu vas les lire ?
— Je ne sais pas. Tu les lirais, toi ?
— Ouais. Je serais curieuse de savoir ce qu'elle avait dans la tête. La mienne avait un grain, ou le désert complet.

L'entendre parler ainsi de sa mère me pince le cœur. La mienne semblait détachée, froide, insensible. Totalement déconnectée de la réalité et du monde qui l'entourait. Mais la sienne...

Est-ce que la voir soulagée et respirer sereinement fait d'elle un monstre sans cœur ? Je n'en ai aucune idée. Mais je crois sincèrement qu'on ne pleure pas les gens qui nous ont fait du mal. Je crois que leur absence ne nous pèse pas autant que les souvenirs qu'il nous reste. Je crois qu'il est bien plus difficile de vivre avec l'amertume de ces

souvenirs qu'avec celle de l'absence. Parce que, dans le fond, ceux qui pourrissent notre existence pour n'importe quelle raison ne manqueront à personne quand ils auront disparu. C'est certainement le cas pour Héloïse.
Ceux qui ont détruit sa vie, nos vies, ne lui manquent pas autant qu'on pouvait l'imaginer. Et je crois, non je suis certaine, que je ne peux pas la blâmer. Je ne peux plus.

— On les lit ensemble ?

Ma proposition la surprend mais elle accepte. Elle prend une lettre au hasard, j'en prends une autre. Maman n'a laissé aucune date sur aucune page. Seule l'évolution de son écriture nous laisse penser qu'elle en a écrit l'une avant l'autre.
Héloïse l'ouvre, prend une grande respiration et commence à lire :

— Je ne vais pas bien. Ils ont dit que c'est une psychose maniaco-dépressive. Mais je suis pas folle. Louise pense qu'écrire pourra me faire du bien. Rien ne me fait du bien, elle est si idiote qu'elle ne s'en rend pas compte. Je la hais. Mais je l'aime aussi. Elle est tout ce que j'ai. Ma meilleure amie.

Elle marque une pause, se mordille la lèvre, me demande si elle doit continuer. Je réponds par l'affirmative d'un signe de tête.

— Paul ne veut plus de moi. Il préfère cette salope de Sylviane. J'ai envie de crever. Si je me fous en l'air, ce sera sa faute. Dolorès et moi on va lui faire payer d'avoir couché avec

nous et de nous avoir jeté après. Il se prend pour qui ?
— Elles étaient ados, je crois.

Héloïse approuve, pose la lettre, en ouvre une autre puis reprend :

— Le mois dernier, j'ai avalé plein de médicaments et d'alcool. Ils m'ont gardée à l'hôpital. J'ai dit que j'avais attenté à ma vie mais je ne suis pas débile, je savais ce que je faisais. Paul est revenu, ça a marché.

Elle marque une pause, hésite. Je la lui retire des mains et lis à haute voix :

— Il a quitté Sylviane, c'est tout ce qui compte. Maintenant, je sais comment le garder près de moi. Louise dit que je suis folle à lier, qu'il faut que je laisse partir un abruti pareil. Elle va le regretter elle aussi. Paul n'est pas un abruti, je l'aime. Il m'aime aussi, il ne le sait pas encore.

Je balance le papier dans le coffre, j'en ai assez lu comme ça.

J'attrape un tas de feuilles, survole les deux premières. Mon regard est attiré par le prénom de papa écrit à l'encre rouge.

Je lis de nouveau à haute voix.

— Paul. Je voudrais m'adresser à toi. Toi qui était censé me montrer comment un homme devait traiter une femme. Je me suis sentie comme une moins que rien dans tes yeux toutes ces années. J'ai cherché ton attention de toutes les manières possibles mais il n'y en avait que pour Sylviane. J'aurai voulu que tu m'aimes comme tu l'aimais, que tu me regardes comme tu la regardes, que tu ne vives que pour moi, comme tu ne vivais que pour elle. Je t'ai donné les enfants que tu voulais, pas elle. Dolorès aussi t'a donné une fille. Cette petite peste d'Héloïse.

Si nous avions le moindre doute, le voilà envolé !

— On a décidé de laisser les filles se venger pour nous sur le sale rejeton que Sylviane se trimballe, continue-je. Tu pourras demander autant que tu veux à ta précieuse fille de le laisser tranquille, elle ne le fera pas. Dolorès se charge de faire obéir Héloïse. Tu peux penser ce que tu veux de nous, même me dire tous les jours que tu me hais et que je suis folle, je m'en moque. Je sais très bien que tu restes par culpabilité. Mais je ne sais pas si c'est pour Héloïse que tu as abandonné et que tu ne peux pas aimer ouvertement, pour Rozenn que tu as été incapable de sauver ou pour Aleyna que tu refuses de laisser avec moi. Comment le prendrait-elle si elle savait que sa pire ennemie est sa sœur ? J'espère qu'elle te détesterait de toutes ses forces. Tu n'aurais que ce que tu mérites.

Je marque une pause, des larmes coulent sur nos joues. Héloïse propose de faire une pause. Je refuse mais accepte qu'elle me ramène une bouteille d'eau et un sandwich.

Elle revient moins de dix minutes après, un plateau

rempli de sandwichs, de yaourts, d'une bouteille chacune et de ses clopes. Posé entre nous deux, je pioche dans le bol de biscuits apéritifs et fourre une poignée dans ma bouche que j'avale en manquant m'étouffer avant de reprendre ma lecture avec une autre lettre.

> — Une semaine que le mauvais temps s'est installé. La mer est trop démontée pour aller promener sur les quais. Paul ne quitte pas la maison depuis que je lui ai dit que j'emporterai Aleyna avec moi quand je me tuerai. L'abruti. Il n'a toujours pas compris que je ne ferai aucun mal à ma fille. En attendant c'est avec moi qu'il est et pas dans le lit de cette garce.

La lettre va rejoindre les autres dans le coffre.

— Elle est monstrueuse.

— Tu devrais peut-être arrêter de lire, suggère Héloïse.

Mais je n'ai pas envie. Je veux en savoir encore et encore. Même si ce que je lis me ronge lentement. Junior me rappelle à l'ordre. Je laisse tomber ma lecture et dévore mon sandwich poulet-emmental-sauce andalouse.

— C'est pas bon ?

— Si, si. Ça pique, dis-je en ayant les larmes aux yeux.

— T'as bouffé cette sauce à tous les repas depuis que je suis ici, explique-t-elle pour justifier son choix.

— La meilleure sauce, approuvé-je, mais Junior

ne va pas aimer.
— Junior va s'habituer aux goûts de merde de sa mère.

J'éclate de rire, les larmes aux yeux. Puis je reprends une bouchée du sandwich.
— Parce que sa tante a de meilleurs goûts ?

Elle se fige.
— Sa tante ?

Elle réprime un sourire, hausse les épaules et croque dans son sandwich à son tour.
Et nous voilà en train de débattre sur l'appellation que chacune doit avoir envers l'autre.

Une fois le repas fini, j'entreprends de lire une autre lettre. Bien qu'elle ne soit pas d'accord - elle estime qu'il faut laisser ce merdier à sa place - elle reste assise sur les marches, à bonne distance de moi, sa clope à la main.

— Louise est malade depuis quelques jours. Alors je cuisine pour elle. L'autre est passé récupérer la soupe. Il m'exaspère, je ne sais pas ce qu'elle lui trouve. J'espère qu'elle ne va pas faire un enfant avec ce type. Elle pense pareil de Paul mais elle ne peut pas comprendre. L'autre m'a insultée de folle. Je suis un frein à l'épanouissement de Paul et de ma sœur. Pauvre type, il ne va pas me prendre ma sœur. Il va le regretter.

Héloïse crache sa fumée dans l'escalier. Allez une de plus dans le coffre ! Et une nouvelle dans les mains, mon regard se promène sur les lignes

noircies. Ce que je lis en silence...
Un cri d'horreur m'échappe. Je pleure. Héloïse écrase sa cigarette, se précipite et prend le papier que je tiens fermement.
Elle ne doit pas lire. Il ne faut pas que quelqu'un d'autre sache. Mais elle tire plus fort et me l'arrache des mains. Puis elle lit à haute voix en faisant les cent pas.
Le parquet craque, la pluie tambourine sur le toit, l'orage gronde encore. Mais la tempête se passe ici, dans ce grenier alors que les mots de maman résonnent avec la voix d'Héloïse.

— Je l'avais prévenu. Il ne devait pas jouer avec moi. Il a essayé d'éloigner Louise. Il est mort maintenant. Elle ne partira plus. Je supprimerai quiconque tentera de me prendre ceux que j'aime.

Héloïse se tourne vers moi, le visage blafard, les yeux exorbités. Elle se laisse tomber en tailleur devant moi, écrase la lettre entre ses doigts.

— Putain, Aleyna...
— Elle ne doit pas savoir. Jamais. Jure moi que tu ne diras rien, Héloïse. Pitié, jure le !

Mes pleurs se transforment en une supplication, un cri de désespoir. Je n'aurai pas dû lire. Pas avec elle dans les parages. La crainte qu'elle ne divulgue tout revient au grand galop. Ma tante ne doit pas savoir. Il faut que je la protège.
Soudainement, je comprends que Louise a voulu me protéger, pour que je ne sache pas qui ELLE était, qui était réellement maman. Cette inconnue

qui m'a rendue responsable de la mort de Rozenn. Elle qui n'a pas pu me faire de mal comme elle en a fait à d'autres.

Elle m'a mise à l'écart, n'a plus voulu poser son regard sur moi, n'a plus voulu m'embrasser, me câliner, m'aimer tout simplement. J'étais coupable d'un accident, elle l'était de ses choix, de ses actes et des conséquences.

Héloïse se plante face à moi, passe ses bras autour de mes épaules, ma tête sous la sienne. Elle me serre de toutes ses forces mais mon corps est secoué de spasmes. Et je hurle, je pleure. Les hormones n'ont rien à voir dans cette crise de nerfs. Les larmes d'Héloïse glissent sur mes cheveux, je sens ses spasmes contre mon corps. Elle ne me lâche pas. Sa peine se mêle à la mienne.

Ils se sont servis de leurs enfants pour se venger les uns des autres.

Ce matin encore je ne savais pas quelle mère être pour Junior. Maintenant, je sais laquelle ne pas être.

— Je te jure, Aleyna, je ne dirais rien. Ça ne sortira jamais d'ici. Ils peuvent plus nous faire de mal.

— Promets-le encore.

— Je te le promets. Il faut que ça s'arrête.

Les secousses de son corps se calment, les miennes aussi. Elle détache son étreinte et se pose près de moi, dos contre le coffre encore une fois.

— T'as juré...

— J'ai juré. Autrefois, j'aurai aimé te faire du

mal. J'étais si jalouse de toi. Magnifique petite Aleyna à qui tout réussi, celle qui a mon père, celle qui est la meilleure amie des jumelles et Mina, la chérie parfaite pour Malo, la première de la classe, la reine des anniversaires... Je voulais ta vie, Aleyna.

— Ma vie de merde, soufflé-je.
— La mienne n'était pas faramineuse non plus. Mais je ne savais pas à quel point la tienne était difficile. Si j'avais su...
— Ça n'aurait rien changé, dis-je. Tu savais que nous sommes sœurs et pourtant tu n'as rien dit et tu m'as haïe plus que tout.
— J'étais une enfant, Aleyna.
— Puis tu es devenue une ado et une femme. Et ça n'a rien changé.

Elle ouvre la bouche, choquée par ma réaction.

— Je ne t'en veux plus. J'essaie de te comprendre, même si j'admets que c'est difficile. On fait tous des choix, pas nécessairement les meilleurs d'ailleurs. Les regretter ne change rien, il faut assumer, s'améliorer et aller de l'avant. C'est ce que j'ai fait en vivant ici.
— Tu as pu le faire parce qu'ils t'ont tous pardonnée. Tu les avais, eux, pour t'aider à avancer. Moi, je n'ai personne.
— Tu as Joy. Et ton père. Et moi, conclue-je.

Elle m'observe, incrédule.

— Me regarde pas comme ça, j'ai pas l'intention d'être ta nouvelle meilleure copine. Mais, s'ils

ont été capable de me laisser une chance, je peux t'en laisser une.
— Merci. J'ai vraiment envie de récupérer ma fille, de me poser pour de bon.
— Commence par arrêter le chantage, ce sera un bon début.
— Ouais. Disons que Jimmy sera mon dernier chantage alors.

Je me lève, attrape toutes les lettres et les remets dans le coffre, ne gardant que les photos et M. Lapin. J'en ai assez lu, je ne veux plus les ouvrir. Jamais.

L'armoire remise en place tant bien que mal, nous avons quitté la chambre. Demain, nous finirons de vider cette maison. Je me demande si la laisser à Mina et Cédric est vraiment une bonne idée.

19

Héloïse, Joy et Clara ont pris leurs quartiers chez Tante Louise. Chacune se demandant ce qu'elle foutait là, excepté ma tante. Je l'ai embrassée, lui ait dit combien je l'aime. Mon changement d'humeur ne l'a pas surprise.

Vous savez, il existe des personnes qui sont là pour vous, quoi qu'il arrive et peu importe votre passé. Elles ne se soucient guère de ce que vous avez pu faire, de qui vous étiez il y a six mois. Tout ce qui compte, c'est qui vous êtes, qui vous voulez devenir.
Elles sont là pour vous, elles donnent tout et changent votre monde avec une parole, un sourire, un accueil sous leur toit, un repas ou un simple silence. Parce qu'elles estiment que tout ce qui peut être aidé ou sauvé doit l'être. Elles tendent une main en silence et ne vous font pas de discours moralisateur.
Tante Louise est de ces personnes. Elle est capable de tout pour protéger ceux qu'elle aime, ceux qui sont de passages, ceux qui ne le méritent pas vraiment.
Je sais maintenant pourquoi les paumés ont toujours trouvé refuge chez elle. Parce que cette femme a un cœur bourré d'amour, d'empathie et de bienveillance. Elle sait garder les secrets comme personne, fait de son mieux pour croire en l'autre et pour le remettre sur le bon chemin.

Dans sa dernière lettre, maman lui avait dit qu'elle avait été une mère pour moi, meilleure que maman elle-même. Elle a porté ce rôle sur ses épaules sans jamais se plaindre, elle m'a protégée autant qu'elle a pu. À moi de la protéger aujourd'hui.
Avant de rentrer chez moi, je traverse le bout de jardin et frappe à la porte du vieux grincheux. Il ouvre la porte, le dos voûté, les paupières mi-closes.

— Faut qu'on parle.

Il me laisse entrer, observe Joy et Éden qui gloussent dans l'allée et claque la porte.

— Le mari de Louise, dis-je sans préambule, de quoi est-il mort ?
— En quoi ça t'intéresse ?
— J'ai besoin de savoir. Si je demande à Anita, elle va le cafarder à Louise. Vous, au moins, vous n'alimenterez pas les cancans.

Il réprime un petit rire avant de répondre :

— Crise cardiaque.
— Il était malade du cœur, non ?
— Exact. Pourquoi tu ne demandes pas à ta tante ?
— Je ne veux pas remuer le couteau dans la plaie.

Ses yeux se plissent, les lèvres pincées, il soupire avant de reprendre :

— Tu ne remue jamais le couteau sans raison. Tu as des doutes ?
— Vous savez, avec tous les secrets que l'on découvre, j'ai eu peur d'en découvrir un de

plus.
- C'était une mort tout ce qu'il y a de plus naturel. D'après ce que je sais, il était sur un chantier quand il s'est senti mal et, en quelques minutes, c'était fini.
- Louise habitait déjà ici ?

Il hoche la tête.
- Ils ont acheté la maison avant leur mariage. Ils parlaient de déménager vers Saint-Malo et de la louer. Louise n'a plus voulu partir après ça.
- Quelqu'un aurait pu vouloir du mal à son mari ?

Il me fait signe de le suivre dans sa cuisine, nous sert un verre de sirop chacun et prend place sur une chaise. Je m'installe face à lui.
- Qu'est-ce qui te tracasse ?
- Maman écrivait des lettres, dis-je, hésitante. Dans l'une d'elles, elle racontait qu'elle voulait lui faire du mal. Je me disais que, peut-être...
- Je vois. Tu devrais parler avec Louise. Elle en sait plus sur ta mère que n'importe qui.
- Non. Imaginez qu'elle n'ait aucun doute, que ce ne soit qu'un délire de ma mère ?
- Sincèrement, je pense que ce n'est qu'un délire. Il m'est arrivé de croiser ta mère et qu'elle me parle de toi et Rozenn comme si vous étiez encore deux. Anita disait que ton père aurait dû la faire enfermer, qu'elle était un danger pour elle-même et pour les autres.

Papa n'a rien fait. Il est resté, s'est plié à sa volonté,

l'a laissée jouer sur ses angoisses pour mener son monde et n'a eu que sa culpabilité pour compagnie tout au long de sa vie.
Mais papa a été un père merveilleux. Il m'a aimée, choyée, câlinée, consolée, rassurée, accompagnée. Il m'a appris à rêver et m'a faite grandir à peu près normalement.

— Vous savez pourquoi il ne l'a pas fait ?
— Tu me prends pour le journal du dimanche ?

J'éclate de rire.

— Cesse donc de remuer la merde, Aleyna. Tu vas finir par y plonger la tête et ne plus en sortir.
— J'avais besoin de savoir.
— Qu'est-ce que ça va changer à ta vie ? Tu vas pouvoir modifier le passé ?

Je secoue la tête, le gratifie d'un sourire et lui propose de passer la journée avec nous dimanche.

— Il y aura aussi Jacques, Louise et Anita, ajouté-je devant sa moue hésitante.

Il accepte finalement et je m'en vais.

◆

— Tu as l'air pensive.

Arthur s'allonge près de moi, entoure mon corps de ses bras, dépose un baiser sur mes lèvres.

— Éden s'est endormie ?
— Oui. Alors, à quoi tu pensais ?

Il se tourne et se pose sur le ventre comme chaque soir. Son dos couvert de cicatrices me rappelle ce qu'il a, lui aussi, enduré. D'un mouvement rapide, je lui grimpe dessus, m'installe à califourchon et fait glisser mes ongles sur sa peau. Il rentre la tête au creux de ses bras et grogne de plaisir.

J'aime qu'il frotte mes cheveux sous la douche, il aime que je griffe tendrement son dos.

— À ma journée avec Héloïse.
— J'imagine que ça a dû être un enfer.
— Pas du tout. Enfin pas comme tu le penses. Je dois avouer que j'étais heureuse qu'elle soit là, enfin heureuse est un grand mot mais tu vois où je veux en venir.
— Pas du tout.
— Le coffre où j'ai trouvé les photos et le doudou de Rozenn contient aussi des lettres de ma mère. Elle les écrivait depuis très longtemps.
— Tu vas les lire ?
— On en a lu, admets-je en faisant glisser mes ongles sur sa nuque.
— Elle aussi ?
— Oui. On a eu la confirmation qu'on est sœurs. Il n'y a pas que moi qui ait besoin de réponses.
— Tu ne devrais pas lui accorder ta confiance, tu sais comment elle est.
— Tout le monde change, mon chéri.
— Si tu le dis. Va plus à droite, s'il te plaît.

Je griffe légèrement son épaule droite, m'allonge sur lui, embrasse sa nuque.

— J'ai changé. Tu m'as laissé cette chance. On

pourrait lui en laisser une aussi, non ?

— Non, marmonne-t-il.

— J'ai mal entendu, murmuré-je à son oreille.

— J'ai dit non mais comme tu tiens absolument à lui en laisser une, t'as qu'à le faire. Et moi je vais la garder à l'œil.

— Tu seras sympa quand même ?

Il se retourne brusquement, me fait basculer. Je me rattrape à son bras, plante mes ongles dans sa chair. Il plonge son regard émeraude dans mes yeux, esquisse un sourire.

— Non. Je vais être un vrai bourrin avec elle.

— Tu n'es pas drôle.

— Je le serais si elle l'est. Ça te va ?

Mes lèvres collent les siennes et je lui souris. Il doit se contenter de cette réponse.

— Et sinon, tu as eu tes réponses ?

— Pas celles que j'espérais mais c'est sans importance, dis-je en retrouvant ma place à ses côtés.

— Tu veux en parler ?

— Pas vraiment. On a tous des secrets, Héloïse avait les siens. Ils n'ont plus lieu d'être et je veux croire qu'elle peut devenir une bonne personne.

— Est-ce que ça justifie ce qu'elle vous a fait ?

— Est-ce que protéger le mien justifiait ce que je t'ai fait ?

Il plonge le nez dans ma tignasse et grogne un « oui ».

— Alors pour elle aussi. Elle a été abandonnée

par mon père et manipulée par une mère si amère qu'elle a été jusqu'à lui prendre sa fille. Elle mérite une autre chance.
— Louise va avoir du boulot.
— Demain, tu peux passer aux Marronniers ? Y a un bidon en métal que je voudrais mettre dans le jardin.
— J'ai laissé les clés du bar à Loane et Clara, j'avais prévu un programme plus intéressant avec toi, sourit-il en m'envoyant un clin d'œil.

Je me blottis contre lui, l'embrasse tendrement, me laisse aller à quelques caresses. Sa main s'agrippe à mes fesses, son baiser est plus pressant, plus fougueux. Sa bouche descend sur ma gorge, je gémis.
— Et je fais quoi d'Héloïse, Joy et Éden ?
— Toutes chez Louise. Je te veux pour moi tout seul.

Il continue de descendre sur ma poitrine.
— Monsieur Kardec, seriez-vous en train d'essayer de me dévergonder ?
— J'ai ouï dire que j'ai toutes mes chances avec la petite sorcière rousse d'à côté.
— Sorcière ? Vraiment ? N'avez-vous pas honte ?
— Pas du tout, Mademoiselle Dumoulin. Je peux même vous expliquer ce que je compte lui faire à cette diablesse.
— Hum... je crois qu'elle préférera voir la chose par elle-même. Soyez prêt à neuf heures tapantes. La sorcière ne tolère pas les

retards.

Il rit, ne cesse de me couvrir de baiser et, même si j'adore ça, je prie pour que Junior ne décide pas de danser la salsa maintenant.

— Qu'est-ce qui t'arrive ? chuchoté-je à l'oreille d'Éden lorsqu'elle se glisse dans mon lit.
— J'avais envie d'un câlin.

Elle se blottit contre moi et se rendors immédiatement. Prise en sandwich entre le corps de mon colosse et celui de ma gamine, j'essaie de me mettre dans une position un peu plus confortable avant de tenter, en vain, de me rendormir.

Les yeux rivés sur son épaisse chevelure brune et bouclée, je songe à sa requête : « tu veux bien être ma deuxième maman ? ».

Je ne rêve que de lui dire oui. Oui, je le veux. Je serais ta maman de cœur, celle à qui tu pourras confier tes angoisses et tes peines, celle avec qui tu partageras tes joies et tes fous rires, celle qui veillera sur toi quand tu seras malade, et qui le fera de loin quand tu préféreras être seule. Je serais là pour guider tes pas et te laisser assumer tes choix, pour t'apprendre à respecter autrui sans te laisser marcher sur les pieds. Je t'apprendrais à aimer d'un amour sincère et profond mais à ne pas te perdre pour celui qui fera battre ton cœur. Je te soutiendrai dans tes projets, même s'ils sont irréalisables et farfelus aux yeux de ton entourage. Je te regarderai grandir, apprendre, t'épanouir. Je serais là, près de

toi, pour t'apprendre que la vie est belle, qu'elle vaut la peine d'être vécue, qu'il faut des jours de pluie pour apprécier un ciel sans nuage et que, quoi qu'il arrive, il y aura toujours quelqu'un pour t'aimer.
Et alors que je ferme les yeux, Junior gigote doucement et dessine une légère vague à la surface de mon ventre à peine plus gonflé qu'à l'ordinaire.
Je voudrais attendre dimanche pour l'annoncer à Arthur mais je crains qu'il ne le découvre avant ou qu'il ne le sache déjà mais ne me dise rien.
Je souris lorsqu'il passe son bras autour de ma taille, enfouit son visage dans ma tignasse, murmure un « je t'aime ». Puis je ferme les yeux pour apprécier le bonheur près de ma petite famille.

Lorsque je me réveille, je suis seule dans le lit. Mon ventre crie famine.
L'affreux doudou d'Éden est sur le sol, près de ma table de chevet.
Une délicate odeur d'oignons caramélisés me monte au nez et, intriguée, je descends à la cuisine sans un bruit, esquivant les marches dont le bois craque trop à mon goût.
Arthur est là, écouteurs dans les oreilles, occupé à chanter à voix basse. Le son à fond, j'entends de là les paroles de Kiss. Décidément, la voix de Paul Stanley ne le quitte pas.
Installée sur une chaise, je l'observe, un sourire aux lèvres. Tout en frottant mes yeux tant je suis épuisée.
Ni trop musclé, ni pas assez, il est yne montagne

qui en impose par sa seule présence et qui vous foudroie de son regard émeraude. Ou qui vous ferait fondre. À condition que je sois la seule à fondre d'amour pour lui, non mais oh !
Il s'engage dans un solo de guitare imaginaire, secoue la tête dans tous les sens tout en faisant cuire une omelette. L'odeur des œufs me donne la nausée mais j'essaie de passer outre. Je m'amuse de le voir ainsi. Avant de me demander pourquoi il prépare à manger aussi tôt.
Quand il s'aperçoit de ma présence, il retire les écouteurs et m'embrasse. Je grimace, il rit. Il sait que je déteste être embrassée au réveil. La bouche pâteuse et l'haleine de putois en décomposition, ce n'est pas super agréable. Mais lui il sent la menthe. Et il est habillé et parfumé.

— Ma sorcière a bien dormi ?

— Ouais, grogné-je en bâillant. Y a longtemps que tu es debout ?

— Depuis sept heures trente.

— Pourquoi tu fais une omelette maintenant ?

— Parce qu'il est midi et demi et j'ai la dalle. T'en veux ?

Je secoue la tête. J'attrape le pain et étale un peu de beurre salé dessus.
J'ouvre la bouche mais il continue :

— Je t'ai laissée dormir, tu m'as l'air épuisée.

— Dis que j'ai une sale gueule, plaisanté-je.

— Je n'irais pas jusque là mais c'est presque ça.

Il m'envoie son plus beau sourire, il sait que je ne lui résiste pas.

— Le docteur Kervella a téléphoné, dit-il me servant un thé glacé.

Mon sang ne fait qu'un tour, je me décompose à la vitesse grand V. Mais il ne semble pas le remarquer, le nez plongé dans son assiette.

— Tu ne m'as pas dit que tu étais allée la voir.
— C'était juste un contrôle de routine et un renouvellement de pilule.
— Hum. Elle a dit que tu as oublié ta carte vitale.
— J'irai la chercher demain.

Ne voulant pas m'étaler davantage sur le sujet, et avant qu'il ne pose trop de questions, je le laisse finir son repas et file prendre une douche.

Le mauvais temps d'hier n'est plus qu'un souvenir. Le soleil brille, il fait frais mais pas assez pour mettre un pantalon et un *sweat*. J'opte donc pour une longue robe tombant aux chevilles à motifs ethniques, un large ceinturon beige et des ballerines assorties puis je me passe un rapide coup de maquillage - histoire d'avoir meilleure mine - et j'attache ma tignasse en un chignon sur le sommet du crâne.

Et je le rejoins rapidement au salon.

Il est en train de plier les serviettes de bain quand je passe mes bras autour de sa taille et dépose une dizaine de baisers dans son dos.

— Tu veux toujours aller aux Marronniers ?
— Oui. Mais je croyais que tu avais un rencard aujourd'hui ?
— La sorcière m'a posé un lapin, elle s'est

dégonflée.
— Elle avait besoin de repos mais, crois-moi, elle ne se dégonfle jamais.
— Je ne crois que ce que je vois.

J'esquisse un sourire, me plante face à lui, glisse une main jusqu'à sa nuque, l'attire à moi, l'embrasse, joue avec sa langue, mordille sa lèvre inférieure et, lentement, plonge l'autre main dans son short. Il m'observe, surpris.

Je suis relativement pudique d'ordinaire, je sais ce qu'il aime mais j'hésite souvent à prendre les devants. Non pas parce que je ne sais pas comment faire. Depuis le temps, je connais le mode d'emploi. Mais je suis comme ça.

Bon, là, il ne se fait pas prier. Même s'il a l'air décontenancé, il n'hésite pas une seconde avant de fourrer ses mains dans mon soutien-gorge et de dévorer ma peau tandis que je lui arrache littéralement son tee-shirt et son short avant qu'il ne m'allonge sur le canapé tout en insultant la tonne de tissu qui l'empêche d'accéder à ma petite culotte.

Quand il soulève ma robe d'un geste brusque, je me retrouve avec le visage recouvert et éclate de rire.

Mon corps se tord, se cambre, frémit au contact de sa bouche. Des frissons parcourent ma colonne vertébrale quand ses mains m'agrippent fermement. Et lorsqu'il entre en moi, j'enroule mes jambes autour des siennes, gémit et plante mes ongles dans sa chair. Il grimace mais je n'arrive pas à desserrer mon étreinte.

Plus il remue et plus j'en demande. J'ai faim de lui, de son corps contre le mien, de lui en moi, de sa langue sur mes lèvres, de sa peau brûlant la mienne. Mon désir est décuplé, mon plaisir augmente jusqu'à en devenir douloureux. Je grimace, lâche un gémissement, il ralentit mais je l'oblige à redevenir presque bestial. Je tiens ses cheveux d'une main, attire son visage contre mon épaule, plonge le mien contre sa nuque et gémit. J'ai mal mais c'est bon. Je ne veux pas que ça s'arrête. Mon corps se tord contre le sien, ma voix déchire le silence de la maison. Je crois que je viens de lui exploser les tympans. Et quand il atteint l'extase, je l'atteins une seconde fois.

— Oh putain, souffle-t-il en retombant à mes côtes.
— Je t'avais dit que je ne me dégonfle jamais, plaisanté-je en ramassant ma culotte.
— Mais tu n'es jamais comme ça, fait-il remarquer en se relevant.
— C'était pas bien ?

Il m'attire à lui, passe ses mains sous ma robe, caresse mes cuisses, passe un doigt sur mon bas ventre. Junior choisit ce moment pour bouger légèrement.

Il fronce un sourcil mais, d'une main, je lui relève le menton et l'oblige à me regarder. Détourner son attention est la solution pour le moment.

— C'était génial, tu le sais. Tu vois bien que tu peux te lâcher un peu. En tout cas, j'aime

bien cette vilaine sorcière.
— Il se pourrait que tu la vois un peu plus souvent alors.
De nouveau, je file à la douche sans demander mon reste et me change de sous-vêtements.

Nous sommes finalement allés aux Marronniers. Le jardin avant est boueux, j'essaie de ne marcher que sur les dalles sans glisser.
Arthur a ouvert la porte aux chats qu'Héloïse avait laissé dans la maison. Ces derniers ne se sont pas gênés d'aller faire leurs besoins sur un matelas et ont déguerpis rapidement dans les hautes herbes.
Il a laissé le bidon métallique dont je lui avais parlé dans le garage, préférant l'énorme barbecue de papa, l'a mis dans le jardin, puis il a entrepris d'aller vider la remorque à la décharge.
Il a proposé que je l'accompagne mais j'ai refusé, je dois faire autre chose. Seule, si possible.
Musique sur les oreilles, de nouveau la voix d'Ycare m'accompagne et je hurle les paroles à tue-tête.
Hormis les chats, je ne risque pas de déranger grand monde.

J'ai retrouvé deux autres journaux intimes datant de ma période pré-ado de douze ans, dont l'un contenait une photo d'Héloïse, Alexia, Colline, Mina et moi, grands sourires et bagues en métal en avant pour Alexia et Colline, acné pour Mina et moi.
Il n'y avait qu'Héloïse pour toujours être parfaite.
Un visage d'ange et une langue fourchue remplie de venin. Mais un cœur en miettes en silence. Si

nous avions nos secrets, elle avait aussi le sien.
Ses longs cheveux étaient parfaitement lissés, sa robe blanche repassée. Même ses chaussures brillaient au soleil. Elle était resplendissante. Elle l'est toujours.
À côté d'elle, nous étions presque insignifiantes. Il nous arrivait de penser qu'elle aurait tout ce qui nous faisait rêver : un boulot génial, un mari canon peut-être mais sans personnalité -un type qu'elle pourrait exposer fièrement-, un château, voire même des domestiques. Pas d'animaux, ni d'enfants. Héloïse n'aimait qu'elle. Elle n'aurait jamais eu assez d'amour pour un autre être vivant. Et pourtant, il y avait Thomas. Elle lui cavalait tout le temps derrière en primaire. Il a déménagé à la fin du CM2. Il n'est d'ailleurs pas venu à sa soirée d'anciens, à moins que je ne me souvienne pas l'avoir vu.
Toujours est-il qu'en dehors de lui, je n'ai jamais vu Héloïse apprécier quelqu'un.

— Aleyna !

Perdue dans mes pensées, je n'ai pas entendu Arthur revenir et sursaute quand il prononce mon prénom.

— J'ai vu Loane avec ta mère, il y a quelques jours.

OK, je lâche ça de but en blanc, sans avoir tâté le terrain avant et sans réfléchir. Pourquoi ? Probablement parce que nous nous sommes promis de ne plus rien nous cacher.

— Elle me l'a dit.

— Loane ou ta mère ?

Prise de vertige, je ne dis rien et m'assoit sur mon lit d'ado.

— Loane. Elle m'a dit qu'une femme est venue lui demander des renseignements sur moi.
— Pourquoi tu ne me l'a pas dit ?
— C'était pas important.

Face à ma mine dubitative, il se pose près de moi.

— Qu'est-ce qui te chiffonne ?
— Je dois être trop parano mais je me dis que quelque chose ne va pas. Même Clara n'arrive pas à...
— Tu as envoyé Clara enquêter sur Loane ?

Je me mords la lèvre et acquiesce. J'attends le moment où il s'énerver, me dire qu'il en a ras le bol de ma paranoïa, qu'il faudrait vraiment que j'arrête de voir le mal partout. Mais il rit. D'un rire franc et tonitruant. Il se fout littéralement de ma trogne !

— Clara...

Il dit son nom et rit de plus belle. Je ne vois vraiment pas ce qu'il y a d'amusant.

— Oui, Clara, ma meilleure amie ! Qu'est-ce qui te fais tant rire ?
— Mais Clara n'est pas discrète ! Loane l'a vue arriver dès le premier jour. Vous êtes complètement barges toutes les deux.

Je me plante face à lui. Les coudes sur ses genoux, il relève la tête vers moi et rit de plus belle.

— Tu es irrécupérable.

Je lui envoie une tape sur l'épaule, fait mine d'être vexée. Il m'attire à lui, me tient par la taille et me

fixe de son regard émeraude dans lequel j'aime tant me perdre.
- Ça t'a vraiment tapé sur le ciboulot de grandir ici.
- Y a tellement de choses cachées...
- Tout le monde n'a pas d'horribles secrets de famille. Loane n'en a pas. Elle ne comprend pas pourquoi tu as l'air de lui en vouloir.
- Tu as raison, admets-je en passant une main sur son visage. Je suis un peu trop parano. Je vais dire à Clara de laisser tomber. Elle va pouvoir rentrer chez elle et penser à son bébé. Tu le savais ?
- Pas discrète, je te le dis. Je ne suis pas un monstre, je l'épargne au travail.
- En vrai ?
- Elle passe son temps à gerber et se tient le ventre souvent. Et quand Jacques lui a posé la question, elle a avoué.
- Tu ferais un mauvais enquêteur toi aussi puisque tu n'avais rien remarqué.
- Je remarque absolument tout, mon amour, mais je sais tenir ma langue. Et je n'ai pas pour habitude de reluquer ta copine donc...
- Donc tu ne t'en es pas mêlé.
- Exactement, dit-il en me faisant tomber délicatement sur mon lit d'ado. Je te laisse le job de Marie-mêle-tout, la parano en chef.

Mes bras autour de son cou, ma bouche se colle à la sienne brusquement. Une envie soudaine de m'envoyer en l'air me prend. Ici et maintenant. Je n'ai pas envide faire l'amour. Non, non, je veux arracher ses fringues et les miennes, qu'il me prenne contre un mur s'il le faut, qu'il me fasse crier comme ce midi. Je veux jouer avec lui, l'entendre gémir, qu'il dise combien il m'aime quand il me...

Non mais ça va pas ? Dans ta chambre d'ado ? Tu n'as pas honte ?

Honte ? Pas du tout. Par contre mon désir est en feu, j'ai un besoin pressant d'éteindre l'incendie entre mes cuisses.
Valérie Kervella m'avait prévenue que la libido serait probablement exacerbée. Elle aurait dû me dire que je serais incapable de me retenir et que j'irai sauter sur mon homme à la moindre occasion ! Elles sont pas si nulles ces montées d'hormones !
Arthur ne se fait pas prier et nous voilà dans une partie de jambes en l'air mémorable dans ma chambre d'ado.
Pour la deuxième fois de la journée, je lui brise les tympans. Ce qui semble augmenter son désir et son plaisir.
Cette nouvelle facette de ma féminité n'est pas pour me déplaire mais si je continue à ce rythme, dans trois jours je tombe tellement de sommeil que je ne me relève pas. Et lui, il finit sourd.

Blottie contre lui sous le vieux drap rose, ma jambe repose sur la sienne. Du bout de l'index, je caresse sa peau hâlée et dessine un cœur. Oui, je sais, c'est nul et niais. Il sourit, dépose un baiser dans

mes cheveux, se tourne vers moi, un bras replié sous sa tête et...
Et le pied du lit craque et s'écroule soudainement !
   — Héloïse n'aura pas besoin de le dévisser, dis-je en riant tandis qu'il m'aide à me relever.
Il l'achève d'un coup de pied en riant aux éclats.
Qu'est-ce que j'aime l'entendre rire. Quand on creuse un peu sous la surface d'homme taciturne, on découvre un nounours tout doux. Distant mais attentionné. Silencieux mais à l'écoute. Brut mais sensible malgré tout. Un gamin blessé sous la carapace d'un colosse indomptable.
C'est un homme amoureux, a dit Alexia après mon accident de voiture alors que je râlais qu'il me couvait un peu trop. *Si tu savais comme Malo m'étouffe parfois mais il suffit que je lui dise pour qu'il me laisse respirer.*
Arthur ne m'entends pas quand je lui dis, m'étais-je plainte.
Arthur a peur. Il a beau être un ours, il n'en reste pas moins un homme qui a peur de perdre celle qu'il l'aime, avait-elle dit.
Tu crois que sa peur partira un jour ? Ou que la perte de ta sœur a augmenté cette crainte ? avais-je demandé.
Je crois qu'elle ne partira jamais, avait-elle admit. *Même s'il a fait son deuil et qu'il a avancé, même s'il t'aime sincèrement et qu'il est heureux avec toi, sa crainte de te perdre ne s'en ira jamais. Il connaît cette douleur là, il ne veut pas la revivre. Alors tu vas devoir apprivoiser l'ours et le rassurer.*

C'est ce que j'ai fais. J'ai apprivoisé l'ours, je l'ai rassuré, je l'ai laissé m'étouffer parfois jusqu'à ce qu'il ne se rende compte par lui-même qu'il ne me laissait plus respirer. Je l'ai accepté tel qu'il est, tout comme il m'a acceptée telle que je suis. Cette parano qui compte chaque fois que le besoin se fait sentir.

Je l'aime plus que tout, je sais que, même si certains jours je suffoque, je ne partirai plus d'ici. Ses craintes sont devenues les miennes. Mes angoisses, les siennes.

Et tandis que nous nous rhabillons, pleurant de rire, je songe à Loane. Et je suis certaine qu'elle cache quelque chose.

Je n'y peux rien, c'est là, au fond de moi, je le ressens. Héloïse va me donner les réponses !

Si on m'avait dit qu'un jour ses talents de journaliste - ou de maître chanteur - allaient me donner les réponses à mes questions, je ne l'aurai pas cru !

Comment a-t-on pu passer de « Lucifer, la Reine des Enfers » à cette femme là ? Comment a-t-on pu passer d'une haine féroce à pleurer dans les bras l'une de l'autre ? Où est passé cette garce que tout le monde détestait ? Se cache-t-elle avant de nous bondir dessus quand on ne s'y attendra pas ou est-elle vraiment morte en même temps que sa mère ?

Je veux croire en cette deuxième option.

J'ai eu droit au pardon, je veux pouvoir lui accorder le mien et qu'elle puisse avoir celui des autres un jour.

Arthur a finalement vidé les deux chambres et nous

avons tout emmené à la décharge. Musique à fond dans l'habitacle (*I was made for lovin' you* de Kiss. Notre chanson à nous) il a joué de la batterie sur le volant pendant que, déchaînée, je hurlais les paroles.
Et nous sommes rentrés à la maison. Chez nous.

♦

Je me suis mise en cuisine en attendant qu'il revienne de chez ma tante. J'espère qu'il n'est pas en train de tuer Héloïse !
Éden raffole des lasagnes au saumon et épinards alors ce soir je lui concocte son plat favori.
Lorsqu'elle passe la porte avec son père, elle me fonce droit dessus, m'embrasse, me demande comment je vais parce que j'étais super méga fatiguée ce matin !
Puis, sans attendre de réponse, elle file à l'étage prendre sa douche et préparer son linge pour demain.

— T'as été sympa avec elle ?

Arthur se lave les mains et me lance un coup d'œil. Il réprime un sourire en comprenant de qui je parle.

— J'ai essayé de la terroriser mais il lui en faut plus que ça pour retourner d'où elle vient.
— T'as promis...
— J'ai promis d'être sympa si elle l'est, dit-il en déposant un baiser sur ma nuque. Je l'ai été, t'en fais pas.
— Merci. Tu n'as pas trop souffert ? me moqué-

je.
Il allonge ses jambes sur une chaise, allume une cigarette et avoue :
— Je le fais parce que je t'aime...
— Je sais.
— Mais ça m'a bien fait mal à la bouche !
J'éclate de rire.
— Ta fierté est morte, non ?
— En train d'agoniser dans un caniveau.
Je ris de plus belle, l'embrasse et le remercie de faire cet effort là pour moi. Même si j'ai conscience que je n'ai peut-être pas fait le bon choix en accordant ma confiance à Héloïse.

Nous nous sommes installés au comptoir de la cuisine. Éden et moi d'un côté. Arthur face à nous. Comme tous les soirs.
Instinctivement, je regarde le bout du comptoir en songeant qu'il va bientôt y avoir une chaise haute. Et un lit en bois. Et une poussette. Un siège-auto. Des habits si petits que j'ai toujours douté qu'un bébé puisse y rentrer. Et des peluches. Une veilleuse. Un parc de jeu dans le salon. Et des couches pleines de merde dans la poubelle. Et du vomi sur mes habits. De la morve à nettoyer. Et des pleurs la nuit. Et des nuits blanches. Et des journées à m'inquiéter pour un bobo. Et des bobos à soigner. Et des biberons qui vont déborder de l'évier. Et mes seins qui vont se transformer en self-service à n'importe quel moment. Et mon ventre qui va ressembler à un flan. Et des vergetures. Ah bah

non, ça j'en ai déjà sur les cuisses, ça ne risque pas de traumatiser Arthur. Et mes seins ? Déjà qu'ils ne sont pas bien gros, ils vont ressembler à des œufs au plat ?! De nouveau ENCEINTE clignote en rouge.
Et s'il ne m'aimait pas ? Junior, hein. Arthur, il m'aime. Éden m'aime. Ils m'ont choisie. Mais Junior, il ne nous a pas choisi. S'il me trouve chiante, nulle, qu'il ne m'aime pas ? Et si c'est moi qui ne ressent pas d'amour ? Je ne veux pas être un monstre. Je veux qu'il m'aime, je veux l'aimer plus que tout. Je veux...

— Nana, tu pleures.

Éden me tend un mouchoir en papier, Arthur m'observe d'un œil suspicieux.

— Pardon, je me suis mordue la joue.
— Mouais.

Arthur ne me croit pas. Il n'est pas dupe.

— Enfin, je disais, reprend Éden comme s'il n'y avait rien eu, Clara a pleuré toute la nuit. Et Héloïse a dit à Tante Louise que *Rouane* est un abruti. C'est qui *Rouane*, Nana ?
— Le fiancé de Clara.
— Et bah il l'a faite pleurer donc c'est un...

Face au regard de son père, elle se mord la lèvre. Il va falloir que j'aie une conversation avec Clara.

— Pourquoi elle a pleuré ?

Haussement d'épaules. Ce soir, un texto s'impose.

— Et Joy va aller au collège à la rentrée prochaine, on pourra se voir plus souvent.
— Comment ça ?

Arthur n'est pas enchanté.
— J'sais pas, moi. Joy me l'a dit, c'est tout. Sa mère arrête les cours à la maison.
— C'est super, dis-je d'une voix un peu trop enjouée.

Ce qui n'échappe pas à Arthur. Son regard m'envoie un « vraiment ? » non dissimulé. Non pas vraiment, je n'y crois pas non plus. Mais après tout, les enfants n'ont pas à payer le prix de la mésentente de leurs parents. Pas comme nous, n'est-ce pas ?

Après un câlin-bisou, ma gamine est partie se coucher. J'ai fini de remplir le lave-vaisselle tandis qu'Arthur a pris sa douche et suis sortie sur le perron, une tasse de thé à la main.
Héloïse et Tante Louise m'ont rejointe, laissant la porte de la maison ouverte au cas où Joy aurait besoin, même si elle dort déjà profondément. Nous nous sommes assises toutes les trois en bas des marches.
— Je suis désolée de t'avoir mal parlé, dis-je à Louise.
— Tu étais choquée.

Elle pose sa main sur la mienne et m'envoie un sourire.
— Ça oui ! En colère aussi. J'aurai préféré l'apprendre par toi.
— Tu n'étais pas prête. Et je doute que tu m'aies crue si je te l'avais dit.

J'approuve d'une grimace, ce qui les fait rire. Oh ne

croyez pas que je prenne tout comme il se doit et que j'encaisse. Ce n'est qu'une apparence. Sous la surface, je jongle entre colère envers les adultes, envie de rejeter cette sœur qu'on m'impose et la pitié qu'elle m'inspire malgré tout.
Quitte à me donner une sœur, je veux qu'on me rende Rozenn. C'est avec elle que je veux trinquer après une dure journée, que je veux aller faire du shopping. Ce n'est pas la voix, les confidences et la présence d'Héloïse que je veux. Mais c'est elle que j'ai. Il va bien falloir faire avec. Ou pas.

— Éden m'a dit que tu vas inscrire Joy au collège.
— Elle m'a demandé de rester un peu, elle se sent bien ici. Éden est sa première vraie copine, une qu'elle a choisi. Pas une que l'autre folle lui a imposé.
— Héloïse, gronde ma tante.
— Pardon, c'est un réflexe, s'excuse-t-elle en allumant sa cigarette. Mais avouez qu'elle était folle, elle ne vous en voudra pas !

Louise retient un sourire, admet à demi mot qu'Héloïse n'a pas tort et avale vite une gorgée de son verre de vin. L'alcool ne va pas nettoyer ses paroles.

— Tu as trouvé un logement ?

Intérieurement, je prie pour qu'elle n'emménage pas chez ma tante. Je veux bien que ce soit le refuge des paumés et qu'il faille sauver tous les humains en détresse mais avoir Héloïse comme voisine est au dessus de mes forces. Pas après tout ce que

nous avons appris ces derniers jours.
— Pas encore.
— Demande à Mina les coordonnées de son proprio, dit Louise. Puisqu'elle va emménager aux Marronniers.
— C'est déjà fait. Je dois le voir vendredi. Mais étant au chômage, je doute qu'il me loue le studio.
— Je ne savais pas que tu avais demandé à Mina, soufflé-je.
— Je ne savais pas que je devais te demander l'autorisation pour parler avec elle, réplique-t-elle froidement.
— Les filles...

Tante Louise soupire. La porte s'ouvre à toute volée, Arthur laisse passer Chocolat et prend place sur un fauteuil de jardin. Il nous surplombe en silence. Je sais qu'il n'est là que pour veiller à ce que tout se passe bien. Mais j'aimerais qu'il ait confiance en mon jugement.

— Je n'ai pas dit que tu as besoin de mon autorisation. Pour info, mes amies et moi, on se parle très souvent et on ne se cache rien.
— Tes amies ? Sous entendu que vous n'êtes pas les miennes ? T'en fais pas, je sais que je ne suis pas la bienvenue. Preuve que tes *amies* et toi vous ne vous dites pas tout, Mina ne t'en a pas parlé.

Je hausse les épaules et crache :

— Peut-être que tu lui as fait du chantage. T'es une pro pour ça, non ?

— T'es une garce. T'as peur que je te pique tes copines ?

Louise se lève, monte les trois marches et rejoint mon homme sur le perron.

— Regarde les, lui dit-elle. Même à trente ans, elles se comportent comme des enfants.

— Elles sont en pleine crise d'ado, se moque Arthur.

Je les laisser se moquer et me tourne vers la blonde qui me fustige du regard. Je prends une grande inspiration pour me calmer. À quoi on joue exactement ?

— Mes amies oui. Comme Mina a été ou est encore la tienne, Héloïse, je m'en tape. T'as qu'à rester si tu veux, il n'y a que toi pour croire que tu n'es pas la bienvenue.

— Oh tu vas jouer à la grande sœur maintenant ? On a juste trois mois d'écart, me rappelle-t-elle.

— Je ne joue à rien. Ça me fait bien chier d'être ta sœur ! Tu mérites des baffes !

— Toi aussi ! T'as de la chance que je ne frappe pas les femmes...

Son regard dans le mien, nos visages si près l'un de l'autre que je peux sentir son souffle, je prie pour qu'elle ne dise rien sur ma grossesse.

— ...plus petites que moi, finit-elle en reculant d'un pas.

— Vous avez fini ? gronde Louise en revenant à notre hauteur. Vous avez deux options : grandissez un peu ou ne vous parlez plus

jamais. Mais cessez vos enfantillages, les filles.
— Ils ont bien réussi leur coup, conclut Arthur avant de nous laisser après avoir souhaité une bonne nuit à Louise.

Cette dernière s'en va aussi, nous laisse en plan sur les marches en bois de ma maison.

Chocolat apporte sa balle, me file un coup de museau dans la main. Héloïse lui lance, il part en courant, fait une roulade et revient avec un bout de bois.

— Il paraît que Juan est un abruti ?
— Tout à fait. Il a de la chance d'être en Espagne, je lui aurai fait manger mes talons. Il l'a larguée par texto, ce salaud !
— Mais elle est enceinte !
— Je ne sais pas si ta naïveté est mignonne ou écœurante mais il faut que tu comprennes que tous les hommes n'ont pas envie d'avoir un mioche.
— Je ne suis pas débile, grogné-je. Ils essayaient d'avoir un mioche comme tu dis alors je suis étonnée.

Elle écrase sa clope sous le talon de sa chaussure et monte s'installer dans un des deux fauteuils sur le perron. Je la suis, prends place là où étais Arthur, allonge mes jambes sur la rambarde en bois.

Les genoux repliés sous ses fesses, elle ferme les yeux quelques secondes, semble apprécier l'instant.

— Il a visiblement changé d'avis. Bref, quand

elle retourne chez elle, elle va être seule.
J'ai presque envie qu'elle ne rentre pas chez elle, qu'elle laisse ses valises ici pour de bon, ou au moins le temps de sa grossesse.

— J'ai pas eu de nouvelles de Jimmy, dit-elle en se levant. Je te préviens dès qu'il appelle. On va aux Marronniers demain ?
— Arthur a finit de tout vider. Il ne reste que le coffre. Je vais tout brûler demain.
— Je peux venir ?

J'acquiesce. Elle s'en va. Je reste quelques minutes seule, à savourer le silence sans me poser de question. J'ai assez chassé les réponses ces dernières semaines.

20

Mon train-train quotidien se résume aux mêmes gestes tous les jours. Et ce matin n'a pas dérogé à la règle. Douche, petit déj', école.
Arthur n'ayant pas voulu de Clara pour le reste de la semaine, elle a fait le chemin avec Héloïse et moi jusqu'aux Marronniers.
Malgré l'épaisse couche de maquillage, on voit clairement qu'elle a encore pleuré cette nuit. L'eye-liner entoure deux yeux bouffis et rougis.
Sa voix cassée souffle tout juste deux ou trois mots quand on s'adresse à elle. Son regard ne quitte pas ses chaussures quoi qu'on fasse.
Oh si je pouvais, j'irai volontiers avec Héloïse lui faire bouffer mes talons à ce Juan de mes deux ! Et accessoirement ses attributs, tiens !
Ah c'est beau le courage et l'honnêteté chez lui ! Il lui a fallu moins de dix jours pour se rendre compte qu'il ne veut plus d'enfants !
Face à l'air accablé de mon amie, je n'ose pas poser la moindre question. Elle m'en parlera quand elle aura envie.

— Mais la maison est vide !

Ah la voix de Clara se fait entendre un peu quand nous passons la porte.

— On a d'autres choses à faire, dis-je. Tu peux descendre le coffre s'il te plaît ?

Arthur monte rapidement dans la chambre

parentale, déplace l'armoire sans difficulté et demande un coup de main à Héloïse pour descendre le coffre.

Il me semble l'avoir vue s'étrangler à l'idée de faire péter un de ses ongles manucurés. À moins que la perspective d'aider Arthur ne l'a fasse autant souffrir que lui quand il doit être sympa avec elle.

Clara rit de bon cœur quand Héloïse la supplie de les suivre en grimaçant mais elle ne bouge pas de sa place pour autant.

> — Tu vas me raconter ce qu'il a dit ou il faut que je te harcèle pour savoir ?
>
> — Il a écrit qu'il a passé beaucoup de temps à réfléchir depuis mon départ et qu'il se rend compte qu'il n'est pas prêt à assumer un enfant.

Je grimace tout en ouvrant les volets de la cuisine, laissant la chaleur envahir la pièce.

Les rayons du soleil réchauffent mon visage, je respire à plein poumons.

> — Peut-être qu'il flippe.

Je jette un œil dans le couloir. Personne.

> — Comme moi quand j'ai appris la nouvelle, chuchoté-je.
>
> — Alors il pleure de joie, il fait de grands projets puis il a peur ? C'est pas lui qui va se retrouver seul et trimer pour élever un enfant.
>
> — Quand tu rentreras chez toi, tu auras tout le temps de vous expliquer. Qui sait, ce n'est qu'une mauvaise passe ?

Elle soupire, sort son portable à la recherche de je-ne-sais-quoi.

— Ce que tu peux être naïve, ma chérie. Ton romantisme te tueras, plaisante-t-elle. Lis ça.

Je prends le portable et lis les messages qui défilent. Petit à petit, je me décompose. *ROUANE EST UN ABRUTI !*

Il n'était pas prêt. Il a fait un enfant pour ne pas la perdre. Il n'avait pas vraiment envie d'avoir autant de responsabilités. Et puis il va lui envoyer ses affaires. Il préfère qu'elle ne rentre pas. Passe à autre chose, qu'il lui a écrit. PASSE À AUTRE CHOSE !!

Se rend-il seulement compte de ce qu'il a écrit ou est-il un parfait abruti ?

— Tu te souviens quand tu étais SDF ?

Ah ça, je ne l'ai pas oublié ! Je venais d'être licenciée du restaurant d'Harold, j'avais quitté Antoine et la Provence pour venir me ressourcer, j'ai trompé ce dernier avec Arthur, suis tombée amoureuse de mon colosse avant de retourner en Provence vivre chez Clara puisque Antoine avait viré mes affaires. Soit dit en passant, j'aurai fait la même chose s'il m'avait trompée. Ou pas. Après tout, je n'étais pas amoureuse de lui, il était ma bouée. Il me permettait de ne pas me noyer et de me laisser bouffer par mes démons. Alors, s'il m'avait trompée, je crois que je l'aurai laissé partir.

Bref, j'ai squatté chez Clara pendant un temps et je suis revenue ici quand elle est partie en Espagne. Il aura fallu qu'elle m'oblige à faire mes bagages mais elle a fait le bon choix pour moi.

— Maintenant, je le suis, conclut-elle.
— On va trouver une solution, dis-je.
— Louise m'a proposé ta chambre. Mais je sais pas si je devrais...
— Tu dis oui et tu arrêtes de te faire du mouron. Tu ne peux pas mieux tomber avec elle.

Elle me décroche son plus beau sourire et accepte. Arthur et Héloïse portent le coffre et le déposent sur la terrasse. Il m'embrasse rapidement, nous conseille de faire attention avec le barbecue et s'en va.

— Y a quoi là dedans ?
— Toute la merde qui nous a conduites ici, répond Héloïse.

Dans le grand bac en métal rempli de poussière, je dispose des branches et du journal tout en écoutant attentivement la conversation qui se tient derrière moi.

Les deux blondes se sont posées sur des chaises. Clope au bec pour l'une et larmes au bord des yeux pour l'autre, les voilà qui parlent maternité !

— C'est une horreur ! Neuf mois à gerber, à avoir le dos en compote. Tes jambes ressemblent à des poteaux remplis d'eau. Ta vessie est pleine constamment et tu passes ton temps à être sur le point de te pisser dessus.
— Merveilleux, bougonne Clara.

Je souris tout en allumant le feu.

— Faut pas se leurrer, ma grande. Être enceinte, c'est pas aussi génial que dans les films. Tu prends vingt kilos dans la face et t'as l'air d'un éléphant quand tu te déplaces. Tu vois plus tes pieds et pour te faire le maillot, c'est l'enfer.

— T'as qu'à pas le faire, personne ne va mourir pour un buisson dans la culotte, plaisante Clara.

J'éclate de rire. Héloïse semble horrifiée.

— Tu plaisantes ? Qui aurait-envie d'avoir la forêt amazonienne entre les pattes ?

Cette fois, le fou rire est général.

— Tu nous vends du rêve, dis-je en laissant le feu prendre le bois.

— T'en veux encore ? Ton corps va devenir la baraque privée d'un autre être humain qui va appuyer sur tes organes à n'importe quelle heure du jour ou de la nuit. Estime-toi heureuse si tu échappes aux hémorroïdes, hein. Et quand il va falloir l'expulser, parce que son bail arrive à son terme, tu vas douiller, pleurer toutes les larmes de ton corps. Et après tu vas te retrouver avec des serviettes hygiéniques de trois centimètres d'épaisseur.

— Mais ça vaut le coup, non ?

Le silence se fait. Pendues aux lèvres d'Héloïse, nous attendons sa réponse.

Le regard perdu dans le vague, un sourire se dessine sur son visage mais son regard exprime autre chose. Une peine furtive y passe.

— Oui, ça vaut le coup. Pour moi, ça a été une

> épreuve, je n'étais pas prête. Physiquement et moralement. J'étais pas assez mature, sous son emprise. Mais quand tu sens une partie de toi bouger, que ton cœur bat à l'unisson, tu sais qu'il n'y aura rien de plus fort que ce lien. Tu l'aimes sans l'avoir vu, sans rien en savoir. Tu l'imagines et tu sais que tu feras ce qu'il faut pour son bonheur.

Instantanément, je pose une main sur mon ventre et tente de sentir un mouvement de Junior.

> — Quand tu l'entends pour la première fois, que tu sens sa peau sur la tienne et que tu découvres son visage, ses jolis yeux clairs, sa petite bouche rose, et ses doigts minuscules qui tiennent fermement ton doigt, alors tu sais que ça vaut le coup. Cet amour là, il est incommensurable et inconditionnel.

Clara pose une main sur son ventre, l'observe en souriant. Des larmes s'échappent sur ses joues.

> — J'ai peur, les filles. J'ai peur de ne pas y arriver.

> — J'ai peur aussi, avoué-je.

> — Si ce n'était pas le cas, je vous dirai que vous êtes inconscientes. La peur n'empêche pas le danger mais vous allez passer outre par amour pour vos mioches.

> — C'est ce que tu fais pour Joy ?

Clara lit dans mes pensées !

> — Oui. Je sais que je ne suis pas... que je n'étais pas une bonne personne, mais par amour pour ma fille, je ferai tout ce qu'il faut

pour son bonheur. Et pour qu'elle n'ait pas la vie de merde qu'on a eu.

— En parlant de vie de merde, dis-je en désignant le coffre. On la fout au feu ?

D'un même mouvement, nous nous dirigeons vers le barbecue. Un long moment, je reste plantée là, à attendre je-ne-sais-quoi. Les paroles d'Hubert Ronchon me reviennent. Remuer la merde indéfiniment ne changera pas ce qu'il s'est passé. Il n'y a que l'avenir et ce que nous allons en faire qui pourra mettre un terme à toutes ces conneries. Que maman ait été en plein délire ou non, le mari de Louise est mort. Je veux croire que ce n'était rien d'autre qu'une crise cardiaque et qu'elle n'a pas pu aller jusqu'à la provoquer.

Je pourrais lire les lettres en espérant y lire que ce n'était pas vrai, qu'elle a juste fantasmé, mais je redoute ce que je vais y lire. À part me torturer, cela ne servira à rien.

Héloïse et Clara se jettent un coup d'œil, ne bougent pas d'un millimètre, avant que je ne me décide à jeter la première lettre.

Chacune son tour en jette une. Et nous les regardons devenir poussière avant d'en balancer une autre.

En silence. Dans ma tête, Gérard Blanc chante son autre histoire.

Je revois papa devant ce barbecue l'été, en compagnie des pères d'Héloïse, Alexia et Mina. Je revois nos mères, assises sur la terrasse, occupées à faire les commérages en sirotant des cocktails colorés. Souriant et riant aux éclats, ils étaient

l'incarnation de l'amitié et du bonheur.
Sous la surface, ils n'étaient que jalousie, trahison, mépris et folie.
Aujourd'hui, tout ça est fini. Nous y avons mis un terme.

Il n'a pas fallu longtemps pour que le coffre soit vidé et que les cendres du passé soient dispersées dans le jardin.
Tante Louise ne saura jamais ce qu'il y avait dans ces confidences sur papier, ne souffrira pas comme nous. Mais que sais-je réellement de sa souffrance ? Elle veille sur les autres continuellement, je me demande qui veille sur elle. Moi, aujourd'hui, certes. J'fais de mon mieux. Pour être une bonne belle-mère, une amie dévouée, une femme forte et honnête, une fille cool. Pour honorer ma famille, être à l'écoute, remonter le moral et faire rire quand il faut. Je prends soin de lui, d'elle, d'eux. Du mieux que je peux. Et, même quand on a l'impression que ce n'est pas assez, faire de son mieux, c'est déjà bien.
Je n'ai pas prévu de parler avec ma tante de ce qu'elle a vécu, de ce qu'elle a dû supporter avec ma mère, de ses peines. Remuer le couteau dans la plaie est inutile.

N'ayant plus rien à faire aux Marronniers, nous sommes rentrées chez moi tout en se demandant ce que nous allions faire du reste de la journée.
Pour commencer, un thé glacé et une salade composée installées sur les chaises longues en

bois nous convient.
— N'empêche, si on m'avait dit que j'allais revenir chez les...

Héloïse s'interrompt.
— Chez les bouseux, finit Clara. Tes semblables maintenant.

Je ris. Héloïse sourit, avale une bouchée et reprend :
— T'en es une, je te rappelle.
— Fière d'être une bouseuse, rit Clara en levant son verre.

On trinque en riant.
— Bref, je vais chercher un boulot, reprend Héloïse. J'ai déposé ma candidature à la mairie pour le journal du village. Ma réputation me précède, ça ne va pas être facile.
— Change de métier, suggère Clara. Moi, je vais prendre une année sabbatique et m'occuper de mon bébé. Louise me conseille de faire une formation pour changer de job mais je ne sais pas trop quoi faire.
— Sérieusement ?

Je les écoute sans dire un mot.
— Ouais. Si tu avais pu choisir un autre métier, tu aurais fait quoi ?
— Britney Spears ! J'aurai été Britney !

J'éclate de rire en me souvenant que nous avions souvent chanté ses chansons et imité ses chorégraphies quand nous étions enfants.
— Sinon, je rêvais d'être... Vous allez vous

foutre de moi...

La bouche pleine, je secoue la tête. Occupée à vider son verre, Clara lui fait signe de continuer.

— Je voulais être bibliothécaire. J'aime les bouquins, l'atmosphère calme et sereine d'une bibliothèque, orienter les lecteurs, découvrir... Je m'emballe un peu.

— Pourquoi voudrais-tu qu'on en rie ? C'est un chouette métier, dis-je. Quand on était petites, tu avais une énorme bibliothèque dans ta chambre. Colline disait que tu avais une chance folle de pouvoir passer ton temps à lire.

— Tu changes de vie et tu deviens presque aimable, change d'orientation aussi, insiste Clara.

— Ta mère n'est plus là pour te dire quoi faire, finis-je en me servant un autre verre de thé glacé.

— Au pire, tu les écris, tes livres. Mais change de nom, on sait jamais.

Son téléphone sonne, le nom de Jimmy s'affiche. Son attitude change du tout au tout. Elle passe de la femme souriante au maître chanteur au dents longues en un éclair.

Clara murmure un « qui est-ce ? ». Je lui dis que je vais lui expliquer après.

— Jimmy, mon chou. Dis-moi que tu as trouvé ce que je t'ai demandé.

— C'est pas pour le plaisir que je t'appelle, grogne-t-il. Ton mail n'a pas changé ?

— Non.
— Parfait. Mes photos, Héloïse. Je les veux.
— Quand j'aurai tout reçu.
— Pétasse.
— Moi aussi, je t'aime, Jimmy. Oh une dernière chose, si je ne suis pas satisfaite, tu ne reçois rien. On est bien d'accord ?

À l'autre bout du fil, Jimmy beugle un tas d'insultes et profère des menaces qui ne semblent pas la perturber.

— Je vais voir ce que tu as envoyé. On se tient au courant. Bisous, bisous, ricane-t-elle.

Puis, alors qu'il continue à hurler, elle lui raccroche au nez.

— T'as une imprimante ?

J'acquiesce et nous nous rendons au salon.
Héloïse fait un rapide topo à Clara pendant que j'allume l'imprimante et la remplie de papier.
Clara esquisse un sourire et lève les yeux au ciel. Ça ne l'étonne pas. Mais si Jimmy a trouvé quelque chose, au moins je vais arrêter mes manigances ridicules.

Au fur et à mesure que les pages sont imprimées, je les lis. Et soudain, je jubile. Je crie de joie, je sautille en riant comme une hystérique. Comme Cruella face aux dalmatiens.

— J'avais raison ! Je ne suis pas parano !
— Mais fais voir ! crie Héloïse en m'arrachant la feuille des mains.

Par dessus son épaule, Clara tente de déchiffrer ce

qu'elle lit. Un sourire presque diabolique se dessine sur le visage d'Héloïse alors que je suis toujours aussi hystérique

— Elle lui a dit « une femme est venue me poser des questions sur toi » ! L'hypocrite !
— Elles sont liées, murmure Clara.
— Il a osé me dire que je suis trop parano !
— Qu'est-ce qu'on fait maintenant ? demande Héloïse en rangeant le dossier dans mon sac à main.
— Je vais m'occuper d'elle, dis-je.

♦

Écouteurs dans les oreilles, Ycare berce mon cœur. Lunettes de soleil sur le nez, j'avance lentement dans les rues en comptant chacun de mes pas, les yeux rivés sur mes baskets.
Clara et Héloïse sont restées chez ma tante avec la consigne de ne rien dire au sujet de Loane.
Cette situation, je dois la régler seule.

Le soleil est bel et bien installé, la température remonte et mes nausées reviennent. Je suis bien contente de ne pas être en Provence, je me serai évanouie depuis le temps.
Tout est calme, comme d'habitude. Ici, il ne se passe jamais rien. Sauf en été, quand les touristes arrivent en masse pour découvrir un coin perdu entre mer et campagne.
Dans le parc, les retraités habituels admirent le

paysage, jouent aux cartes sur une table de pierre - la mairie l'a faite installer l'année dernière - à l'ombre des platanes.

À l'autre bout de la rue, les bateaux entrent et sortent du port.

L'envie de posséder un voilier s'est évaporée. J'ai pris conscience que j'avais ce rêve parce qu'il me raccrochait à papa.

Je n'ai plus envie de vivre dans mes rêves, je veux vivre ma réalité.

Je veux me lever chaque jour dans la maison de l'impasse, préparer des plats à mes enfants, les câliner, les embrasser avant de les coucher, les emmener à l'école, faire des batailles de boules de neige dans notre jardin, leur tenir la main et les accompagner sur le chemin de l'existence.

Je veux voir l'émeraude du regard d'Arthur chaque jour, m'endormir contre lui, sentir son bras autour de ma taille et son souffle sur ma nuque. Je veux sourire devant ses sourires, rire à l'unisson, même quand il se fout de ma paranoïa.

Je ne veux pas me perdre pour lui mais avec lui, être dans notre réalité aussi imparfaite soit-elle, apprécier les moments heureux et surmonter les jours difficiles.

Oui, c'est tout ce que je veux et bien plus encore.

J'entre dans le bar. André boit son café en ronchonnant sur les résultats du Tiercé. Mina, lunettes sur le nez, est plongée dans son livre.

Quelques inconnus sont attablés devant diverses boissons. M. Kergoat est devant la baie vitrée, les

yeux rivés sur les marins. Et mon colosse, derrière son comptoir, tout sourire, discute avec un couple. Il s'extasie sur notre magnifique région, s'exclame que rien ne le fera jamais quitter son patelin. Pourquoi aller ailleurs quand, tout ce qu'on aime, se trouve sous nos yeux ?
Je salue poliment tout le monde, lui sourit et fonce droit à la cuisine.
Tout est en place et propre. La vaisselle est rangée, l'évier impeccable. Mais elle n'est pas là.
Je fais demi-tour, me renseigne sur l'endroit où elle peut se trouver.

    — Appelle la, dit Arthur.

Logique. Je sors pour être tranquille.
Adossée au mur, un pied posé contre, je prends mon portable et lui téléphone. Elle décroche au bout de deux sonneries.

    — Salut. Ça va ?
    — Oui et toi ?
    — Oui. Tu es dispo maintenant ?
    — Heu... non, je suis partie avec une amie pour l'après-midi. Mais on peut se voir ce soir si tu passes au resto.
    — Demain je viendrais te filer un coup de main. Mon poignet va beaucoup mieux.

Je raccroche, soupire et maudit le monde entier.
Puis, je retourne à l'intérieur. Arthur dépose la bouteille de Coca que je lui commande sur le comptoir et reprend sa discussion avec le couple.
Je me pose face à Jacques Kergoat, qui semble surpris.

— Je rêvais d'avoir un voilier, lui dis-je. Mon père surtout, et je le suivais dans cette idée. On avait prévu d'aller faire un tour du monde culinaire. Vous le saviez ?
— Non.
— Je voulais apprendre tout ce que je pouvais, découvrir le monde entier et avoir mon restaurant. Mis à part le resto, je n'ai jamais fait le tour du monde.
— Il arrive qu'on ne fasse pas toujours ce qu'on veut, Aleyna.

J'avale une gorgée glacée, retient un rot discret et passe une main dans ma tignasse.

— Et vous ?

Ma question semble le surprendre. Il quitte le port des yeux et m'observe avant de déchirer le sachet de sucre et le verser dans son café au lait.

— Il y a quelque chose que vous vouliez faire et que vous n'avez pas fait ?
— Pourquoi cette question ?

Mon regard se promène sur les clients, sur Arthur, sur les cheveux de jais de Mina, sur les bateaux derrière la baie vitrée et finit sa course sur le polo gris du vieil homme qui me fait face.

— Je me demandais... si on a des regrets quand on ne réalise pas tous ses rêves. Ce qu'on peut ressentir quand on se lève un matin en se disant que tout aurait pu être différent si on avait suivi le chemin qu'on voulait au lieu de celui que les autres ont tracé pour nous.
— Beaucoup de regrets. C'est ce que j'ai

ressenti. L'important est d'être heureux malgré tout.
— Vous avez été heureux ? Plus jeune, je veux dire. Tout ce que vous avez fait vous a rendu heureux ?
— Tout, non. La vie serait trop simple s'il n'y avait que du bonheur. Il faut parfois des moments difficiles et s'écarter du chemin pour apprécier ce que l'on a.

Le couple a quitté l'établissement. Derrière son comptoir, Arthur ne perd pas une miette de notre conversation. Mina a levé le nez de son bouquin, m'observe les sourcils froncés.

— Qu'est-ce que vous auriez voulu faire, que vous n'avez jamais fait et que vous regrettez ?
— Je ne sais pas. Je ne reviens pas sur le passé.
— Je crois que vous avez une passion inavouée pour la mer, dis-je alors que son regard se perd de nouveau derrière la baie vitrée. Je crois que vous auriez voulu être marin.
— En effet, admet-il sans quitter des yeux les bateaux. Je ne sais pas où tu veux en arriver mais je vais te donner un conseil. Fais ce que tu veux tant que tu as le temps. Les regrets n'apportent rien d'autre que de l'amertume.
— Vous avez raison.

Je me lève, embrasse rapidement Arthur, souris à Mina et quitte précipitamment le Double A.

Cédric - le compagnon de Mina, souvenez-vous - est sur son petit chalutier, occupé à démailler les filets.
Je traverse la rue et vais le voir.
Une enceinte Bluetooth crache une chanson de rap -je fais une grimace qui le fait rire-, il baisse le son.
Ses cheveux bruns sont coupés très courts. Clope au bec, il relève ses yeux noisette vers moi, avant de décaler son visage pour éviter un rayon de soleil.

— Qu'est-ce qui t'amène ?
— Tu prends des apprentis ?
— T'as plus l'âge, plaisante-t-il.
— Ton futur apprenti non plus, réponds-je en prenant place sur le bord du chalutier.
— Arthur déteste la flotte.

L'odeur de poisson, incrustée dans la coque, me donne la nausée et la vue du sang sur un reste d'eau au sol est sur le point de m'achever.

— Il faudrait l'assommer pour qu'il vienne à bord.

Cédric crache sa fumée et rit.

— Alors qui ?
— Monsieur Kergoat. Il rêvait d'être marin. Tu pourrais lui offrir cette opportunité une journée ?

Il hésite. Jacques Kergoat tient à peine sur ses jambes, toujours appuyé sur sa canne. La mer, c'est pas un jeu. Elle est imprévisible. Mais il finit par accepter, à condition qu'il y ait une troisième personne.

Évidemment, je propose Arthur. Je ne le veux pas dans les pattes pour faire ce que je dois faire.
Je ne peux pas prendre le risque qu'il débarque quand je serais avec Loane.

— Demain à six heures.
— Tu ne pars pas plus tôt d'habitude ?
— Je vais me coltiner ton sauvage qui sera de mauvaise humeur, alors je partirais plus tard.

Je ris en quittant le bord et revient au Double A. Encore.

— Vous embarquez demain matin à six heures avec Cédric, dis-je à M. Kergoat. Il n'est jamais trop tard pour devenir marin, même si ce n'est qu'une journée.

Son visage s'illumine d'un large sourire. Il me remercie, prend ma main dans la sienne et l'embrasse.

— Tu es un ange, Aleyna.

Je lui souris et me tourne vers Arthur.

— Et toi, tu vas avec eux.
— Hors de question !
— J'ai dit à Cédric que tu es d'accord. Ne lui fais pas faux bond.
— Va lui dire non. Je ne monte pas sur ce machin !
— Arthur...

M. Kergoat lui envoie un regard presque suppliant et un petit sourire.

Arthur soupire et balance un torchon sur le comptoir.

— Une seule fois !
— Merci, mon chéri. Je m'occupe de faire tourner la boutique avec Clara.

♦

Après l'école, Tante Louise s'est chargée des devoirs de Joy et Éden tandis que nous étions sur mon perron, Héloïse, Clara et moi. Ma tante ne dit rien mais elle sent que quelque chose se trame. Son regard ne ment pas.
C'est ainsi que nous avons convenu de nous retrouver toutes demain matin avec Loane. J'irai en cuisine avec elle. Clara derrière le comptoir. Et Héloïse comme cliente.
Il faut que j'aie une bonne discussion avec Loane, pour avoir sa version et la convaincre de tout avouer à Arthur.

Il fait nuit noire quand il passe la porte de la salle de bain et se faufile sous l'eau tiède en ma compagnie.
 — Éden s'est endormie tôt, dis-je en lui passant la poire de douche.
Il émet un grognement, passe le jet sur son corps et le raccroche.
 — Tu es contrarié.
Ce n'est pas une question. Je le connais assez pour savoir quand il l'est et j'ai tout fait pour qu'il le soit en lui imposant une sortie en mer. Mais je n'ai pas le choix. Enfin, si, je l'ai. Je ne fais pas le meilleur mais je vais l'assumer.

— Je ne sais pas ce que tu mijotes mais je suis certain que c'est encore une connerie.

— Pas du tout. J'ai pensé que Jacques serait ravi de cette sortie.

— Et tu étais obligée de proposer ma présence ?

Il ne me laisse pas le temps de lui donner son gel douche et le prend brusquement.

— Cédric a demandé un accompagnant pour plus de sécurité.

— T'avais qu'à y aller. C'est toi l'amoureuse de la flotte.

— J'ai envie de reprendre le travail avec Loane.

— Et tu n'as aucune idée derrière la tête.

Je frotte ma tignasse et la rince avant de répondre.

— Non, aucune. Tu me connais assez.

— C'est précisément parce que je te connais que je sais que tu as encore une idée à la con.

— Eh bien tu me connais mal, répliqué-je d'un ton sec. Je vais juste travailler et toi, dis-je d'un ton plus calme, tu vas aller profiter d'une petite sortie entre hommes et tu pourras me dire merci plus tard.

— Que dalle, souffle-t-il près de mon visage. Je suis fâché après toi.

— Je peux me faire pardonner, murmuré-je.

Je lui envoie mon plus beau sourire charmeur. Il soupire, lève les yeux au ciel et finit par m'embrasser sous l'eau.

Évidemment que j'ai encore une idée à la con et

que, s'il découvre exactement ce que je vais faire, il me fera la gueule. Peut-être même qu'il me criera dessus pour la troisième fois en moins de dix jours. Mais il comprendra quand il saura.

♦

Je me suis levée vingt minutes après le départ de mon homme, ai préparé Éden et l'ai déposée chez ma tante avant de récupérer mes deux complices.
Préparer un mauvais coup avec Héloïse ! Il faut le voir pour le croire !
Nous nous sommes rendues au Double A en nous répétant le rôle de chacune.
Loane est arrivée en même temps que nous, a jeté un coup d'œil méfiant à Clara et détaillé Héloïse du regard avant de m'adresser un « bonjour » enjoué.

Nous sommes toutes les deux parties en cuisine et avons commencé à préparer les mousses au chocolat tout en discutant de la semaine écoulée.
Dans le bar, les deux autres papotent de je-ne-sais-quoi mais je m'en moque.
Les heures passent, les clients défilent.
Il est près de 11h15 quand je me décide à lui parler de sa relation avec Clara.
   — Tu ne l'apprécies pas ?
   — Je ne dirais pas ça. Mais elle est spéciale.
   — En quoi ?
Elle met un plat au frigo et le claque avant de me répondre :

— Elle n'est pas faite pour ce boulot, c'est un boulet en cuisine. Je ne sais pas pourquoi tu me l'a mise dans les pattes.

— Elle est ma meilleure amie.

— Coup de piston alors, sourit-elle. Je comprends. Mais elle est quand même un peu envahissante.

— C'est un amour.

— C'est une plaie, grogne-t-elle. Et intrusive en plus. Elle débarque et déjà elle veut tout connaître de ma vie, d'où je viens et j'en passe. J'ai horreur de ça.

J'esquisse un sourire.

Vraiment pas discrète ! Elle aurait dû lui dire directement pourquoi elle était là.

— Elle avait juste envie de faire connaissance.

— Pas moi. J'aime qu'on me laisse dans mon coin.

— Moi aussi. Sylviane Claudel aussi ?

Elle lâche un pichet d'eau et se décompose. Son regard me fuit.

— Connais pas, souffle-t-elle.

— Elle t'a demandé des renseignements sur Arthur.

Elle déglutit bruyamment, recule contre l'évier quand je lui fais face. Je pose le couteau que je tiens. Inutile de l'effrayer. Je ne vais pas la tuer quand même !

— Tu ne connais toujours pas ?

Elle secoue la tête.

— Bien. Pourtant, tu connais sa fille. Sarah,

c'est ça ?
Une fois de plus, elle nie.
— Je vais te rafraîchir la mémoire, dis-je en prenant les documents dans mon sac à main.
Elle garde le silence, les yeux rivés sur le carrelage au sol.
— Ta mère se nomme Carole Claudel et ton père, Jean Demongeot. Exact ?
Elle hoche la tête.
— Les parents de Sarah sont Sylviane et Pierre Claudel. Donc son père est le frère de ta mère. Ton oncle, quoi. Par conséquent, Sarah est ta cousine. Vrai ?
De nouveau, elle hoche la tête affirmativement.
— Tu ne connais pas ta tante, ni ta cousine ?
Elle garde le silence, se mord la lèvre inférieure.
De l'autre côté des portes battantes, j'entends la voix enjouée de M. Kergoat et celle, plus taciturne, d'Arthur.
Merde, ils sont revenus beaucoup trop tôt !
Le voilà qui se dirige vers la cuisine. Héloïse se place devant la porte pour lui barrer la route.
— Pousse-toi de là, maugréé-t-il.
— Non.
— Pousse-toi ou je m'en charge.
— C'est une menace ? Parce que je n'ai pas peur.
Je les imagine face à face, l'une affichant un sourire narquois, l'autre en train de fulminer et se retenir de la dégager du passage.
Je me tourne vers Loane, qui n'en mène pas large.

— On a pas fini de discuter, nous deux !

Puis, j'ouvre les portes battantes et accueille mon homme avec un immense sourire.

— Laisse le passer, dis-je à Héloïse.
— Ne te mets plus jamais sur mon chemin, je serais moins sympa.
— Je suis terrifiée, se moque-t-elle avant de reprendre sa place.

Je me retiens de rire. Il est déjà de mauvaise humeur et sait qu'il ne se trame rien de bon.

Blanc comme un linge, il pénètre dans la cuisine, observe la pièce, demande à Loane si tout va bien. Elle répond par l'affirmative sans lever le nez des tomates qu'elle découpe.

— Je vais rentrer, je suis claqué.
— D'accord. T'es tout blanc. Ça va ?
— Non. Ne t'avise plus jamais de me faire ce coup là.
— Désolée. Mais c'était bien quand même ?
— Demande à Jacques. À ce soir.

Il m'embrasse rapidement, je me recule. Il pue le poisson et m'écœure.

Puis il disparaît.

J'attends qu'il soit sorti de l'établissement et fait face de nouveau à Loane.

— On en était où ? Ah oui Sylviane et Sarah.
— Je te dis que je ne les connais pas.
— Quand tu es venue postuler ici, tu étais accompagnée. Une brune, pas très grande, elle n'avait pas quitté ses lunettes de soleil, même quand vous étiez dans la salle. Ça te

revient ?
Elle soupire et hoche la tête.
— Où tu veux en venir ?
— Je lui avais demandé son prénom. Sarah, elle m'a dit.

Je la rejoins, tourne le dos à la porte et l'aide à épépiner les tomates qu'elle coupe en quatre.
Elle s'éloigne d'un pas, ne quitte pas le plan de travail des yeux.
— Tu es sa cousine, n'est-ce pas ?
— À Sarah ? Oui.
— Et Sarah est la demi-sœur d'Arthur..., soufflé-je. Il sait que sa mère a eu d'autres enfants mais on en parle pas.

Elle pose ses deux mains à plat sur le plan de travail, soupire et reprend son travail.
— Sarah, Melvin et Lucas ont découvert qu'ils avaient un frère il y a trois ans alors je suis venue en vacances avec Sarah pour le voir. On avait pas prévu de s'immiscer dans sa vie mais vous avez posé l'annonce. Ça tombait bien, c'est mon domaine. Alors j'ai postulé et j'ai été prise.
— Tu as renseigné Sarah ?
— Oui ! Elle avait envie de connaître son frère mais Sylviane a refusé. Quand elle a compris que j'étais ici, elle est venue me supplier de m'en aller. Elle disait qu'il y avait trop de malheurs dans ce village, qu'il fallait fuir avant que ça ne tourne mal. Mais Sarah m'a convaincue de rester et, pour être honnête, je

me sens bien ici.

Je dépose les tomates dans les assiettes, les assaisonne et...

Arthur se tient derrière nous, contre les portes battantes. Bras croisés, le regard dur, les lèvres pincées, il nous dévisage froidement. Je ne l'ai même pas entendu revenir !

Le silence tombe sur la pièce. Ce qui se passe de l'autre côté semble si loin.

— Je peux t'expliquer...

Loane avance d'un pas vers lui mais se ravise.

— J'en ai assez entendu. Je savais que tu avais une idée derrière la tête, me dit-il. Héloïse et toi dans le même coup, faut pas me prendre pour un con.

— Tu m'en veux d'avoir voulu savoir la vérité ? Mais tu ne lui en veux pas d'avoir menti ?

Il passe une main sur son visage, soupire bruyamment.

— Tu aurais dû m'en parler.

— J'ai essayé et tu as dit que je suis parano.

— Finissez de bosser. On ferme ce soir.

— On a des réservations, réplique Loane.

Il lui lance un regard noir.

— Je vais les annuler.

— Ça ne se fait pas ! m'exclame-je.

Il ne me répond pas, m'observe de la tête aux pieds et s'en va.

Je le suis du regard lorsqu'il se dirige derrière le comptoir avant d'aller dire un mot à Héloïse. Cette dernière hausse un sourcil, se lève et le suit dans le

couloir qui mène au bureau.
— J'vais perdre mon boulot par ta faute, s'exclame Loane.
— Ma faute ? Je vais perdre mon homme par la tienne !
— Vous êtes responsables toutes les deux, réplique M. Kergoat en passant la porte. J'ai entendu une partie de leur conversation avant qu'ils n'aillent dans le bureau. Et je suis venu te remercier. J'ai passé un moment exceptionnel.
— Y a pas de quoi, dis-je en retournant à mes assiettes.
— Tu sais comment il est. Les secrets, les cachotteries... Faut le comprendre, ma grande.

Je ne réponds pas, me contente de hocher la tête. Mais je m'en moque, j'ai fait ce qui me semblait juste. J'ai encore en mémoire sa réaction au cimetière quand je discutais avec sa mère. J'aurai dû lui dire à quel moment ? Sous la douche ? Entre deux galipettes torrides ? Au repas du soir ? Ou après lui avoir dit que je suis enceinte ?

Je vais l'achever quand il va savoir ça après que je le lui ai caché.

Cette foutue habitude de ne rien dire, de tout garder pour soi.

Tante Louise a raison quand elle affirme que garder le silence est ce que nous savons faire de mieux dans la famille.

M. Kergoat nous a laissées, il ne mangera pas sur

place aujourd'hui. La sortie l'a épuisé.

Finalement, le service s'est écoulé sans plus aucun incident. Je n'ai pas revu Héloïse après son entretien avec Arthur. Quant à lui, il n'est sorti du bureau que pour fermer le double A, tout en nous ignorant royalement.

Ne sachant pas si nous devions partir ou pas, nous avons pris place à une table, un verre jus de fruits chacune.
La radio s'est éteinte. Le silence est lourd. Arthur ne bouge pas de son bureau. Aucune de nous deux n'adresse la parole à l'autre.
Les chaises ont été posées sur les tables, la serpillière passée. Pourtant, je cherche une tâche invisible qui me donnerait une raison de m'occuper les mains et, accessoirement, l'esprit.
Au lieu de ça, je suis en train de compter les carreaux du sol. Après avoir compté le nombre de tables et de chaises, ou de bouteilles derrière le comptoir.
Arthur arrive d'un pas lourd, les yeux rivés sur une pile de feuilles.
Il reste un instant figé en nous voyant, soupire et prend la chaise à côté de la mienne. Pour autant, il continue sa lecture comme si nous n'existons pas.
Incrédules, on se lance un coup d'œil. J'esquisse une grimace lorsque je constate qu'il a en main le double des documents imprimés hier.
Ainsi Héloïse lui a fourni tout ce que nous avons découvert.

— Tu comptais me le dire un jour ?

Silence. Je ne sais pas s'il s'adresse à Loane ou à moi. Mais il lève les yeux vers elle et l'observe.

— Oui. Mais j'attendais le bon moment.

Il hoche la tête en silence d'un air entendu, puis retourne à sa lecture.

Mon regard se promène sur son tee-shirt blanc. Je devine ses muscles et je vois - dans ma tête - les nombreuses cicatrices qui parcourent son corps.

Je me demande si c'est le bon moment pour lui dire que je suis enceinte mais je me ravise quand il pose le paquet de feuilles brusquement sur la table.

— Où est-elle ?

Loane hausse un sourcil, me questionne du regard mais je n'en sais pas plus qu'elle.

— Sarah. Où est-ce qu'elle se planque ?

— À Dunkerque.

— Je pensais qu'elle était dans le coin en même temps que Sylviane.

C'est la première fois que je l'entends prononcer son prénom. D'ordinaire il n'en parle pas. Une seule fois, il l'a évoquée avec M. Kergoat en l'appelant « l'autre ».

— En fait, ta mère...

— Sylviane, la coupe-t-il.

Elle déglutit et reprend :

— Elle est venue seule. Sarah est restée chez elle pour ses études.

— Quoi comme études ?

Surprise, je hausse un sourcil et ouvre la bouche mais je me ravise. Savoir quelles études fait Sarah

n'est pas ma priorité. Il me semble que savoir si Sylviane est toujours dans le coin est plus important.
Son regard émeraude ne quitte pas Loane. Je n'aimerais pas être à sa place en ce moment vu comme il la dévisage. Quoi que ma place n'est pas plus enviable vu qu'il va falloir avoir une discussion plus tard.

— En commerce international.

Il se dirige vers l'entrée, ouvre la porte, allume une cigarette et en tire une longue bouffée avant de nous faire face de nouveau.

— Appelle la.

Interloquées, aucune de nous deux ne bronche.

— Avec ton téléphone, insiste-t-il comme si nous étions deux idiotes.

Loane attrape son portable dont la coque est couverte de fleurs bleues, fait défiler une liste et clique sur le nom de Sarah.
Sa voix enjouée se fait entendre à la troisième sonnerie. Arthur lui demande de mettre le haut-parleur, ce qu'elle fait de suite.

— Alors quoi de neuf aujourd'hui ?

Son accent me fait sourire. Loane va répondre mais Arthur le fait avant elle.

— Ta cousine a été démasquée.

Un cri s'échappe. Suivi d'un long silence.

— T'es toujours là ?

Loane s'inquiète.

— Oui... Arthur ?

— Lui-même, répond-il. Je crois qu'on a des

choses à se dire, non ?

Elle grogne une vague réponse inintelligible, ça semble suffire à mon colosse. Aussi surprenant que ça puisse paraître, il lui propose de noter son numéro et de se rappeler d'ici quelques minutes.

Le temps que les deux espionnes en carton s'en aillent, qu'il lui dit.

Elle a ri mais pas nous. Après avoir bougonné et tenté, en vain, de négocier notre présence, il a rendu son portable à Loane, qui est partie sans demander son reste, et est allé s'installer dans son bureau.

J'ai rangé les dernières chaises sur les tables, me suis rendue au bureau pour prendre mon sac à main.

Littéralement vautré dans le fauteuil, ses jambes sont allongées sur le bureau en bois. Les yeux fermés, les mains croisées sous la nuque, je le dévisage et souris.

— Si tu as d'autres choses à me dire, c'est le moment.

Je m'appuie contre l'encadrement de la porte, glisse la main dans mon sac, prête à dégainer l'échographie.

— J'ai autre chose à te dire.

Son portable vibre. Il se redresse et se prépare à décrocher.

— Tu me le diras tout à l'heure ?
— Ouais. Je t'aime, tu sais.
— Moi aussi, dit-il en m'envoyant un clin d'œil et un sourire.

La pression retombe d'un coup. Il décroche et je n'existe plus.
Je ferme la porte, quitte l'établissement.

Le soleil se couche à l'horizon. Le ciel est teinté d'orange et de rose. Quelques nuages le traversent lentement. Les plaisanciers dînent sur leurs embarcations et les rues sont pleines de monde.
Du regard, je cherche la présence de Loane mais elle a disparu depuis un moment.
Comme elle, je crois que je vais éviter de traîner. Certes mon ours semble s'être radouci avant que je ne ferme la porte mais on ne sait jamais. Si Sarah le contrarie, je sais que la dernière des nouvelles à lui annoncer va tomber à l'eau.

À peine arrivée à la maison, je récupère Éden chez ma tante, la fait vite aller au salon et sort tous les colis reçus au cours de la semaine. Chez Mina évidemment. Elle n'a pas posé de questions. C'est mina quoi. Toujours discrète et prête à rendre service sans savoir de quoi il retourne. Un jour, elle va finir en garde à vue si elle continue comme ça !
Si j'avais tout fait livrer à la maison, Arthur aurait pu ouvrir les paquets.

— On ne peut pas attendre dimanche, dis-je à ma gamine en attrapant le petit coffre en bois vert et marron.
— Pourquoi ?
— J'ai encore fait des bêtises.
— Avec Héloïse ? Tante Louise dit que vous

n'en loupez pas une, grimace-t-elle.
— C'est ça. Tu m'aides ?
Elle acquiesce, fourre les petits chaussons en laine dans la boite, y ajoute un bavoir sur lequel deux pandas se câlinent. Puis je prends une carte postale avec quatre ballons de baudruche dans un ciel clair et lui écrit un petit mot.

La vie nous réserve bien des surprises. La notre arrive bientôt.
P.S : C'est un petit gars.

Puis, je glisse l'échographie avec la carte dans le coffre et ferme le tout. Avant de l'empaqueter et le déposer sur sa table de nuit et d'envoyer Éden se coucher.

Je suis restée un long moment éveillée, à écouter le moindre bruit, à l'attendre. Mais il n'est pas rentré.
De toute la nuit.
Et ce n'est qu'au petit matin, alors que le réveil a sonné, que je me suis rendue compte de son absence. Et de la disparition du paquet cadeau !

♦

J'ai beau appeler sur le portable de mon homme, il ne répond pas. Au douzième appel, je laisse tomber. À ce rythme là, je deviens une harceleuse.
M'enfin, j'aimerais bien savoir où il a foutu le camp !
Pour commencer, Éden a avoué avoir repris le cadeau puisqu'il était encore sur la table de nuit

quand elle s'est levée au milieu de la nuit pour faire pipi. Ainsi, il ne sait toujours pas que Junior est là.

J'ai tenté de rassurer ma gamine qui s'inquiète de savoir pourquoi son père a découché mais elle a bien vu que je n'avais aucune excuse valable à lui donner.

Quand nous avons quitté la maison, je n'ai croisé personne. Ma voiture, garée à l'entrée de l'impasse, a été déplacée pour que celle d'Arthur puisse quitter l'allée.

D'habitude, les vieux sont de sortie. Anita Gourmelen planquée derrière ses fleurs chantonne à tue-tête des chansons d'amour. Comme moi, elle ne peut s'en passer.

Hubert Ronchon est constamment derrière sa fenêtre, attendant que je vienne récupérer sa monnaie pour prendre son pain. Et ma tante se tient souvent devant sa porte d'entrée pour embrasser Éden avant sa journée d'école.

Mais ce matin, l'impasse est vide. Il n'y a pas âme qui vive.

Rapidement, je dépose ma gamine à l'école.

Malo se tient devant le portail, mains croisées dans le dos, droit comme un I dans son pantalon en lin beige et son polo bleu marine. Il a coupé ses cheveux bruns et s'est rasé de près. Je soupçonne Alexia de lui avoir pris la tête. Elle déteste la repousse de sa barbe et le compare à une biscotte. Je souris en songeant qu'ils font un sacré couple. Tout comme Arthur et moi.

En parlant du loup...

Voilà qu'il n'est pas là lorsque j'arrive au Double A et

que je me retrouve devant un rideau de fer baissé.
Non mais il joue à quoi ? Il aurait pu me le dire qu'il n'allait pas se pointer au travail ! Quoi que je ne lui raconte pas tout et, ne sachant pas ce qu'ils se sont dit, Sarah et lui, je crois qu'il doit traverser une crise existentielle phénoménale.
À vouloir remuer le passé, j'ai fini par faire exploser le présent !
C'est malin, hein !

— Tu es en retard.
Jacques Kergoat arrive d'un pas lourd, appuyé sur sa canne, se plante à mes côtés.
— Il fait toujours les ouvertures, dis-je en fronçant les sourcils.
— Il avait autre chose à faire, je suppose.
Je me tourne vers lui. Le dos voûté, il m'observe et me sourit.
— Vous savez où il est, affirmé-je.
— Il va bien, si c'est ce qui t'inquiète.
Mais je ne m'étale pas sur le sujet. Si Arthur avait voulu que je sache, il me l'aurait dit. Ou alors il veut que je comprenne ce que ça fait d'être tenue à l'écart de la vie de celui que j'aime. Comme je le lui ai fait ces derniers jours.
Loane nous rejoint devant le rideau baissé. Elle se plante à ma droite et retire ses écouteurs.
— Il t'a virée ?
— Non. Il t'a quittée ?
— J'suis pas sûre. Il n'est pas rentré cette nuit. T'as eu des nouvelles de Sarah ?

Elle secoue la tête.

M. Kergoat nous fait remarquer qu'il va bien falloir décider si nous ouvrons ou nous campons sur le trottoir.

J'ouvre le rideau et chacun prend place. Mes espoirs de trouver mon colosse dans le bureau se sont envolés quand j'ai constaté que l'établissement est vide.

M. Kergoat s'est installé à sa table habituelle. Loane a rejoint la cuisine tandis que j'ai descendu les chaises et accueilli les habitués.

Mina est arrivée, lunettes sur le nez et robe rouge écarlate sur le dos. Je reconnais une robe d'Héloïse, constate qu'elle la porte à merveille et lui sers une noisette.

André a pris son café noir, a déplié le journal et commencé à ronchonner sur les dernières nouvelles.

D'autres sont entrés et la valse entre les tables a commencé.

Loane a géré la cuisine seule tout au long de la journée. Arthur n'a pas pointé le bout de son nez une seule seconde.

J'ai passé mon temps à vérifier mon portable, l'éteindre et le rallumer, au cas où j'aurai raté un texto. Mais rien. Silence radio. Il n'a pas répondu aux miens. Une bonne quinzaine, je crois.

Maintenant, je comprends son inquiétude quand je suis partie en vrille et que je me suis éloignée de lui.

Clara a pris ma relève au bar en fin de journée, j'ai

pu m'occuper d'Éden. Et Loane a continué à s'occuper de la cuisine.

Assise sur la chaise longue dans le jardin, écouteur dans une oreille, Ycare me berce encore avec ses chansons d'amour. De l'autre, je guette le moindre bruit dans la maison. Éden s'est endormie depuis un long moment.
La nuit est tombée, le ciel est clair, parsemé d'étoiles. Demain, il fera beau.
Mais Arthur n'est toujours pas là et je commence sérieusement à m'inquiéter. Je devrais peut-être appeler la police, prévenir de sa disparition. Jacques Kergoat a beau affirmer qu'il va bien, je n'en ai pas la preuve.
Chocolat se lève subitement, remue la queue, part saluer quelqu'un et revient se poser à mes pieds.
Le quelqu'un en question est mon colosse. Sans un mot, il retire son tee-shirt, fait sauter ses baskets et se glisse derrière moi avant de m'entourer de ses bras.

— J'ai compris, tu sais, murmuré-je alors qu'il dépose un baiser dans mes cheveux.
— Quoi donc ?
— Ce que ça fait de s'inquiéter quand tu disparais.
— J'ai eu besoin de réfléchir, comme toi.
— Mouais. Bah j'aime pas que tu le fasses sans moi.

Il retient un rire, me serre un peu plus fort.

— Tu veux qu'on en parle ?

Il soupire, allume une cigarette.
— Pas ce soir.
— Il me restait une chose à te dire...
— Laisse tomber. Jusqu'à dimanche soir je ne veux plus rien savoir.
— Y a quoi de spécial dimanche soir ?
— Rien. Mais je veux qu'on finisse la semaine sans prise de tête.

Je pose mon dos contre son torse, réprime une envie de vomir tant l'odeur du tabac devient insupportable. Je ferme les yeux et apprécie l'instant malgré tout.

Beaucoup ne comprennent pas notre couple, notre manière de fonctionner. Certains ont besoin de se réfugier dans les bras de leur moitié lorsqu'une difficulté se présente. Pas nous. Au contraire, nous avons besoin de fuir la sécurité des bras de l'autre pour mieux affronter la réalité. Ensuite seulement nous nous retrouvons. Il est possible que ça ne fonctionne pas toujours comme ça et qu'un jour viendra où nous aurons besoin d'affronter la vie à deux, main dans la main. Pour le moment, ce n'est pas le cas. Tant qu'il me revient, tant que je lui reviens, tout va bien.

Un peu plus tard dans la soirée, alors que je somnolais contre lui et qu'il s'est mis à ronfler bruyamment, je l'ai réveillé et nous sommes allés nous coucher.
Enfin il s'est jeté à plat ventre sur le lit, a attendu que je lui gratte le dos mais s'est endormi avant que

je n'ai fini de passer mon pyjama en sortant de la douche.
Je contourne le lit, entrebâille le volet pour laisser entrer l'air et me faufile sous la couverture. J'essaie de pousser son bras mais il émet un grognement et se décale de lui-même.
La tête sur mon oreiller, les yeux rivés sur le plafond jauni, je me dis qu'un coup de propre ne serait pas de trop. Et je songe à la maison des Marronniers, à ce que Malo y prépare pour ce week-end, à Mina et Cédric qui vont y emménager et à Gérard Blanc qui n'y chantera plus son autre histoire alors que nous sommes sur le point d'en écrire une nouvelle tous ensemble.

Dimanche, ce sera la fête des mères.
Je n'aurai pas la mienne, comme tous les ans depuis... toujours en fait. Autrefois, j'offrais le cadeau que nous fabriquions à l'école à maman. Elle le rangeait sans vraiment le regarder, me disait merci, déposait un baiser rapide sur mes cheveux et je devais retourner jouer dans le jardin. En cachette, j'en faisais un autre pour Tante Louise. Je savais qu'elle était gênée mais elle l'acceptait, m'embrassait, me serrait fort contre son cœur et exposait ma merveille dans son salon.
Avec les années, sa bibliothèque s'est remplie de rouleaux de papier WC peints, de boites décorées de pâtes, de colliers en perle de papier et d'un tas d'autres bric-à-brac inutiles et hideux. Mais elle les chérissait tous et riait chaque fois que je grimaçais devant mes horreurs faites avec amour.

Tout cet amour qui me manquait cruellement.

Papa essayait de compenser mais, même si je lui montrais qu'il réussissait sa mission, il ne pouvait pas aimer pour deux.

Héloïse n'aura pas la sienne non plus. Elle qui vit cette nouvelle absence comme une délivrance. Au moment même où elle apprend son rôle de mère. Peut-être devrais-je inviter son père à nous rejoindre ? Serait-ce malvenu de ma part ? Il a élevé et aimé la fille illégitime de mon père. Le mien, qui n'a eu que le rôle de géniteur pour elle.

M. Ackermann est son père, le seul et unique.

Les parents de Mina ne seront pas présents non plus. Ils ne peuvent revenir d'Inde. *L'année prochaine*, a dit Mina mais sans grande conviction.

Éden n'aura pas la sienne. Le matin, il est prévu d'aller rendre visite à Colline. Ma gamine a préparé un cadeau pour moi, comme je le faisais pour ma tante. Ma deuxième maman. Et voilà qu'elle attend que je sois la sienne, sa deuxième maman.

Ceux d'Alexia et Malo ont prévu de les voir le soir, ce qui leur permet d'être avec nous à midi.

Quant à Arthur, il est inutile de s'étaler sur le sujet. Tante Louise est ce qui se rapproche le plus d'une mère. J'avais envisagé de tenter une réconciliation entre Sylviane et lui mais sa réaction au cimetière m'en a dissuadée.

21

Lassée et épuisée, je veux juste rester dans mon lit, en étoile de mer, et ne plus me lever. Si mon corps me dit que je suis une larve, croyez bien qu'une gamine de huit ans me rappelle qu'il n'en est rien. Elle a beau se servir son petit dej' seule, savoir se préparer et vérifier son sac d'école, elle aime que je sois aux petits soins et surtout, surtout, elle aime blablater dès le réveil.

En général, je la laisse parler, je grogne un oui ou non par ci, par là et, quand j'ai enfin avalé mon café et pris ma douche, je papote avec elle.

Pourtant ces derniers jours, je n'ai écouté que la moitié et retenu que le quart, ou la moitié du tiers du quart. Enfin, je n'ai presque rien retenu quoi.

Quand je l'ai vue débouler avec une jupe tutu rouge et noire, des leggings noirs et un tee-shirt déchiré, un haut-de-forme et ma trousse à maquillage dans les mains, j'ai réalisé que j'aurai dû l'écouter.

— C'est l'anniversaire de Chloé, m'explique-t-elle face à mon air ahuri. On doit se déguiser.

L'anniversaire de Chloé ? Mais oui ! Un mois que je suis au courant. Il était prévu que je l'aide à fabriquer son costume ! Et qu'on aille acheter un cadeau !

— Oh ! J'ai complètement oublié, pardon. On va vite aller acheter son cadeau.
— C'est pas la peine, j'y suis allée avec Louise et Anita.

— Tu aurais dû me le rappeler. Je suis vraiment désolée.

— Je l'ai fait, dit-elle en vidant la trousse sur la table basse. Mais tu pensais tout le temps...

Elle observe autour d'elle et chuchote :

— ... au bébé.

Elle m'envoie un sourire contrit, pose ses fesses sur la table basse et attend que je la maquille.

Je reste un instant à l'observer et réalise qu'en voulant absolument tirer un trait sur tout ce qui me rongeait, j'ai fini par la mettre de côté. Involontairement, ça va de soi. J'attrape ses petites mains, y dépose un baiser.

— Je suis vraiment, vraiment désolée, ma chérie. Je ne voulais pas te faire de peine.

Elle hausse les épaules. Des larmes s'échappent, roulent sur ses joues.

— J'ai cru que tu ne m'aimais plus, Nana !

— Non ! Je t'aime tant.

— Je t'ai demandé si tu voulais être ma deuxième maman et t'as pas répondu. Et tu m'as pas écoutée, et tu me laissais avec Louise et comme tu vas avoir un bébé...

Je l'attire à moi, la serre fort dans mes bras, l'embrasse sur la joue et, d'un doigt, sèche ses larmes.

— Regarde-moi.

Elle lève ses yeux émeraude vers moi, sa main serre la mienne.

— Tu es ma fille, Éden. Ma fille de cœur si tu veux, mais quand je parle de toi, je dis ma

fille. Je t'aime, je t'aimerai toujours. Même s'il y a un bébé. Nous sommes une famille.
— Je t'aime aussi, Nana.
Un gros câlin plus tard, tout va mieux et j'attaque le maquillage de ma mini rock star, avant de la déposer chez Chloé trente minutes plus tard.

Chocolat au bout de la laisse, je me balade près du parc, admire le paysage dont je ne me lasse plus, laisse la douceur printanière de l'air chatouiller mon visage.
Je lâche le chien, lui envoie sa balle une dizaine de fois avant qu'il ne la laisse de côté pour mâchouiller un bâton.
Mon portable sonne. Clara bougonne sur le fait que je les ai oubliées, Héloïse et elle, et qu'il serait bien que je bouge mes fesses pour qu'on aille faire les courses. Le frigo des Marronniers ne va pas se remplir seul et Malo et Mina leur ont laissé une enveloppe avec leurs participations.

D'un sifflement, je rappelle Chocolat et retourne à la maison. Pour une fois, je ne suis pas en train de compter. Mais il n'empêche que mes pensées sont dirigées vers Arthur et Sarah.
En ce qui la concerne, j'avoue avoir interrogé Loane par texto. Qui m'a affirmé ne pas en savoir plus que moi. Sarah a choisi de se murer dans le silence, arguant que ce qui se dit entre un frère et une sœur doit rester entre eux. Tout ce que je sais, c'est que Sarah a vingt-deux ans. Melvin, vingt ans. Et Lucas, quatorze.

Et Arthur, c'est Arthur quoi. Il ne parle de rien sauf si l'envie lui prend. On s'y fait ou pas mais il ne change pas sa façon d'être. Il ne me reste plus qu'à attendre qu'il veuille bien s'étaler sur le sujet.
La prochaine fois que ma paranoïa se réveille, je l'assomme !

— T'as laissé ton cerveau sur l'oreiller ou quoi ?
Elles sont assises sur ma voiture et Clara n'en peut visiblement plus de m'attendre.
— Et le tien dans une pochette surprise ?
— Vous me fatiguez déjà, grommelle Héloïse.
Je prends le volant, Clara se glisse sur le siège passager et Héloïse sur la banquette arrière.
— Où est Joy ?
— Elle a voulu rester avec Louise. On y va ?
Elles ont bien essayé de poser des questions mais j'ai monté le son du poste et elles ont vite changé de conversation.
J'ai tendu l'oreille comme j'ai pu et ai entendu les mots « pourriture », « Juan », « salaud », « mieux ici ».
Nous avons fait les courses rapidement et sommes revenues au village tout aussi vite.

En fin de matinée, arrivées aux Marronniers, Malo nous accueille avec un large sourire et retourne à la cuisine, les bras chargés de cabas, suivi par Clara.
— Tu peux inviter ton père si tu veux.
— Hein ?
— Demain. Si tu veux que ton père soit là, invite

le.
Son visage s'éclaire d'un sourire.
— Je vais lui proposer, merci.
Les derniers cabas dans les mains, nous rejoignons les deux autres dans la cuisine, occupés à parler bébé.
— On fait quoi maintenant ? demandé-je avant de me jeter sur une chaise tant mon dos me fait mal.
— Tu te sens de faire le buffet ?
Malo m'observe de la tête aux pieds.
— Pourquoi je ne me sentirais pas ?
— T'as une sale gueule, lâche-t-il. Si tu allais bien, tu serais au resto.
Les filles répriment un fou rire et s'en vont dans le jardin.
— T'as vu la tienne ? Je vais bien. Juste fatiguée.
— Va voir le médecin.
— Je n'ai pas attendu, c'est fait. C'est juste un coup de fatigue passager. On le fait ton buffet ?
— Tu le fais, oui. La météo prévoit du soleil pour demain, je vais m'occuper du jardin. Héloïse !
Il sort et me laisse en plan tandis que je sors de quoi préparer une salade nordique. Clara revient, propose son aide.
— Il a embauché Héloïse pour faire le jardin.
J'imagine la tête de la poupée blonde aux cheveux parfaitement lissés quand elle a compris qu'elle allait devoir se salir les mains et je ris avec Clara.

— Qu'est-ce que je peux faire ?
— Farcis les tomates cerises.
— T'es sérieuse ?

J'acquiesce et lui explique la recette. Rien de plus simple, en fait. Mais Clara n'a jamais partagé ma passion pour la cuisine. Alors, pendant qu'elle reste le cul posé sur sa chaise à éplucher les carottes, je prépare la mayonnaise, écrase le thon, presse un citron et hache grossièrement le persil et le basilic frais.

L'enceinte d'Héloïse diffuse sa playlist habituelle. Je préférerai la changer pour y entendre mes éternelles chansons d'amour.

Quand tout est mélangé, elle vide les tomates cerises et les garnit avant de les ranger au frigo.

— T'as eu des nouvelles de Juan ?
— Héloïse, t'avais raison, crie-t-elle vers l'extérieur. Elle a parié que tu n'écoutais rien.
— Qu'est-ce qu'elle a gagné ?
— Un verre au Double A dans la semaine. Et oui, j'ai eu des nouvelles de Juan. Il ne veut toujours rien entendre et a menacé de changer de numéro de téléphone si je continue à l'appeler.
— Le connard.

L'insulte m'a échappée mais il la mérite !

— J'ai été obligée de prévenir Rudy que je ne vais pas revenir, ça ne l'a pas plus perturbé que ça, souffle-t-elle. Faut croire qu'il préfère son pote à sa cousine.

Mon cœur se serre pour elle et, même si je sais

qu'elle sera bien chez ma tante, je ne peux m'empêcher de me dire qu'elle mérite vraiment mieux que cette situation.

— Il a dit qu'il ne compte pas reconnaître le bébé et qu'il ne veut pas savoir quoi que ce soit. Bref, je vais avoir mon enfant toute seule. Ça arrive à des millions de femmes après tout.

Je hoche la tête en silence, ne sachant quoi répondre.

— T'as des idées de prénom, toi ?

Elle a chuchoté tout en vérifiant que Malo ne se pointe pas.

— Non, admets-je. Je n'y ai pas pensé. J'attends de voir ça avec Arthur. Quand il le saura.

— Tu ne lui as toujours pas dit ?

— J'ai pas trouvé le bon moment. Y a eu mon bordel et ensuite Loane. Il n'est pas rentré de la nuit l'autre jour donc pas vu la surprise qu'on avait préparé. Et hier soir, il n'a rien voulu entendre. Il ne veut rien savoir jusqu'à demain soir.

— Pourquoi demain soir ?

— Il ne veut plus de prise de tête jusqu'à ce que la fête des mères soit passée. Alors je lui dirais demain soir et ce sera réglé.

Elle hoche la tête avant d'aller chercher une bouteille d'eau au frigo. Et nous continuons à discuter en préparant le repas.

En fin de journée, Malo et Héloïse ont fini de débroussailler le jardin. Les carreaux de la terrasse sont redevenus clairs. Et la tonnelle a été montée au milieu du jardin. Même le gros barbecue a été astiqué de fond en comble.
Puis, après avoir bu un verre et discuté pendant un long moment, chacun de nous est rentré. Malo chez lui. Héloïse et Clara chez ma tante. Moi, chez moi, après avoir retrouvé ma gamine chez Chloé.

♦

Dans la maison, tout est calme. La télé diffuse un dessin animé sans le son tandis que ma gamine fabrique des bracelets en perle. Chocolat ronfle dans son panier, les quatre pattes en l'air.
Étant de plus en plus écœurée par les odeurs alimentaires, j'ai décidé que nous nous contenterons de sandwichs pour ce soir. Pain de mie, mayonnaise, laitue, jambon et emmental en tranche. Comme elle aime.

Chacune de nous a pris sa douche, enfilé un pyjama et nous nous sommes installées dans le canapé devant La Reine des Neiges.
J'ai bien dû le voir deux cent fois depuis que j'habite ici. J'en connais les dialogues et les chansons sur le bout des doigts. Mais je ne me lasse pas de le regarder avec elle. Sa tête posée contre mon bras, sa main dans la mienne.
Je réalise la chance que j'ai de pouvoir partager son quotidien, de la voir grandir, d'entendre ses

piaillements dès le réveil, de pouvoir tenir sa main et tresser ses cheveux.

— Tu as déjà pensé au prénom du bébé ?

Elle grogne un « oui », se colle un peu plus contre moi.

— Quel prénom tu préfères ?

— Aaron ou Maël.

L'espace d'un instant, je ferme les yeux. J'imagine un petit garçon aux yeux émeraude courir dans mon jardin, se goinfrer de cookies au chocolat, rire aux éclats, faire du vélo avec sa grande sœur, sauter sur les genoux de son papa, cuisiner avec moi.

Quand je les ouvre, Arthur se déchausse dans l'entrée, me sourit et prend Éden, endormie, dans ses bras.

J'éteins la télé, les lumières et monte à sa suite, un sourire aux lèvres en songeant à ce petit être qui pousse lentement.

Quelques minutes plus tard, je sniffe l'odeur du gel douche de mon colosse et m'endors avant même d'avoir pu lui dire combien je l'aime.

♦

Dès le réveil, j'étais en pleine forme.

Après une longue douche en solitaire - j'ai laissé Arthur dormir autant que possible – j'ai enfilé une robe à motifs ethniques, un large ceinturon et des sandales compensées marrons. Malgré la chaleur, mes cheveux tombent sur mon dos et mes épaules.

Mais je glisse un chouchou autour de mon poignet. Au cas où. J'évite le parfum depuis que les odeurs me dérangent. Je me vois mal vomir parce que je m'incommode toute seule !
Puis j'ai réveillé ma gamine, lui ai préparé son petit déjeuner et l'ai laissée dans la cuisine. Le temps de réveiller Arthur en douceur.

Allongée près de lui, d'une main je caresse son dos, ses fesses et remonte le long de sa colonne vertébrale. Il ne bronche pas. Ma bouche contre son oreille, je lui murmure des mots d'amour, lui raconte ô combien je l'aime. Mes paroles deviennent un peu plus lubriques, murmurant tout ce que je meurs d'envie de lui faire, tout ce que je veux qu'il me fasse.

— T'as de la chance qu'Éden soit réveillée, grommelle-t-il, la tête dans son oreiller.
— C'est fou comme tu entends bien quand ça t'intéresse, me moqué-je en me relevant.

D'un geste rapide, il me rattrape et m'oblige à rester allongée contre lui. Sa bouche monte et descend sur mon cou, il me mordille le lobe de l'oreille, me fait frissonner. Il sait où sont mes points faibles, ceux qui me font fondre en une seconde.

— Tout m'intéresse avec toi.

Puis il m'embrasse et je le repousse en criant. Il rit aux éclats et revient à la charge mais je me dégage et me lève d'un bond.

— T'es dégueulasse ! Tu sais que je déteste ça au réveil !

— Fallait pas me titiller et ne rien me donner, se moque-t-il avant de disparaître dans la salle de bain.

Je ris et rejoins ma gamine au salon.

— Est-ce qu'on va lui dire maintenant ?
— Non. On va d'abord aller voir maman et passer la journée à l'autre maison. On lui dira ce soir.

Elle me sourit et grimpe à l'étage en courant.

Dans le salon, Guns N' Roses chante *Knockin' On Heaven's Door*. Je remets les coussins en place, plie le plaid princesse qui traîne sur le canapé, range la paperasse sortie ces derniers jours. Sur le buffet, les plantes grasses se marient avec les bibelots en tout genre.

J'y passe un rapide coup de chiffon et vais vider le lave-vaisselle et mettre une machine de linge à tourner.

Il a bien changé mon quotidien !

Il y a encore moins de trois ans, il se résumait à travailler dans un resto payé par mes soins et dont je n'étais pas propriétaire et à partager la vie d'Antoine alors que je n'étais pas amoureuse. Il aura fallu qu'il me demande en mariage pour que je le fuie. C'est ce que je fais toujours.

Malgré tout, j'en arrive presque à avoir envie d'épouser Arthur.

Ce n'est qu'un bout de papier et, comme pour une maison, il n'a que la valeur et l'histoire qu'on veut bien lui donner. Pourtant, je serai prête à le signer, ce bout de papier.

Je ne considère pas le mariage comme l'aboutissement de notre relation, ni comme la continuité normale mais comme un lien supplémentaire entre nous. Porter son nom devient une option envisageable.

Ma paranoïa se pointe à la vitesse grand V et me rappelle que le mariage, c'est ni plus, ni moins qu'une prison déguisée. Porter le nom d'un autre ne me fera pas plus l'aimer, ni moins. Et ne changera rien à ce quotidien bien rôdé que nous avons.

Ce n'est pas un vulgaire bout de papier qui va me dire comment l'aimer, le soutenir ou quoi que ce soit !

Il a passé un short en jean tombant aux genoux, ses baskets noires et une chemise assortie. Je souris de le voir faire cet effort alors que je sais qu'il n'aime pas en porter. Il est plutôt adepte du jean/baskets/tee-shirt noir ou blanc classique. Avec un sweat à capuche quand il fait froid.

Il me tend une main que je saisis et le suit au salon. De l'autre, il remet Guns N' Roses, balance la télécommande sur le canapé et m'enlace. Mes bras autour de son cou, je m'y accroche de toutes mes forces et danse avec lui. Il chante à mon oreille. Une douce odeur mentholée s'échappe de son souffle.

Éden dévale les escaliers en courant, se prend les pieds dans sa robe, se rattrape à la rambarde tant bien que mal, puis se plante dans l'encadrement de la porte et nous observe en souriant.

Je lui tends une main, elle nous rejoint. Et nous

dansons tous les trois, comme la famille imparfaite que nous sommes.
Quand la chanson touche à sa fin, on quitte la maison pour une visite des plus importantes.

— On se rejoint aux Marronniers, crié-je à ma tante quand elle pénètre dans le jardin de M. Ronchon.
— À tout à l'heure !

Elle entre sans frapper et ferme la porte derrière elle.
Arthur a pris place derrière le volant, Éden dans son siège avec un panier rempli de pots de fleurs et le cadeau pour Colline.
Je me glisse sur le siège passager, mets mes lunettes de soleil et monte le son du poste tandis qu'Arthur fait marche arrière.
C'est une belle journée qui s'annonce.

Sur le parking du cimetière, il y a quelques voitures. Les visiteurs entrent et sortent par le grand portail vert.
Éden saute de la voiture, prend le panier d'une main, la mienne de l'autre et m'envoie un sourire.
Arthur lui prend le panier et nous nous rendons tous les trois jusqu'à la tombe de Colline en premier.
Arthur ramasse les pots qui ont été cassés par l'orage des derniers jours. Éden replace les plaques funéraires tout en parlant à sa mère. Comme je le fais souvent.
Je reste à l'écart. J'ai la sensation d'être au bon endroit, au bon moment et pourtant d'être de trop,

de ne pas être à ma place.
— Nana !
Je me tourne vers ma gamine dont les cheveux bruns brillent au soleil et prends la main qu'elle me tend.
— Maman veut bien que tu sois ma deuxième maman, me dit-elle.

Arthur garde le silence, nous observe, un sourire au coin des lèvres.
— Merci, réponds-je à la photo de Colline. Je vais veiller sur ta fille, je te le promets. Je ferai tout pour qu'elle soit heureuse, tu sais.
— Elle le sait, me sourit ma gamine. Je lui dis tout le temps que je suis heureuse avec papa et toi.

J'embrasse ses cheveux, retient une larme. Putain d'hormones ! Oui, je mets ça sur leur dos même si elles n'y sont pour rien.
Une femme d'environ cinquante ans passe près de nous, les bras chargés de mimosa. L'odeur me monte au nez et je déguerpis vers le banc le plus proche avant de dégobiller au milieu de l'allée.
À l'ombre d'un platane, je reprends mon souffle et prie pour que mes nausées passent vite. De toute façon, ce soir, je n'aurai plus rien à cacher.
De là où je suis, je peux voir Arthur discuter avec Éden. À moins qu'il ne s'adresse lui aussi à Colline. Puis, il laisse sa fille et me rejoins sur le banc.
— Mes allergies, dis-je pour expliquer mon comportement.

Il ne relève pas, allume une cigarette.

— Elle va lui donner son cadeau. Si tu veux être seule pour aller voir ta mère...
— Non. Je veux y aller avec vous, si vous avez envie. Après tout, elle a fait beaucoup de mal à ta famille.

Il tire une longue bouffée, crache sa fumée et répond :

— Et nous, on va se faire du bien.

Je pouffe de rire. Pardon mais sa phrase est à double sens et j'ai la libido en ébullition en ce moment. Même si je dois admettre que ce n'est pas le lieu adéquat pour rire d'une telle chose.

Il réprime un sourire, admet que ses mots portent à confusion. Je me colle à lui, pose ma tête contre son épaule.

— J'ai parlé avec Sylviane.

Je me relève d'un bond, les yeux rivés sur son visage impassible. Son regard à lui est rivé sur sa fille qui ne cesse de discuter avec le portrait de sa mère.

— Et ?

Non mais il ne peut pas lâcher une bombe et garder le silence juste après ! Je veux savoir la suite !

— Je ne suis pas prêt à la voir mais on s'est dit que ce serait bien de discuter par téléphone de temps en temps.
— Je comprends.
— Je ne sais pas où tu trouves la force de pardonner à tout le monde. À ta mère, à Héloïse.
— Je ne pardonne rien à ma mère. J'ai pris

Rozenn involontairement, elle a pris mon père. J'avance, il le faut. Pour mon bien, pour le nôtre. Quant à Héloïse... Elle est finalement une victime de la stupidité des adultes. Comme toi et moi.
— Louise a fait de toi quelqu'un de bien, dit-il en embrassant mes cheveux. Je t'aime.
— Je t'aime aussi.

Éden revient vers nous, se jette dans nos bras. Et nous nous rendons jusqu'à la tombe blanche de ma famille.

Ma gamine m'aide à remettre les pots en place. Arthur reste en arrière, il n'a pas voulu trop s'approcher. Je ne peux pas le blâmer. Maman a été monstrueuse de son vivant.

Il respecte les morts mais ne va pas l'honorer comme je le fais. Il ne lui doit rien. Je sais bien qu'il est là pour moi.

Après avoir parlé à papa et Rozenn, je souhaite une bonne fête à maman et dépose un rosier blanc en pot. Mais je ne m'éternise pas. Ma famille m'attends. Celle que j'ai construite, celle qui donne une nouvelle histoire à la maison des Marronniers.

22

Aux Marronniers, les voitures sont déjà garées et la musique bat son plein.
Il semble que nous soyons les derniers arrivés.
Éden saute à nouveau de la voiture et cours rejoindre Joy dans le jardin.
Les volets en bois sont retenus contre les murs et toutes les fenêtres sont ouvertes.
J'entends les rires de Malo, Hubert Ronchon et Cédric dans le salon. Ils se foutent littéralement de mon homme et sa sortie en mer. Arthur bougonne que ça n'a rien d'amusant mais il me sourit quand même.
Puis nous entrons et je salue les hommes avant de rejoindre le jardin. Des guirlandes de fleurs artificielles roses et vertes ont été tirées de part et d'autres de la tonnelle et contre le mur derrière nous. Deux énormes glacières sont remplies de glace et de cannettes. La première d'alcool, la deuxième de sodas et jus de fruits.
Sous la tonnelle, deux tables ont été installées, recouvertes de nappes aux motifs de Noël.

> — Malo n'a rien trouvé d'autre, justifie Alexia tout en donnant à manger à Gabin.

Mina et Anita Gourmelen sont en grande conversation sur les fleurs qui vont venir agrémenter le jardin. Mina fait remarquer qu'elle n'a pas la main verte, Anita propose de lui apprendre.
De l'autre côté, Héloïse, Clara et Jacques Kergoat rient aux éclats. Près du barbecue se tiennent M.

Ackermann et Tante Louise.

Quiconque débarque ici y verra une bande d'amis et une famille soudée. Personne ne pourrait se douter que tout ce qui nous aura unis durant toutes ces années n'aura été que la haine, le mépris et le malheur.

Arthur se place derrière moi, passe ses bras autour de ma taille, m'embrasse dans le cou et murmure :

— Vois ce que tu as fait.

— J'ai vraiment pensé faire de la merde, souris-je en glissant mes doigts entre les siens.

— T'as réussi à unir même les plus vieux ennemis.

Pour combien de temps ?

Malo passe près de nous, envoie une tape sur l'épaule d'Arthur avant de lui demander s'il s'est remis de ses émotions. Cédric rit aux éclats et lui promet que la prochaine sortie sera meilleure.

— Hors de question !

— J'irai à sa place, dis-je en riant.

Cédric accepte et rejoins Mina.

Hubert Ronchon arrive en dernier, appuyé sur sa canne, me gratifie d'un regard amusé et d'un sourire avant d'aller prendre place près de Jacques Kergoat.

— Même lui tu arrives à le faire sourire, c'est fort, se moque Arthur.

— Entre grincheux vous devriez vous comprendre, répliqué-je.

— Vous comptez nous rejoindre ou prendre

racine ?

Ah il porte toujours aussi bien son nom, le vieux Ronchon. Je ris, lâche mon ours et m'empresse d'aller prendre un soda frais dans la glacière avant de poser mes fesses sur une chaise face à Héloïse.

L'éclat de rire de Tante Louise surprend tout le monde. Elle nous jette un œil, pose sa main sur le bras de M. Ackermann et continue sa conversation comme si de rien n'était.

Chacun en fait autant d'ailleurs tout en appréciant l'apéritif.

Les feuilletés divers et les verrines ont du succès. Clara s'en félicite, elle a eu une super prof. Chacun y va de son compliment, papote de ce qui le passionne, rit avec le voisin, l'ennemie ou la nouvelle sœur.

À l'heure du café et des gâteaux - deux fraisiers et une forêt noire -, alors qu'il n'y a plus que Joy, Éden et Gabin pour courir partout, j'offre à ma tante un énorme bouquet de roses et un collier dont le médaillon est gravé d'un signe infini et d'un cœur entrelacés.

Elle m'embrasse, me prend dans ses bras, réprime des larmes.

— Tu seras toujours ma deuxième maman, murmuré-je à son oreille.
— Tu seras toujours ma fille, Aleyna. Quoi qu'il arrive, je serai là pour toi.
— Je le serai aussi, Louise.

Après les embrassades, Joy tend un paquet à

Héloïse dans un silence quasi religieux. Même le vieux grincheux ne bronche pas.
Éden en profite pour m'en tendre un. Je souris à Héloïse et, d'un même mouvement, nous ouvrons nos cadeaux.
Mon regard se fige sur le pêle-mêle que je tiens.
MA FAMILLE est écrit en blanc sur un bois sombre. J'observe les quatre photos. La première représente Colline tenant un bébé dont le crâne est couvert d'un bonnet rose. La deuxième, Arthur faisant des bulles avec Éden, alors âgée d'à peu près trois ans. La troisième, ma gamine et moi, datant du mois dernier, les cheveux en bataille et le visage couvert de farine en plein fou rire. Je réalise qu'Arthur a dû la prendre le week-end où nous avions fait des sablés au citron.
Le quatrième emplacement est vide.

— C'est pour mettre la photo quand on sera au complet, murmure Éden.

Le souffle coupé, je l'embrasse et pleure tout ce que je peux, le nez enfoui dans son épaisse tignasse bouclée. Je sens ses bras passer autour de mes épaules et lui dit à quel point je l'aime.

Les émotions passées, tout le monde repart dans ses discussions pendant encore un long moment.
Les laissant là, je monte à l'étage.

Tout est vide. La maison est prête à vivre son autre histoire. L'armoire-dragon a disparue, laissant la porte qui mène au grenier grande ouverte.
Je ne sais pas ce que Mina et Cédric vont faire de

cette maison mais j'ai hâte de le voir.

— Tu vois, je t'avais dit qu'elle serait là !

Clara passe la porte, suivie d'Alexia. Puis de Mina. Et Héloïse.

— Qu'est-ce que tu fais ?
— J'étais en train de me demander à quoi ça va ressembler une fois que ce sera chez vous, dis-je à Mina.

Elle réajuste son chemisier, remonte ses lunettes sur son nez et observe la vaste chambre en grimaçant devant le papier peint jaune moutarde.

— Cédric m'a demandée en mariage hier soir, avoue-t-elle.
— Où est ta bague ? s'enquiert Alexia.
— Je n'en ai pas. On a pas les moyens pour ça maintenant et on ne va pas se marier demain.
— Y a pas besoin d'une bague pour être liés de toute façon, lâche Clara. N'est-ce pas, Aleyna ?

Je souris, mais garde le silence. Alexia et Mina ne comprennent pas le sous-entendu mais Héloïse, oui.

— Vous recommencez avec les secrets ? s'exclame Alexia. On avait dit qu'on en aurait plus depuis que Lucifer...

Elle se stoppe dans son élan.

— Ne te gêne pas pour moi, ricane Héloïse.
— Alors ? insiste Mina.
— Clara est enceinte, lâché-je.
— Et célibataire, ajoute Héloïse.

Clara ouvre la bouche, feint d'être choquée, recule d'un pas, la main sur le cœur.
— Et SDF en plus, finit-elle. Du coup, je squatte chez Louise pour le moment. Mais Aleyna aussi est enceinte.

J'écarquille les yeux, me mord la joue et me retient de la maudire !
— On a dit plus de secrets, minaude-t-elle en se foutant de ma pomme.
— Mais Arthur ne le sait pas encore, préviens-je, alors ne dites rien.
— Tu le savais et t'as rien balancé ?

Alexia semble plus choquée par le silence d'Héloïse que par la nouvelle de ma grossesse.
— Tout le monde change.
— Je suis fière de toi, ricane Mina.

Je constate que nous formons un cercle au milieu de la pièce. Alexia parle à Héloïse, qui parle à Mina, qui répond à Clara.
— Héloïse est ma sœur, dis-je alors que leurs voix s'élèvent de plus en plus et qu'elles prennent un fou rire.

Je n'ai pas suivi leur conversation, prise dans mes pensées.

Le silence se fait. Alexia et Mina nous observent, interloquées.
— Vous êtes sérieuses ? demande Alexia.
— Elles le sont, oui, répond ma tante.

Trop occupées, nous ne l'avons pas entendue arriver. Je m'écarte pour qu'elle entre dans notre cercle.

— Je ne vais pas vous faire un grand discours, les filles. J'avais juste envie que vous sachiez que je suis très fière de ce que vous êtes devenues malgré tout ce qui a pu se passer.
— Mais vraiment sœurs ?

Mina n'en revient pas. Louise hoche la tête en soupirant. Héloïse garde le nez sur ses chaussures.

— On vous expliquera tout ça plus tard, dis-je.
— C'est à toi aussi que je m'adresse, Héloïse continue Tante Louise.

Cette dernière relève la tête brusquement.

— Moi ? Vraiment ?
— Oui. Tu fais ce qu'il faut pour changer, j'imagine ce que ça doit te coûter.
— Je ne suis pas une bonne personne, Louise. Vous le savez mieux que quiconque.
— Détrompe-toi. Tu as fait de mauvaises choses mais elles ne te définissent pas. Sinon elles aussi seraient de mauvaises personnes, conclue-t-elle en nous désignant du doigt. Mina, passe donc me voir dans la semaine, ajoute-t-elle avant de nous quitter.
— Vous êtes sœurs, souffle Alexia.
— Mon père, ce coureur de jupons, dis-je en haussant les sourcils. On en a fini avec les secrets maintenant. On peut passer à autre chose ?

Sur ce point, nous sommes toutes d'accord. Et nous faisons demi-tour.

Moins d'une heure plus tard, Jacques Kergoat,

Hubert Ronchon, Monsieur Ackermann, Tante Louise et Anita Gourmelen nous ont quittés. Éden est partie avec ma tante.
Malo et Alexia ont suivi alors que Gabin venait de s'endormir dans les bras de son père.
— T'avais pas une surprise pour Alexia ?
— J'ai menti.
— Pourquoi ?
— Chacun ses petits secrets, plaisante-t-il avant d'aller déposer son fils dans la poussette.
Puis Héloïse, Clara et Joy ont estimé qu'il était l'heure de retourner chez ma tante.
Il n'est plus resté que Mina, Cédric, Arthur et moi.
Nous nous sommes vautrés sur les chaises en nous félicitant de la journée.
— Mina t'a dit la nouvelle ?
J'acquiesce.
— On va se marier, explique-t-elle à Arthur.
— Félicitations.
— Et vous, c'est pour quand ? s'enquiert Cédric.
— Jamais, répond Arthur qui connaît mon aversion pour le mariage. Je veux la garder pour le restant de mes jours, pas la faire fuir.
Cédric rit de bon cœur.
Mon corps endolori me rappelle à l'ordre. Je bâille et passe une main sur mon visage en m'excusant de devoir les abandonner.
— Je range tout ça et on y va, me dit Arthur.
— Laisse. On va le faire, l'en empêche Mina. C'est chez nous bientôt.
— Dès maintenant. Les clés sont dans l'entrée.

Sur ces derniers mots, nous sommes partis.
Ce n'est plus chez moi. L'écriture d'une nouvelle histoire commence ce soir.

♦

Tante Louise nous attendait chez nous.
Elle est partie dès que nous avons passé le portail, après nous avoir souhaité une belle soirée.
Éden a pris sa douche, mis un pyjama propre et somnole dans le canapé devant Mulan. Bien que je lui propose d'aller dans son lit, elle refuse et tient son affreux doudou contre elle, la tête posée sur un oreiller.
Arthur ferme la porte à double tour, installe le cadre fabriqué par ma gamine sur le buffet et met les bouquets de fleurs dans des vases sur la table de cuisine.
Alors que je vais monter dans ma chambre, il passe devant moi, me traîne jusqu'à la salle de bain.

— Il faut que je prenne un pyjama !
— Je te l'amène. Va te détendre sous l'eau.

Je soupire, me déshabille et me laisse aller sous l'eau chaude.
Par miracle, tous mes muscles se détendent. La douleur me quitte peu à peu. J'en profite pour me frotter le corps et apprécier la courbe de mon ventre. Junior gigote, des bosses se forment à la surface de ma peau. Je crois qu'il est impatient que j'annonce sa venue prochaine à son papa.
Arthur revient dans la salle de bain, dépose une culotte et une nuisette en coton rouge devant la

vasque puis repart rapidement.
Une fois séchée et complètement démaquillée, pieds nus, je me dirige vers ma chambre.
La lampe de chevet éclaire la pièce, j'entre en lisant un texto de Mina.
Éden et Arthur se tiennent droit comme des bâtons devant un énorme carton scotché de toutes parts.

— Qu'est-ce que vous mijotez ?
— C'est ton cadeau, s'exclame Éden qui semble soudainement moins fatiguée. Ouvre le !

Armée d'une paire de ciseaux qu'Arthur me donne, je découpe le scotch et tire sur les bouts de carton récalcitrants. En moins de trois minutes, je découvre un magnifique lit à barreaux blanc. Incrédule, je reste figée sur ce que je vois.

— Je t'avais dit que je remarque absolument tout, plaisante Arthur en passant un bras autour de mes épaules.

Je ne dis rien, caresse le bois.

— Depuis quand ?
— Quelques jours. Le docteur Kervella a confirmé mes doutes.
— Pourquoi tu n'as rien dit ?

Éden quitte la chambre et revient en tenant un paquet dans son dos.

— Parce que tu avais besoin d'encaisser, non ?

Je hoche la tête, ne cesse de caresser le bois.

— Mais t'es heureuse ?
— Oui. J'ai été choquée quand elle m'a dit que je suis de cinq mois et j'ai bien cru que notre vie allait s'écrouler mais j'en suis heureuse.

On va agrandir la famille.

— Ah ça elle ne me l'avait pas dit !

Je ris, il est aussi choqué que moi lorsque je l'ai su.

— On a une surprise pour toi aussi, papa !

Éden dépose le paquet sur mon lit, s'installe à genoux devant et attend que son père ouvre son cadeau.

Il se place à sa gauche, moi à sa droite.

Lorsqu'il arrache enfin le papier cadeau, il découvre un coffre en bois peint par sa fille.

Surexcitée, Éden gigote dans tous les sens, l'exhorte à aller plus vite.

Il en sort la petite paire de chaussons et le bavoir à pandas, esquisse un sourire en prenant la carte.

— Un garçon ?

J'acquiesce.

— On va avoir un garçon ?

J'acquiesce de nouveau.

— Je vais avoir un petit frère !

Éden se jette dans nos bras, nous fait tomber à la renverse en riant. Arthur se faufile entre nous, passe un bras autour de nos épaules.

— C'est quand même le plus joli de tes secrets, me dit-il avant de me claquer un bisou bruyant sur la bouche.

— Oh dégoûtant, s'écrie ma gamine avant de déguerpir du lit en riant. Bonne nuit ! Je vous aime !

— Bonne nuit, princesse, crie Arthur. Je t'aime.

— Bonne nuit, mon cœur. Je t'aime grand comme le ciel.

Elle éteint sa lumière et s'endort rapidement.
Je me blottis contre mon homme, le laisse poser sa main sur mon ventre.
Junior bouge contre lui pour la première fois. Il sourit, un vrai sourire heureux et soupire avant de fourrer son nez dans ma tignasse.
— Tu devrais aller prendre ta douche, lui dis-je.
— Je suis bien, là.
— Va prendre une douche et reviens.
— Je pue ?
— Ouais. Je risque de te vomir dessus.
Il rit doucement et quitte le lit.
Épuisée émotionnellement et physiquement, je m'étale en travers du lit, écrase ma tête sur son oreiller et renifle son odeur que j'aime tant.
Junior bouge à nouveau. Je souris en songeant qu'il va falloir que je cesse de l'appeler ainsi et qu'un vrai prénom serait mieux.

Arthur me rejoint rapidement, je pose ma tête contre son torse, le caresse du bout des doigts.
— Qu'est-ce que tu penses de Maël ou Aaron ?
— C'est joli.
— Ce sont les prénoms qu'Éden a proposé.
Sa main caresse mes cheveux alors que je lutte pour rester éveillée.
— J'ai une préférence pour Maël, continue-je en bâillant une fois de plus.
— Moi aussi. Dors, mon amour. Je t'aime.
— Je t'aime, dis-je en me blottissant un peu plus contre lui. Éteins la lumière s'il te plaît.

— Tu es sûre ?
— Hum. Ils ne me font plus peur, mes fantômes.
Il l'éteint, soupire. Son torse se soulève et s'abaisse dans un mouvement lent. Je sens son corps se détendre et son souffle ralentir.
Je souris et ferme les yeux à mon tour.
Le visage d'un petit garçon aux yeux verts se dessine dans mes songes. Ce petit garçon qui joue dans le parc de mon enfance, avec le fils de mon amie, qui va dans mon école, que j'embrasserai chaque soir, chaque matin, chaque fois que mon cœur débordera d'amour et de tendresse. Ce petit garçon qui tiendra ma main, celle de mon colosse ou celle de sa grand sœur. Qui jouera au ballon avec son papa et ira pêcher avec moi. Qui grandira au milieu des licornes et des paillettes, dans une impasse peuplée de commères et de faux aigris.
J'esquisse un sourire et m'endors profondément.

♦

Lundi. Le train-train habituel ne change pas. Arthur s'est levé en même temps que ma gamine et moi. Chacun s'est préparé de son côté. Et lorsque l'heure est venue, nous sommes l'avons emmenée à l'école. De son côté, Joy n'y est pas allée, préférant tenir compagnie à Louise et Anita tandis que Clara et Héloïse faisaient je-ne-sais-quoi.
Arthur et moi sommes allés remplir le frigo et profiter d'une balade au bord de l'océan pendant laquelle nous avons trouvé le prénom parfait pour notre fils.

Notre fils. Ces deux mots me paraissent tellement étranges quand je les prononce et pourtant ils sont bien réels. Après avoir été perdue émotionnellement, je me sens plus sereine. Près d'Arthur, j'ai la sensation que tout ira bien.

À la sortie de l'école, nous étions tous devant ce portail vert. Alexia et Malo faisaient sortir leurs élèves. Héloïse, Arthur, Mina et moi attendions Éden. Mon colosse a gardé le silence, écoutant attentivement notre conversation.
Il n'apprécie pas la présence d'Héloïse et je dois reconnaître que j'aurai préféré qu'elle vive ailleurs mais c'est ainsi, c'est chez nous ici. Même si elle a craché sur notre bled et les bouseux, comme je l'ai fait après tout, elle est revenue. Mes souvenirs me disent qu'elle va redevenir cette garce qu'on connaît tous, qu'elle n'en a pas fini avec nous, qu'elle joue la pauvre malheureuse pour mieux nous planter un couteau dans le dos. Ce que nous avons vécu ces deux dernières semaines me dit que Lucifer est morte, qu'il ne subsiste qu'Héloïse, cette gamine manipulée, cette femme dont la vie prend un tournant inattendu.
Louise veut lui laisser une chance. Tout ce qui peut être aidé ou sauvé doit l'être. Pourquoi pas ? De toute façon, Arthur veille dans l'ombre.
Bien qu'il soit poli quand il s'adresse à elle, son regard ne ment pas. Tel un rapace, il n'attend qu'un faux pas pour lui tomber dessus. Elle ne semble pas remarquer l'animosité planquée derrière son sourire. Et si elle l'a remarquée, elle n'en tient pas

compte. C'est Héloïse après tout. Il lui en faut davantage pour l'impressionner.

Éden est sortie rapidement
Joy et elle, bras dessus, bras dessous, nous sont passées devant en souriant.
Arthur les a suivies. Chocolat, au bout de la laisse, saute dans tous les sens pour attraper la balle que mon colosse tient dans une main.
Je souris à Héloïse, lui fait un signe de tête et nous partons. Clara est arrivée la dernière, la bouche pleine de pain frais.

— J'ai annoncé ma grossesse à ma mère. D'abord, elle a pleuré. Ensuite, elle a bégayé et elle a finit par dire qu'elle est heureuse.
— Et sur le fait que tu sois seule ? s'enquiert Héloïse. On l'entendait hurler mais on a rien compris.
— Vous avez écouté ma conversation, Louise et toi ?

Clara feint d'être offusquée et retient un rire.

— Tout à fait. Du coup, elle en pense quoi ?
— Elle a dit que c'est un gros co...

Éden et Joy reviennent sur leurs pas, Clara retient le gros mot. Elles nous embrassent et repartent rapidement.

— Elle m'a proposé de revenir chez elle.
— Tu vas nous quitter ?

Mon cœur se serre mais je sais qu'elle sera mieux près de sa famille. Clara est comme ça : la famille avant tout.

— Je pense que oui. J'ai besoin d'être près de ma mère avant d'en devenir une. Mais je ne pars pas avant août.

Ralentissant le pas, je laisse les filles prendre un peu d'avance et observe le paysage. L'océan s'étend à perte de vue sous le bleu du ciel. Les rayons du soleil brillent dans les vagues. L'air est toujours aussi chaud, mais je n'étouffe plus. Je ne compte pas mes pas, je n'en ressens pas le besoin. Le parc de mon enfance se remplit. Les passants sortent de la boulangerie, du tabac. Le bus scolaire est garé devant le grand portail vert.

Une main sur le ventre, je souris aux petits coups donnés par Junior et m'arrête à bonne distance de l'impasse. Assez près pour entendre ma fille hurler « tu viens, Nana ? », pour voir Arthur l'embrasser, pour sourire devant le fou rire de Clara et Héloïse. Mais assez loin pour les observer.
Ces deux dernières semaines ont été éprouvantes mais je peux désormais tirer un trait sur toutes ces horreurs commises par nos parents.
Si j'ai pensé qu'on pouvait faire n'importe quoi au nom de l'amour, j'ai compris que l'amour n'a rien à voir avec ça.
On ne détruit pas ceux qu'on aime, on ne les manipule pas, on ne bousille pas leur vie. Ça, c'est de l'égoïsme, de la jalousie, de la haine.
On n'avance pas avec ces sentiments là dans le cœur. Nous sommes tous libérés de leur emprise, de leurs manipulations. Et nous sommes heureux

désormais. Je le crois. À moins que nous ne soyons désormais en paix.

Épilogue

Septembre.
Clara est partie rejoindre sa mère depuis un mois. Pas bien loin. Elle vit à Saint-Malo.
C'est finalement Héloïse qui a emménagé chez Tante Louise avec sa fille. Laquelle fait sa rentrée aujourd'hui dans notre collège. Tandis que la mienne retourne à l'école.
Voir mon ancienne ennemie habiter de nouveau près de moi a ravivé de douloureux souvenirs. Que j'ai mis de côté rapidement. Si Louise pense qu'elle peut changer, je me fie à son avis.

Tenant fermement la poussette d'une main, je ferme la maison à clé et parle à mon fils en même temps. Nous avons choisi de l'appeler Louis. En l'honneur de ma tante. Elle qui a toujours été là pour chacun de nous, qui a veillé à faire de nous de bonnes personnes. Oh elle a pleuré quand elle a su notre choix. Je sais que nous lui avons donné le meilleur prénom qui soit.
Éden traverse l'allée, va toquer chez ma tante, l'embrasse avant de partir à l'école.
Héloïse prend son sac à main et me rejoint dans l'allée.
— Bonjour, mon bébé d'amour !
— Je n'en attendais pas tant, un simple bonjour m'ira parfaitement, me moqué-je alors qu'elle se penche sur mon fils.

Elle se relève, me foudroie du regard avant de rire.
— Bon on y va ou vous allez encore vous disputer ?

Éden, les poings sur la taille, nous fait les gros yeux. Réprimant un fou rire, je lui fais signe d'avancer et la suis en discutant avec Héloïse.

L'idée d'écrire un livre lui a finalement plu et voilà qu'elle s'est mis en tête de parler de notre histoire familiale de dingue !

Éden est entrée dans l'école en compagnie de ses copines sans même nous dire au revoir. Je suis restée un instant à la regarder courir, sa jupe rose volant derrière elle.

Alexia s'approche de nous, accueille les nouveaux élèves qui descendent du bus. Mina sort de la boulangerie, nous rejoint. Je souris en apercevant les crânes fluo qui pendent à ses oreilles. Elle se plante à côté d'Héloïse, observe la cour de récréation.

— Qu'est-ce que vous faites ?
— J'attends mes élèves, répond Alexia.
— J'admire ma fille, dis-je.

Héloïse garde le silence un court instant puis elle souffle :

— Vous croyez qu'ils vont avoir une meilleure vie ? Nos enfants, je veux dire.
— C'est à nous d'y veiller, murmure Alexia.

Puis chacune se souhaite une bonne journée et nos chemins se séparent. Mina va au cabinet médical. Alexia ferme le portail. Héloïse se dirige vers la mairie pour un entretien professionnel. Et moi, accompagnée de mon fils, je m'en vais au Double A.

Voilà à quoi ressemble ma vie maintenant. Un joli bordel peuplé d'amis, d'une tante aimante, d'une commère planquée derrière ses rosiers, d'un vieux grincheux attendant son pain quotidien, d'un vieil homme amoureux de l'océan, d'une ancienne ennemie, d'un colosse balafré, d'une gamine qui ne cesse jamais de piailler et d'un bébé aux yeux émeraude.
Une vie qui me réserve encore bien des surprises. Mais à deux, à quatre, on peut apprécier un ciel nuageux, affronter les tempêtes et savourer l'arc-en-ciel qui suit.

Hommage

À toi.
À la souris. À nos fous rires. Nos apéros. À Tata Yoyo et la danse du cul.
À tes yeux couleur de la mer. À ta voix. À la potée que je te faisais. À tes beignets aux drôles de formes. À Phénomène et au fou rire alors qu'il n'était pas drôle, ce film.
À toutes ces vidéos ridicules où je t'identifiais.
À toi. Mon ami. Mon confident. Mon colocataire. L'inconnu de mon enfance devenu ma famille.

Je t'aime très fort.